THE BRETHREN

JOHN GRISHAM

この書物の所有者は下記の通りです。

住所	
氏名	

アカデミー出版社からすでに刊行されている
天馬龍行氏による超訳シリーズ

「空が落ちる」
「顔」
「女　医」
「陰謀の日」
「神の吹かす風」
「星の輝き」
「天使の自立」
「私は別人」
「明け方の夢」
「血　族」

「真夜中は別の顔」
「時間の砂」
「明日があるなら」
「ゲームの達人」
（以上シドニィ・シェルダン作）
「最後の特派員」
「つばさ」
「五日間のパリ」

「贈りもの」
「無言の名誉」
「敵　意」
「二つの約束」
「幸せの記憶」
「アクシデント」
（以上ダニエル・スティール作）
「何ものも恐れるな」

「生存者」
「インテンシティ」
（以上ディーン・クーンツ作）
「奇跡を信じて」
（ニコラス・スパークス）

裏稼業（上）

作・ジョン・グリシャム
超訳・天馬龍行

カリブ海周辺略図

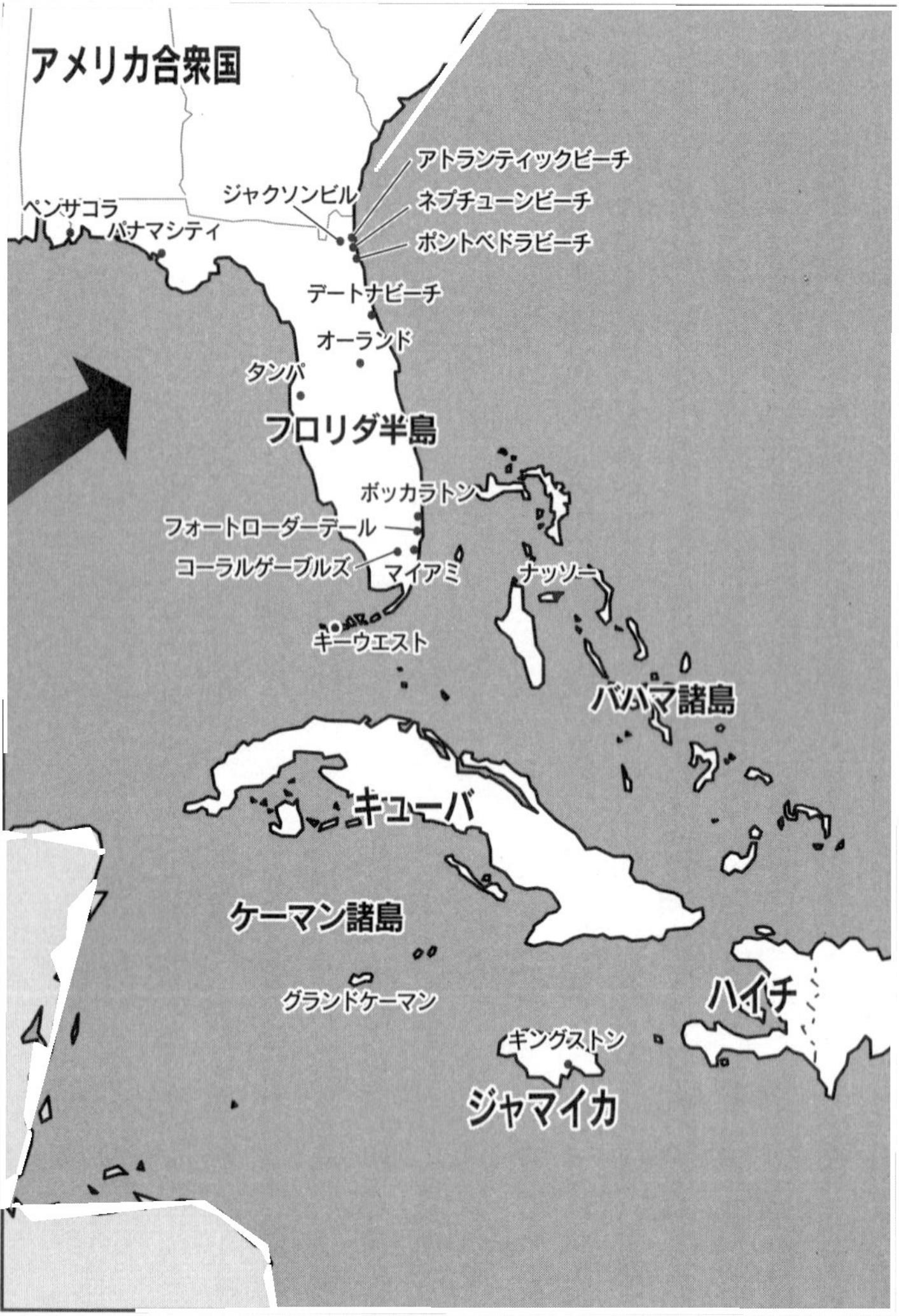

アメリカ合衆国
ペンサコラ
パナマシティ
ジャクソンビル
アトランティックビーチ
ネプチューンビーチ
ポントベドラビーチ
デートナビーチ
オーランド
タンパ
フロリダ半島
ボッカラトン
フォートローダーデール
コーラルゲーブルズ
マイアミ
ナッソー
キーウエスト
バハマ諸島
キューバ
ケーマン諸島
グランドケーマン
キングストン
ジャマイカ
ハイチ

アメリカ合衆国略図

（本文中に出てくる主な地名）

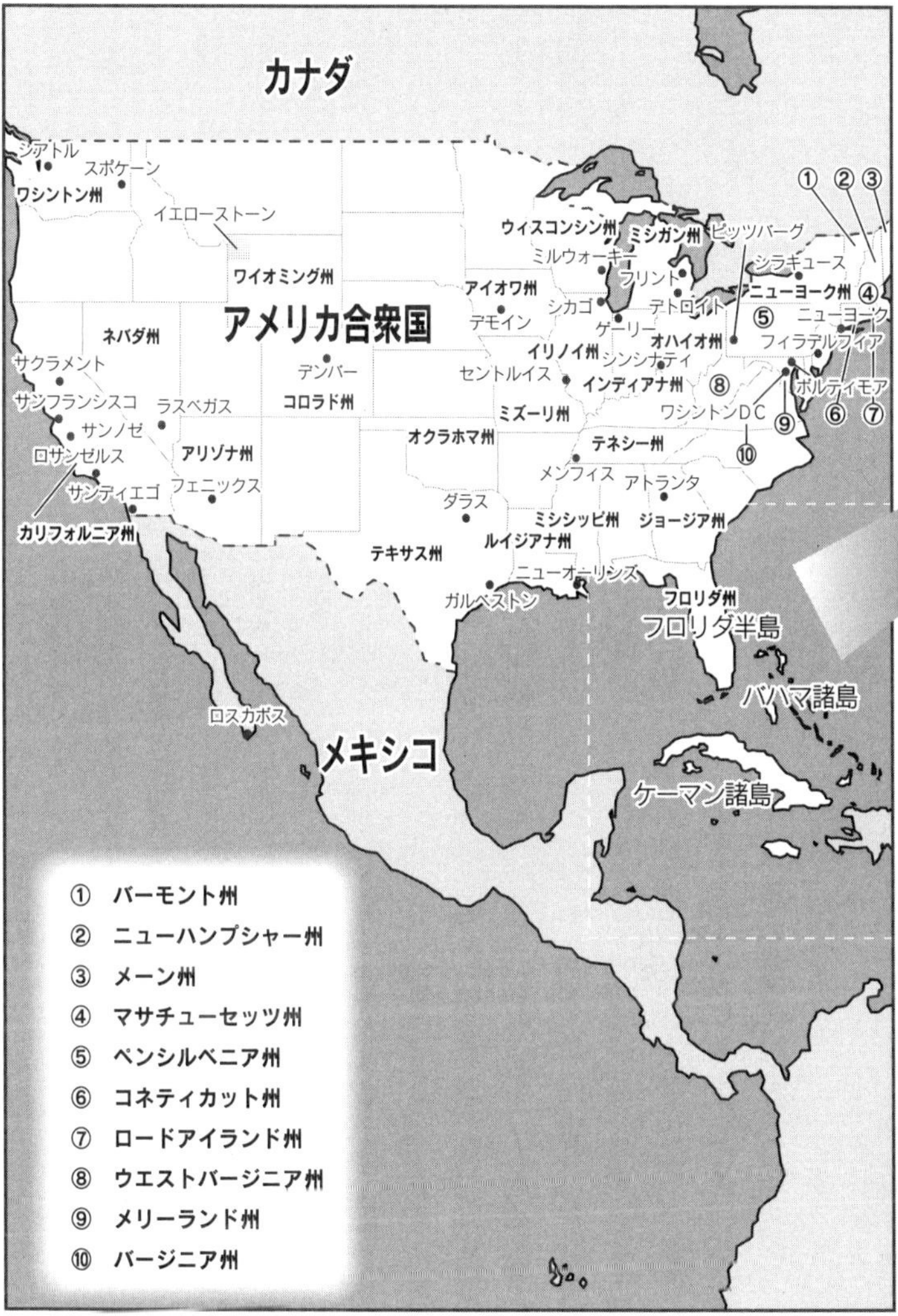

第一章

一週間分の訴訟を片づける日がやって来た。

いつもと同じ、色あせた海老茶色のパジャマに、裸足のまま紫色の雨ぐつを履いた変な男。法廷ごっこが好きでたまらないらしく、一人で張りきっている裁判狂のT・カールだ。

日中もパジャマのままでいる囚人は大勢いるが、紫色の雨ぐつを履いて刑務所内を歩きまわるのは、ボストンの銀行オーナーだったこの男だけである。

パジャマや長ぐつより見苦しいのは、彼がかぶっているかつらだ。なか分けされた髪はいくつものロールになってぶら下がり、男の耳をおおい隠して、肩の上にのっているのがとても重そうに見える。色はほとんど白に近い明るいグレーで、数百年前の英国の裁判官がかぶっていたものの模造品である。

それをマンハッタンの古着屋で見つけて差し入れてくれたのは、シャバにいる彼の物好きな友人だった。

T・カールはそのかつらを自慢げにかぶって法廷に出る。しかし、慣れとは妙なもので、そのかつらは今では法廷ショーの名物になっている。かつらのせいかどうかは別にして、T・カールに近づこうとする囚人はいない。

刑務所のカフェテリアの、脚のしっかりしないテーブルの向こうに立った裁判狂は、プラスチック製のおもちゃの小づちを打ち鳴らした。そして、せき払いしてから、おごそかに宣言した。

「静粛に、静粛に。〝連邦劣等裁判所ノースフロリダ法廷〟をここに開廷する。みなさん、ご起立を！」

誰も動かなかった。少なくとも立ちあがろうとする者はいなかった。カフェテリア内にいた三十人ほどの囚人たちはプラスチックの椅子に座って、てんでにくつろぎ、珍妙な格好の裁判狂をながめている者もいれば、それを公然と無視して勝手なおしゃべりを続ける者もいる。

T・カールは続けた。

「万人に正義がもたらされんことを。そして、万人が女体にありつけんことを！」

笑いは起きなかった。裁判を始めた当初、T・カールが最初にその冗談を発したときは爆笑を誘ったものだが、毎回同じ手ではもう誰も笑えなくなっていた。T・カールは椅子に腰をおろし、わざと目立つようにかつらのカールを揺らした。それから、この法廷の正式な記録である革表紙のぶ厚いノートを開いた。

準備ができたところで、いよいよ三人組判事の登場である。

その三人がキッチンから出てカフェテリアに入ってきた。二人はちゃんと靴を履いていたが、一人は裸足で、口にはクラッカーをくわえていた。

裸足の男の長いすねはローブの下から丸出しだった。茶色に日焼けした両足には毛がまるでなく、左足のふくらはぎには大きな入れ墨があった。男の出身地はカリフォルニアである。

三人ともそろいの制服を着ていた。薄いグリーン地に金糸で縁どりした聖歌隊のローブ。かつらを売っていた同じ店からT・カールが友人に仕入れてもらい、三人にクリスマスプレゼントとして贈ったものだ。こういうところにも法廷書記としての彼の気配りが働いていた。

聖歌隊の装束で正装した三人組の判事がローブをなびかせながらタイルの床をゆっくり歩いてくると、カフェテリアのあちこちから冷やかしや野次がとぶ。三人は、判事席を模した長いテーブルの向こうにT・カールとは距離を置いて座り、週に一度の会衆に向きあった。まん中の背の低い太った男の名はジョー・ロイ・スパイサー。裁判長役である。ミシシッピ州の過疎の郡でかろうじて当選した本物の治安判事——それが彼のシャバでの地位だった。ところが、《シュライナーズ・クラブ》のビンゴの収益をかすめたのがばれて、いまこうして刑期を務めているわけである。

「どうぞ着席してください」

立っている者など一人もいない中で、スパイサーは集まった囚人たちに呼びかけた。

判事たちは、椅子を動かしたり、ローブを振ったりして、自分たちの座り心地をよくした。刑務所所長代理がその横についていたし、制服姿の看守も一緒にいた。が、囚人たちはいっさい気にしていなかった。三人組によるこのカフェテリア法廷は、刑務所当局の承認を得て、週に一度開かれていた。訴えを聞き、囚人同士のいがみ合いやけんかの仲裁をするのが目的である。事実、この仕組みは、荒くれ男たちの社会にあって、安定要素としておおむね期待された機能を発揮していた。

裁判長のスパイサーは、T・カールがきれいに清書した訴訟一覧表に目を落として言った。

「審理は厳粛に進行すること」

裁判長の右どなりに座るのが、カリフォルニア州の有名人フィン・ヤーバーである。年齢は六十歳。すでに刑期を二年つとめ、あと五年で出所する。罪名は脱税。悔しさと無念さを常にあらわにしている男である。彼をカリフォルニア州最高裁判所主席判事の地位から引きずりおろしたのは、長年の政敵である共和党知事によるリコール運動だった。死刑反対の立場をつらぬくヤーバーは執行を頑固に遅らせていた。そこがリコールの決め手になってしまった。住民はむしろ流血を望んでいたのだ。そのじゃまをしていたのがヤーバーということにされてしまった。共和党員たちが大衆の死刑熱をあおった結果、リコールは予想外の大勝利に終わった。

地位を失い、路頭に迷うヤーバーに脱税容疑が追い討ちをかけた。カリフォルニアの名門スタンフォード大学で教育を受けた彼は、州都サクラメントで起訴され、花のサンフランシスコで判決を受け、いまはこうして常夏のフロリダにある連邦刑務所に服役しているわけである。

刑期を二年間消化したいまでも、フィン・ヤーバーは内側で苦しみもがいていた。いまでも自分の無実を固く信じて、政敵を打ち倒す日を夢見ている。

だが、その夢は徐々に色あせつつあった。最近の彼は日焼けしながら一人でジョギングしていることが多く、刑務所にいることをなるべく忘れようとしているかのようだ。

裁判長役のスパイサー判事は、まるで反トラスト法の大裁判でも始めるかのように大仰に宣告した。

「では裁判を始める。最初のケースは、シュナイター対マグルーダー！」

「シュナイターはここにいないだろう」

そう言ったのは、三人目の判事ビーチである。

「やつはどこにいるんだ？」

「医務室だ。また胆石だって。おれもさっきまで医務室にいたんだ」

三人目の判事ハトリー・ビーチは病気がちで、三日とあけずに医務室に入りびたっている。痔持ちで、頭痛持ちで、しょっちゅうリンパ腺を腫らしている。五十六歳の彼は三人の中ではいちばん若いが、刑期はあと九年もあり、本人は、刑務所内で一生を終えることになるだろうと覚悟を決めている。ビーチの前身はテキサス州の予審判事で、当時の彼はきわめつきの保守主義者だった。法律の条文に詳しく、裁判中もよく条文を口にしていた。

シャバにいたときは、妻の実家のおいしいオイルマネーをあてにして政界進出に野心を燃やしていた彼だが、酒癖の悪さが命とりになった。彼の深酒は、イエローストーンで二人のハイカーをひき殺すまで誰にも気づかれなかった。そのときビーチが運転していた車は不倫相手の若い女性の所有物だった。現場で発見されたとき、彼女自身が酔いつぶれて、逃げだすこともできずに素っ裸のまま助手席にうずくまっていたのだから、言い逃れのしようがなかった。

ビーチには十二年の刑が言い渡された。

ジョー・ロイ・スパイサーと、フィン・ヤーバーと、ハトリー・ビーチ。〝劣等裁判所ノースフロリダ法廷〟などとふざけた看板を出して裁判ごっこをやる元判事たち。体制からの落ちこぼれ。権力の座の失脚者たち。善人なのか悪人なのか。トランブル刑務所内では〝三人組〟で通っている元エリートたちである。

〝トランブル〟は連邦刑務所のなかでも最も監視のゆるい施設だ。塀もなく、監視塔も、有刺鉄線もない。読者のなかで刑期を務める羽目になる人がいたら、ぜひトランブルのようなところをおすすめする。

「欠席裁判にしようか」

裁判長のスパイサーがビーチ判事に訊いた。

「いや、来週まで延ばしましょう」

「そうだな。どこにも逃げるわけじゃないからな」

「延期に反対！」

原告のマグルーダーが会衆のなかから声をあげた。

「それはお気の毒さま」

スパイサーは異議を無視した。

「この件は来週に延期！」

マグルーダーが立ちあがった。

「延期はこれで三回目だぞ。おれが原告なんだ。訴えたのはおれなんだ。あいつは裁判があるたびに医務室に駆けこみやがる」

「争いの種は何なんだい？」

裁判長が訊いた。

「十七ドルと二冊の雑誌です」

T・カールが裁判長に説明した。

「たったそれだけか、はん？」

スパイサーが軽蔑したような口調で言った。十七ドルでも訴訟ざたになるのがトランプル刑務所である。二人目の判事フィン・ヤーバーはすでにうんざりしていた。片方の手でもじゃもじゃした灰色のヒゲをなで、もう一方の手の、長く伸びた爪でテーブルの表面をしきりに引っかいていた。そのうち彼は裸足の爪先で床を引っかきはじめた。キーキーという音は、他人の神経にさわるのを計算して鳴らしているかのように執拗だった。刑務所に入る前、すなわちカリフォルニア州最高裁判所の判事だったころも、彼は靴下を履かずに靴だけで法廷にのぞみ、退屈な口頭弁論の最中、よくこうして爪先の運動をしていたものである。

「次に進もう」

進行を促すヤーバー判事に、原告のマグルーダーがかみついた。

「正義が遅れるということは、正義が否定されることだ！」

「おまえさんも受け売りがうまいな。たしか誰かが最近そんなことを言ってたぞ」

ビーチが横やりを入れた。

「あと一週間だけ延ばして、それでも来なかったら、シュナイターを欠席裁判にする」

ビーチ判事が言うと、スパイサー裁判長が語調を強めて宣告した。

「この件は今日はここまで」

T・カールは法廷ノートに記録した。原告のマグルーダーは憤懣やる方ない身ぶりで着席した。彼のシュナイターに対する訴えは一ページのぺら紙にまとめられてT・カールに渡されていた。たったの一ページ。それがこの法廷の決まりである。書類読みは時間がかかって面倒くさい。だから、一ページの訴えで裁判を片づける。被告のシュナイターは六ページの反論文を法廷に届けていたのだが、それを一ページにまとめろとT・カールに突き返されていた。法廷のルールは単純を旨としていた。訴えはできるだけ短く、開示の義務はなし、即決、現場主義、裁判を受けることに同意した者はかならず宣告を守ること、上訴はなし。もっとも、上訴しようにもそんな機関はない。目撃者は宣誓する必要も、真実を述べる必要もない。嘘は堂々とまかり通る。結局のところ、刑務所内での裁判ごっこなのだ。

「次は?」

裁判長に尋ねられて、T・カールはちょっと迷ってから答えた。

「〝一発屋〟のケースです」

一瞬、カフェテリア内が静まりかえった。が、すぐにプラスチックの椅子が騒がしい音をたてて、いっせいに判事のほうを向いた。囚人たちは座ったまま椅子をひきずり、判事席にすり寄った。それをT・カールが声をはりあげて止めた。

「そこまで!」

とりかこむ囚人たちと判事席のあいだは五メートルもなくなっていた。

「礼儀をわきまえること！」

T・カールが宣告した。

〃一発屋〃問題はトランブルで何か月間もくすぶっていた塀のなかの経済事件だった。〃一発屋〃はウォール街を根城にする若い詐欺師で、大勢の金持ちから預かったカネを持ち逃げした罪で服役していた。だまし取った総額は四〇〇万ドルと見積もられ、うわさによると、そのカネはそっくりどこかに隠し預金されていて、〃一発屋〃が刑務所内から操作しているのだという。彼の刑期はあと六年残っているが、釈放されるときは四十歳だ。だから、まだ若い彼は、せしめた財宝の待つ海の街へプライベートジェットで飛びたてる栄光の日を待って、いまの不自由な生活にじっと耐えているのだと広く信じられている。

刑務所内では、うわさがひとり歩きして大きくなっていた。その責任の一端は〃一発屋〃の孤独癖と、毎日わけの分からぬ金融関係の本や株式指標を読みふけっているところにあった。資金運用の特ダネを漏らしてもらおうと、刑務所長まで彼にゴマをするありさまだった。

通称〃ペテン師〃の名で通っている元弁護士は、なんとか〃一発屋〃と親しくなり、刑務所内の礼拝堂で週に一度会合を持つ投資クラブへの助言を仰いだ。しかし、それがこじれて、〃ペテン師〃は〃一発屋〃を詐欺で訴えることになった。

〃ペテン師〃が証人用の椅子に座り、内容の説明を始めた。これがここでの通常の裁判のやり方である。証拠品があったら、その場で出して説明する。その形式は問われない。

「それでおれは〝一発屋〟の意見を訊いたんだよ。『フォーブス』で読んだ新しいオンライン取引の会社〝バリュー・ナウ〟をどう思うかってね」

〝ペテン師〟が説明を続けた。

「株式が公開される前で、おれは会社の経営方針が気に入っていたんだ。〝一発屋〟が調べてくれると言うから待っていたんだけど、何も言ってこないから、〝バリュー・ナウ〟をどう思うかって催促に行ったんだ。そしたら彼は、堅実な会社だから株の値は天井知らずに上がるだろうって答えやがった」

「おれはそうは言わなかったぞ」

〝一発屋〟がただちに反論した。彼はちょっと離れたところに一人で座り、両腕を前の椅子の背もたれに置いていた。

「いや、おまえはちゃんとそう言った」

「いや、おれは言ってない」

「まあ、とにかく、おれは投資クラブで言ったんだ。〝一発屋〟は取引に詳しいからって。それでおれたちはバリュー・ナウの株を買うことに決めたんだけど、すでに申込期間がすぎていて、一般の人間じゃ買えないことが分かったんだ。それでおれはまた〝一発屋〟のところに行って頼んでみた。あんたのウォール街のコネでバリュー・ナウをいくらか買えないかってね。〝一発屋〟はできるだろうと言ったんだ」

「それは嘘だ！」

〝一発屋〟がわめいた。

「静粛に！」

スパイサー判事が声をあげた。

「被告にも説明のチャンスが与えられる」

「あいつは嘘をついているんだ！」

〝一発屋〟はそれまで待てないと言わんばかりに、声をはりあげて言った。

〝一発屋〟に隠し財産があるのかどうか、真相は誰も知らない。少なくとも、知っている者は刑務所内にはいない。彼は誰からもしみったれの守銭奴だとみなされている。彼の8平方メートルのせまい房はからっぽで、あるのは金融関係の出版物だけである。誰でも手に入れられるステレオも、扇風機も、本も、タバコもない。これがまた、隠し資産のうわさを増幅させることになっている。

やっぱり全額を隠して運用しているにちがいない、というのが刑務所内での定説だった。

「とにかくおれたちは、ドーンと買ってバリュー・ナウに賭けることにしたんだ」

〝ペテン師〟は説明を続けた。

「投資クラブが所有する株と公債をとりくずして、それを全部バリュー・ナウの株購入にあてるのがおれたちの作戦だった」

「公債？」

ビーチ判事が訊き返した。〝ペテン師〟の言葉には、彼がまるで億のカネを動かす投資会社の代表であるような響きがあった。

「そうさ。公債。友達や家族からできるだけたくさんかき集めているからな。一〇〇〇ドル近くはあるんだ」

「一〇〇〇ドル？」

スパイサー判事はつぶやいた。

刑務所内の副業としては悪くない金額だ。

「それがどうしたんだ？」

「おれたちの方針は固まったと〝一発屋〟に話したんだ。株が買えるのかどうかはっきりさせろってね。それが火曜日だった。株の公開日は金曜日だった。〝一発屋〟は問題ないと言った。ゴールドマンサックスかどこかの証券会社に友達がいるとかで、なんとでもなると言っていたんだ」

「そんなのデタラメだ！」

〝一発屋〟が部屋の向こう側から声をあげた。

「とにかく、おれは水曜日に東の裏庭で〝一発屋〟に会って、株を買ってくれるよう頼んだんだ。問題ないというのが彼の答えだった」

「それは違う」

「証人がいるんだぞ」

「誰だね？」

そう尋ねたのはスパイサー判事である。

「ピカソだよ」

ほかの六人の投資クラブのメンバーたちと一緒に〝ペテン師〟のうしろに座っていたピカソが面倒くさそうに手を振った。

「それは本当かね？」

スパイサー判事がピカソに向かって質問した。

「ああ」

ピカソが答えた。

「〝ペテン師〟が株のことを頼んだら、間違いなく手に入るって〝一発屋〟は言っていた」

ピカソはこれまで別の件で何度も証言しているが、彼の話が嘘だとばれた回数はどの囚人よりも多い。

「続けなさい」

スパイサー判事が促した。

「とにかく木曜日に〝一発屋〟を捜したんだけど、あいつはどこかに隠れていて姿を見せなかったんだ」

「おれは隠れてなんていなかった」

「金曜日に株が公開されて、ひと株二〇ドルで売りだされたんだ。〝一発屋〟が約束したウォール街の誰かがちゃんと手配してくれれば、おれたちにも買える金額だった。ところが、寄り付きから六〇ドルになり、一日中だいたい八〇ドルで推移して、終値は七〇ドルになっていた。新株を買ったら、値上がりしたところですぐ売るのがおれたちの計画だった。ひと株二〇ドルとして、五十株は買えるはずだったんだ。それをひと株八〇ドルのときに売り抜ければ、三〇〇〇ドルは儲かるはずだった」

暴力ざたのきわめて少ないトランブル刑務所である。三〇〇〇ドルがもとで殺されることはまずない。だが、腕の一本ぐらいはへし折られるだろう。いまのところ〝一発屋〟は幸運に恵まれていて、まだ待ち伏せは食っていない。

「それできみは、その三〇〇〇ドルの損失が〝一発屋〟のせいだと言うんだな？」

元カリフォルニア州最高裁判事のフィン・ヤーバーが自分の眉の毛を引き抜きながら訊いた。

「まったくそのとおりだ。それに、この取引がもっとクサいのは、〝一発屋〟が自分のためにバリュー・ナウの株を買ったらしい点だ」

「そんなの嘘っぱちだ！」

〝一発屋〟がまたまた声をはりあげた。

「言葉に気をつけるよう」

ビーチ判事が警告した。この法廷で裁判に負けたかったら、汚ない言葉を使ってビーチ判事を怒らせることだ。

〝一発屋〟が自分でバリュー・ナウの株を買ったといううわさの出どころは、〝ペテン師〟とそのグループだった。証拠はいっさいなかったが、話はおもしろいし、囚人たちにくりかえし語られていたから、まるで本当のように聞こえていた。状況にもぴったり符合していた。

「それだけかね？」

スパイサー判事が〝ペテン師〟に訊いた。〝ペテン師〟はもっと言いたそうだったが、三人組は水かけ論をくりかえす当事者に業を煮やしはじめていた。とくに元弁護士というのは昔の地位が忘れられず鼻持ちならないので嫌われていた。トランブル刑務所内には少なくとも元弁護士が五人はいた。カフェテリアの審理予定表にしょっちゅう名前が出るのもこの連中である。

「まあ、そんなところだ」

〝ペテン師〟が答えた。

「きみのほうの言い分は？」

スパイサー判事が被告の〝一発屋〟に質問した。〝一発屋〟は立ちあがり、二、三歩テーブルに近寄ると、自分を訴えた〝ペテン師〟とその敗北者グループをにらんだ。それから、判事席に向かって口を開いた。

「この法廷での〝立証責任〟はどうなっているんだい？」

スパイサー判事はとたんに視線を落とし、助けを求めた。治安判事の地位にあったものの、法律の勉強をしたことのないスパイサーである。だいたい、彼は高校も卒業していなかった。二十年間おやじの雑貨屋で働いていて、たまたま郡の治安判事に立候補したら当選しただけの話である。実務に際しては、スパイサーはつねに常識をたよりに裁定した。それが妙に法律とも合致していた。だから、この法廷での専門的な受け答えはかならず二人の仲間にまかせることにしていた。

「われわれの裁定がすべてだ」

ビーチ判事が、ここはまかせろと言わんばかりに口を出した。

「〝明瞭で説得力のある証拠〟は必要ないのかい？」

〝一発屋〟が質問した。

「ありゃあったでいいけど、この場合は関係ない」

「〝疑う余地のない証拠〟は必要ないのかい？」

「そんなのはないだろうな」

「〝証拠の数の優位性〟は重んじないのかね？」

「おまえさん、なかなかうるさいね」

「要するに、連中に証拠はないということだ」

〝一発屋〟はそう言うと、テレビの法廷ドラマの大根役者のようなオーバーな身ぶりで手を振った。

「ぐちゃぐちゃ文句を言わないで、自分の立場をはっきり説明したらどうなんだ?」

ビーチが言うと、〝一発屋〟は説明を始めた。

「喜んで言わしてもらう。バリュー・ナウは典型的なオンライン取引の会社で、あちこちの本で注目株に上げられ、過大評価されていたんだ。たしかに〝ペテン師〟はおれのところに来たさ。だけど、おれが電話をしたときはもう締め切られていたんだ。それで友達に頼んでみたんだが、とても手に入らないと言われて断わられたよ。大物が来ても締めだされたそうだ」

「どうしてそんなことになったんだい?」

ヤーバー判事が質問した。カフェテリア内がシーンとなった。カネの話になると、みんなが聞きたいらしい。

「IPOのときにはよくあることだよ。つまり、初めて株が公開されるときはね」

「IPOの意味は分かっている」

ビーチ判事がいらいらした口調で言った。

スパイサー判事は知らなかった。ミシシッピの田舎には縁のない話である。

〝一発屋〟は少しリラックスした。この迷惑しごくな訴訟の勝利は彼のものだった。ここで判事や〝ペテン師〟たちに軽蔑の一瞥を投げてさっさと自分の洞窟に戻り、あとのことは無視してもよかったが、彼は続けた。

「バリュー・ナウのIPOは〝ベーキンクライン〟という名の投資銀行が一手に引き受けていたんだ。サンフランシスコにあるちっぽけな会社だよ。公開されたのは五百万株だけど、〝ベーキンクライン〟社はその全部を基本的には自分のところの優良顧客や知り合いなどに割り当てていたんだ。だから大きな投資会社でも公開された株は手に入らなかった。よくあることだよ」

判事たちも、囚人たちも、〝裁判狂〟も熱心に耳を傾けていた。〝一発屋〟の話は続いた。

「刑務所にぶち込まれている、資格を剝奪された悪徳弁護士が月遅れの『フォーブス』を読んでバリュー・ナウの株を一〇〇〇ドル分だけ買えるなんて考えること自体が愚かなんだ」

言われてみると、たしかにそのとおりだった。〝ペテン師〟はむくれ、投資クラブのメンバーたちは彼を非難の目で見はじめた。

「では、きみ自身はその株をいくらかでも手に入れたのかね？」

ビーチ判事が〝一発屋〟に質問した。

「もちろん、手に入れてなんかないさ。株に近寄ることもできなかったんだからな。それに、たいがいのハイテク会社やオンライン取引の会社は得体の知れないカネで成り立っているんだ。おれの出る幕じゃないさ」

「では、きみの好みはどんな会社なんだい？」

ビーチは急いで訊いた。この質問は彼自身の興味から出たものだった。

「長い目で見て価値のある会社だ。おれは急がないから。こういう株を欲しがるやつは〝濡れ手に粟〟をねらうやつで、まじめじゃないね」

〝一発屋〟はそう言って、椅子に座りこんでいる〝ペテン師〟のほうを手で指し示した。そのときの〝一発屋〟は貫祿もあったし、とても正しいことを言っているように見えた。

〝ペテン師〟の主張は又聞きや勝手な推量に基づくものであり、唯一の証人は嘘つきとして知られるピカソだけである。

「きみに証人はいるのか？」

スパイサー判事が尋ねた。

「証人なんて必要ないね」

〝一発屋〟はそう言って椅子に座った。

三人の判事はそれぞれメモ用紙に走り書きした。審理などはないに等しく、判決は即決である。ヤーバー判事とビーチ判事がそれぞれのメモをスパイサー判事に渡した。それを見てスパイサーが宣告した。

「二対一の評決をもって被告有利とみなす。提訴は却下。次は誰かな？」

実際の評決は三人一致なのだが、正式にはかならず二対一ということにして発表される。そのほうが、あとで物議がかもされたとき、対応に楽だからだ。

三人組の裁定に対するトランブル刑務所内での評判は総じてよかった。決定は早かったし、判決もフェアだと言えなくもなかった。事実、わけの分からない訴えや証言を彼らは正確に把握して事を要領よく処理していた。

そういえば、刑務所に入れられる前のスパイサー治安判事が雑貨屋の奥の部屋を使って処理していた訴えも、愚にもつかないものばかりだった。彼はその経験を積んで、相手が嘘つきかどうか十五メートル離れたところからでも判別できた。ビーチ判事とヤーバー判事は法廷でのキャリアがあったから、弁論が長引いたり、審理が遅れたりするのを極端に嫌った。裁判の短縮化は法律家なら誰でもが使う作戦である。

「今日はこんなところです」

裁判狂のT・カールが三人組に報告した。

「よろしい。法廷は来週まで休廷とする」

T・カールがすっくと立ちあがると、かつらのカールが肩の上で揺れた。彼は声をはりあげて宣言した。

「休廷。全員起立!」

誰も立ちあがらなかったし、動こうともしなかった。やがて三人組はカフェテリアを出ていった。ひたいを寄せ集めてヒソヒソやっている〝ペテン師〟とその仲間たちは、次に打つ手を相談しているのだろう。〝一発屋〟は急ぎ足でその場から出ていった。所長代理も看守もいつの間にかいなくなっていた。

トランブル刑務所の名物、週に一度の裁判ごっこは今日もこうして幕を閉じる。

第二章

下院議員在職十四年のアーロン・レークはいまでも自分で車を運転してワシントン市内を走りまわる。運転手も補佐官もボディーガードも必要ないし、また欲しいとも思わない。たまには学生アルバイトの助手を一緒に乗せてメモをとらせたりはするものの、たいがいは一人で、カーステレオから流れてくるクラシックギターなどを聞きながらポケーッと首都の交通の流れに身をまかせる。彼の友人の多くは、とくに議長だとか副議長の地位にのぼりつめた連中は、運転手付きの高級車を所持している。図体のでかいリムジンに乗っている者もいる。レークはそういう連中とは違う。運転手付きの車は、彼にとっては時間と経費とプライバシーの損失でしかない。もっとましなオフィスを欲しがることはあれ、運転手というお荷物を抱えようと思ったことはない。それに、彼は、一人になるのが好きなのだ。彼のオフィスはいつも人の出入りでごった返している。スタッフの総勢は十五人で、オフィス内は、電話をかける者、書類を開く者、選挙区のアリゾナから出てきた地元の人間に応対する者と、いつもてんやわんやなのである。ほかに、何もせず資金集めだけをしているスタッフが二人と、せまい通路に居場所を与えられている学生アルバイトが三人いる。

妻に先立たれた彼は男やもめのままである。ジョージタウンにある風変わりな長屋風の自宅をこよなく愛し、そこからときどき抜けだしては、かつては妻と自分を魅了した公の席に顔を出す。

レークはいま、降雪のため交通の流れがにぶくなったベルトウェーに車を走らせていた。ラングレーにあるCIA本部の検問所をすみやかに通過すると、いつも好んで駐車する場所に車を止めた。私服の警備員が二人、彼を出迎えていた。

「ミスター・メイナードがお待ちです」

警備員の一人が彼の車のドアを開けて重々しく言えば、別の警備員が彼のブリーフケースを運んでくれる。権力とは心地のいいものである。

レークがCIAの長官のテディ・メイナードにラングレーの本部で会うのは今回が初めてだった。何年も前、あの気の毒な男がまだ歩きまわれるころ、国会議事堂内で二度ほど協議したことがある。ところが最近のテディ・メイナードは車椅子に乗り、つねに激痛に悩まされている。彼に用事があるときはラングレーまで出向いてこなければならない。十四年のあいだにCIA長官からレークのところに電話があったのはたった六回である。長官は多忙なのだ。

エスコートにともなわれCIA本部の奥に向かって進む下院議員のまわりであらゆる検問障壁が音もなく崩れていく。長官室に着くころのレークは、われ知らず肩で風を切り、ひとまわり大きくなったような感じで歩いていた。権力は魔物である。レークもそれには逆らえない。

彼が今日CIA本部にやってきたのは、最高責任者のテディ・メイナード長官に呼ばれたからである。

広くて、四角くて、窓のない、通称〝巣穴〟と呼ばれる部屋のなかで、長官は一人で椅子に座り、大きなスクリーンをじっとながめていた。スクリーン上に映っている静止画像は下院議員アーロン・レークの顔である。三か月前の政治資金集めのパーティー会場でうつされた写真だ。レークはその会場でグラス半分ほどのワインを飲み、ベイクトチキンを食べ、デザートには手をつけずに、一人で家に戻り、十一時にはベッドにもぐり込んでいた。写真にうつっている正装したレークは好男子だった――赤みがかった毛には白髪はなく、ヘアラインもきっちりしている。紺色の目に、角張ったあご、歯並びはきれいだ。五十三歳の彼はいままさに脂が乗りきっている。毎日ローイングマシーンで三十分間のエクササイズをこなし、コレステロール値は一六〇。CIAの調査でも悪癖のたぐいはまったく発見できなかった。女性同伴が望まれる会合に女性を引き連れていくのを無邪気に楽しんでいるふうの彼が、決まって連れてくるのは、ベセズダに住む六十歳の未亡人である。ロビイストだった彼女の夫は、築きあげたひと財産を彼女にのこして死んでいった。

レークの両親はすでに他界していた。彼のただ一人の子供はサンタフェで教師をしている。二十九年間連れそった妻は一九九六年に卵巣ガンで死亡した。その一年後、十三年間共にあったコッカスパニエルの愛犬も死んだ。これで、アーロン・レーク下院議員は本当に独りぼっちになった。これはどうでもいいことだが、彼はカトリック教徒であり、少なくとも週に一度はミサに出席する。

CIA長官がボタンを押すと、画面の顔が消えた。

レークは首都ワシントン以外ではほとんど無名である。これは、彼が自分の活動範囲を心得ているからでもある。もっと高い地位への野心があったにしても、彼は決してそれを表に出さない。アリゾナ州知事候補に彼の名前が挙がったことがある。しかし、本人はワシントンにこだわった。彼はジョージタウンを愛している――雑踏と都会生活――いいレストランに、扱い図書の豊富な書店、エスプレッソバーなどなど。夫婦ともども演劇と音楽が好きだった。だから、ケネディセンターでの催しに行きそこなったことはなかった。

国会議事堂界隈でもレークの評価は高い。彼は頭がよくて、勉強家で、態度も意見もつねに明瞭で、まっ正直で、忠誠心に富んでいて、社会の欠陥に敏感な政治家とみなされている。

彼の選挙区にたまたま四大軍需産業の本拠地があるところから、彼は兵器と軍備のエキスパートになっていた。現在は両院合同軍事委員会の長であり、CIAの長官テディ・メイナードと知り合いになったのもその役割を通じてであった。

長官はもう一度ボタンを押した。レークの顔がふたたび現われた。情報戦争を五十年間戦ってきたCIA長官に胃が痛くなるようなことはめったにない。地面をはって弾丸をよけ、橋の下に隠れ、山のなかで凍え、チェコ人スパイを二人毒殺し、ボンでは裏切り者を撃ち殺し、七か国語をあやつり、冷たい戦争を戦い、第三次世界大戦を防ごうと奮闘し、CIAの工作員十人分以上の冒険を生きぬいてきた男である。その彼がいま、アーロン・レーク下院議員の無邪気な顔を見て胃が痛みだした。

彼――つまりCIAは――かつて試みたことのない国家の大手術を敢行しようとしていた。

上院議員百人の身元調査を終え、さらに五十人の州知事と、四百三十五人の下院議員に関する基礎調査もすんだ。だが、どれもどんぐりの背比べ。怪しさも似たりよったりだった。ただ一人違っていたのが、アリゾナ州代表のアーロン・レークだった。

長官がスイッチを切ると、壁の画面が消えた。長官の両ひざにはキルトがかけられている。彼の装いは毎日同じだ。Vネックのネービーセーターに、白シャツ、ひかえめな蝶ネクタイ。CIA長官は車椅子の車輪を自分で動かしてドアのところに行き、〝候補者〟を迎える用意をした。

待たされていた八分のあいだに、

レークはコーヒーとケーキを出されたが、ケーキには手をつけなかった。一八〇センチの身長に、七七キロの体重。見かけを気にする彼は菓子類は決して食べないし、砂糖も口に入れない。

しかし、コーヒーは濃かった。それをすすりながら、彼は自分がやってきた調査の数字をもう一度確認した。今日の会合の目的はバルカン半島に密輸されつつある大量の重火器について話しあうことである。レークは二種類のメモをたずさえていた。八十ページにのぼる、一行置きにタイプされたデータは、今朝の二時まで机にかじりついて勉強していたものだ。この件を話しあうためにどうして自分がCIA本部に呼びだされたのか、レークには心あたりがなかったが、議論できる用意だけはきちんとしてきた。

小さなブザー音と同時にドアが開き、腰から下をキルトに包んだCIA長官の姿が現われた。今年で七十四歳になる長官のいつもの顔である。仕事に追われ、ストレスがたまっているはずの老人にしては力強い握手だった。レークは彼のあとについて〝巣穴〟に入った。二人が入ったあとのドアの外を雄牛のように大きい二人の警備員が固めた。

二人は長テーブルをはさんで向かいあって座った。テーブルの先の壁面がスクリーンになっている。ちょっと前置きがあってから、長官がボタンを押すと、別の人間の顔が現われた。別のボタンを押すと、部屋のライトが暗くなった。レークはこういう場が嫌いではなかった。スイッチ一つで現われるハイテク映像。おそらく彼の心臓の鼓動も一〇メートル離れたどこかでモニターされているのだろう。ここはそういう部屋なのだ。

「こいつをご存じですね？」

CIA長官がレークに尋ねた。

「どこかで見た顔だな」

「ナトリ・チェンコフですよ。つい最近まで将軍だった男。現在はロシア議会の残党員」

「〝ナッティ（狂人）〟の名でも通っている」

レークが誇らしげに言った。

「そのとおり。筋金入りの共産主義者。軍部とのコネが強く、頭がよくて、野心家で、自己顕示欲が強くて、冷血漢。いま世界でいちばん危険な男です」

「そこまでは知らなかったな」、
スイッチが押され、別の顔が現われた。派手な軍事パレード用の帽子をかぶった無表情な顔である。

「ユーリ・ゴリツィン。ロシア軍残兵の副司令官。チェンコフとゴリツィンが組んで、何かでかい事をたくらんでいますぞ」

もう一度スイッチが入れられ、モスクワ北部の地図が現われた。

「連中は狂ったようにこの地域に兵器をため込んでいるんです」

ＣＩＡ長官が説明した。

「全部自分たちの武器庫から盗んできたものです。ロシア軍がロシア軍を略奪しているんだから、どうしようもありません。でも、それよりも重要なのは、ブラックマーケットで仕入れているものも相当あることです」

「その資金はどこから来るんだろう？」

「あらゆるところから。原油と交換にイスラエル製のレーダーを手に入れるわ、麻薬を売って中国製の戦車をパキスタン経由で買うわ、連中はなんでもやります。チェンコフは裏社会とも手を組んでいる。ロシアンマフィアの一人が最近マレーシアの工場を買収しましてね。その工場が生産できるのは殺人用のライフル銃だけなんです。チェンコフは天才的と言えるほどＩＱの高い男です」

そう言うテディ・メイナードこそ、天才と呼ばれる男である。その天才が誰かを天才呼ばわりするのだから、レークは彼の言葉を額面どおりに受けとることができた。

「それで、連中の攻撃目標は誰なんですか？」

ＣＩＡ長官は質問を無視した。というのは、まだ答える段階ではなかったからだ。

「ヴォログダの町を見てください。モスクワの東八〇〇キロのところにある田舎町ですけどね。先週われわれがこの町の倉庫に六十基ものヴェトロフが運ばれるのを追跡したんです。ご存じのように、ヴェトロフはですね――」

「こちら側のトマホークミサイルに相当するもので、実寸はトマホークより六〇センチ長く――」

「そのとおり。過去九十日間で、彼らは三百基ものヴェトロフを運びこんでいるんです。ヴォログダの南西にあるリビンスクの町はご存じですな？」

「プルトニウムの町」

「そのとおり。何トンものプルトニウムがあの町に貯蔵されている。チェンコフとゴリツィン一派がこの辺り一帯をコントロールしています」

「コントロール？」

「そのとおり。マフィア組織と軍の両側から手を伸ばして、チェンコフはあの辺りの人心を掌握している」

「なんのために？」

長官がボタンを押すと、壁の画面が消えた。しかし、部屋の明かりは暗いままだった。だから、テーブルの向こうで話す長官の声はまるで物陰から聞こえてくるようだった。

「クーデターが近づいていますぞ、ミスター・レーク。われわれのもっとも恐れていることが現実になりつつある。ロシアの社会と文化のあらゆる方面が音をたてて崩れている。デモクラシーなんてジョークでしかない。あそこの資本主義は悪夢と化している。あそこをマクドナルド化できると思ったのは間違いだった。労働者は給料をもらえず、それでも仕事があるやつはラッキーなほうです。失業率は二〇パーセントですからね。医薬品の不足で、病気の子供たちがどんどん死んでいる。大人も例外じゃない。人口の一〇パーセントがホームレスなんです。二〇パーセントは飢えに苦しみ、それが日増しに悪化している。国の経済がマフィアに握られていて、われわれの試算では、少なくとも五〇〇億ドルの国家予算が横流しされて国外に持ちだされていいます。一見して救いはありませんな。大衆に国家の安定を約束する新しい独裁者の登場のための完璧な舞台ができあがっている。国じゅうがリーダーシップを求めて泣き叫んでいるんです。チェンコフは今だと決断したんでしょう」

「彼なら軍隊を操縦できますからね」

「そうです。この前まで将軍でしたから。そこがすべてのカギなんです。民衆に期待されてのクーデターだから、無血になるはずです。おそらくチェンコフは民衆の拍手喝采に送られながら赤の広場に向かってパレードしていくんでしょう。その行く手をじゃまするのがわれわれ米国というわけで、こっちはまた悪者に逆戻りです」

「また冷たい戦争が戻ってくるわけですか」

レークの言葉は語尾が聞こえなかった。

「いや、冷たいどころじゃない。チェンコフはその先のことに燃えている。つまり、旧ソ連邦の再構築です。そのためには現金がどうしても必要だ。だから、それを領土や、工場や、原油や、穀物のかたちで手に入れるしかないんです。この目標達成には、簡単に勝てる局地戦争がいちばんでしょう」

別の地図がスクリーン上に映しだされた。世界新秩序の第一段階がレークの前に示されていた。長官の用意に抜かりはなかった。

「彼のねらいは、おそらくエストニア、ラトビア、リトアニアのバルト三国になるでしょう。それが済んでから、旧東欧圏に手を伸ばして、そこにまだ生きている共産主義の残党と結託するつもりなんでしょう」

下院議員は黙ってロシアの拡大地図をながめた。長官の予言は細部にわたり、かつ確信に満ちていた。

「中国はどうなるだろう？」

レークが尋ねたが、長官はまだ東ヨーロッパの話を終えていなかった。スイッチが入れられ、別の地図が現われた。

「われわれが否応なく巻きこまれるのはここですよ」

「ポーランドか」

「そのとおり。こういうときになると必ずポーランドが出てくるんです。ポーランドは現在、ひょんなことからNATOの一員になっている。あのポーランドが、われわれ米国やヨーロッパと一緒に戦うってサインしたんですよ！　いやはや。チェンコフはおそらく、ロシアの縄張りを復旧したあとは、西に狙いをつけてくるでしょう。ヒトラーと同じようにね。ただし、ヒトラーから見れば狙いは東でしたけどね」

「どうしてポーランドを欲しがるんだろう？」

「ヒトラーはどうしてポーランドを欲しがりました？　ロシアと自分の中間にあったからですよ。チェンコフはポーランド嫌いで、ポーランドのことなんかどうでもいいんです。ただNATOをぶち壊すために、ポーランドが欲しいんでしょう」

「彼は第三次世界大戦の危険をあえて冒すだろうか？」

ボタンが押され、スクリーンはふたたび壁面に変わった。部屋のライトもついた。視聴覚教室は終わりである。もっと深刻な議論をする時間だ。CIA長官のすねに痛みが走った。長官は思わず顔をしかめた。

「そこまでは予言できません」

長官は言った。

「かなりのところまで調べはついているんですが、あの男の頭の中までは分かりません。とにかく彼は隠密裏に事を進めています。要員を集めては適所に配して、何かにそなえている。もっともこれは、あなたもご存じのように、われわれの予想外のことではなかったわけですが」

「たしかに予想はありましたね。過去八年間、そういうシナリオが書かれるたびに、何も起こらずにすんできましたけど」

「ところが、いま起きているんですよ、レーク議員。チェンコフとゴリツィンが手を組んで、邪魔者をどんどん排除しているんです」

「連中にタイムテーブルのようなものはあるんだろうか?」

ＣＩＡ長官はキルトの下で身を動かし、痛みの少ない姿勢をとった。

「あるかないかの判断はむずかしい。もし彼が利口なら、民衆が蜂起するのを待つでしょう。わたしは予言しておきます。これから一年後、ナッティ・チェンコフは世界でいちばん有名な男になっているとね」

「一年後か」

レークは、まるで自分が死刑の宣告でも受けたかのように、独りごとを言った。

レークが世界の終わりを考えているあいだ、長い沈黙が流れた。ＣＩＡ長官は彼にわざとそうさせていた。長官の胃の痛みはほとんどなくなっていた。

ここまで話し終えて、長官はレークのことが気に入った。彼のルックスのよさもその一つの理由だが、ただそれだけではない。聡明で、こちらの言いたいことが分かって、話がしやすいからだ。彼を選んだのは正しかった。

〝候補者ナンバーワン〟は動かない。

コーヒーを飲み終えたとき、CIA長官のところに電話がかかってきた。副大統領からだった。長官と副大統領は先に協議したことを確認しあってから、さらに突っこんだ話に進んでいった。

レークはCIA長官が自分のために長い時間をとってくれたことがうれしかった。ロシア人たちがまた隊列を組んでやって来るという。その予想にもかかわらず、CIA長官にあわてている様子はなかった。

「言うまでもなく、こちらに軍事的な準備はまったくできていません」

CIA長官は重々しく言った。

「軍事的な準備って、戦争の用意のことですか?」

「そう考えてもらってもいいと思います。こちらに用意ができていない場合、戦争になる可能性は大です。こちらが強ければ戦争にはなりません。現在の国防総省には、一九九一年の湾岸戦争でやったことを実行する能力はありません」

「七〇パーセントといったところですな」

レークの口から出る数字には権威者の響きがあった。軍事は彼の専門なのである。

「七〇パーセントでは戦争に巻きこまれますよ、ミスター・レーク。しかも勝ち目のない戦争にね。チェンコフはあらんかぎりの予算を新兵器に傾注しています。ところが、われわれは予算のカットをくりかえし、軍備を縮小しつづけています。血を流すのがいやなんでしょう。ボタンを押してスマート爆弾を投下することばかり考えているんです。チェンコフのほうが戦いに飢えた兵士を二百万人も抱えているというのにです。お国のためなら死をもいとわない兵士たちをね」

CIA長官が話しているあいだ、レークはそれ見たことかと自分が誇らしかった。国防費削減にあえて反対票を投じてきたからだ。そのことで彼は選挙区からも非難されていた。

「あなたのほうでチェンコフを失脚させる工作はできないんですかね？」

レークの率直な疑問だった。

「それは不可能です。われわれの諜報網はすぐれていますが、いま変に行動を起こせば、われわれが恐れていることを彼に知らしめることになります。それがスパイゲームというものですよ、ミスター・レーク。いま無用に刺激したら、彼を大物にするだけです」

「すると、あなたの計画は？」

レークは思いきって肝心なところに切りこんだ。ここで一下院議員がCIA長官に計画を尋ねるとは僭越《せんえつ》もはなはだしかった。しかし長官は気にしなかった。CIA側としては会談の目的はすでに達せられていた。彼の前にもう一人下院議員が呼ばれていて、同じような会談をすませていた。何かの委員長が面会の順番待ちをしていたから、レークにいつ退席がうながされてもいい状況だった。

ＣＩＡ長官はかまわずにレークとの話を続けた。彼にはレーク個人にうち明けたいどでかい企画があった。

「ニューハンプシャー州の予備選が二週間後にあります。四人の共和党員と三人の民主党員が大統領選に名のりをあげていますが、全員が同じことを言っています。国防予算を増やそうなんて言う男は一人もいません。奇跡が奇跡を呼んで国家予算は大幅な黒字だというのに、寄ってたかってそれをろくでもないことに使おうとしているんです。低能の集まりと言うしかありません。わずか数年前までは、大幅赤字に苦しんで紙幣の印刷が間に合わなかったくらいなのに、いまはこの幸運の黒字をむだ食いしようとしているんです」

レーク下院議員はしばし視線をそらし、それについての意見の表明はさしひかえることにした。

「困ったことですよ」

ＣＩＡ長官は話を続けた。

「個人的にはすばらしい人が大勢いるのに、下院は責任を果たしていません」

「分かっています」

「とにかく、右を見ても左を見てもカカシばかりですよ。ご存じのように、二週間前にトップ争いをしていたのは別の候補者たちです。ところが連中は、小さな州の利益にこだわってお互いの顔に泥をなすりつけ合い、ともに沈没してしまった。愚かと言うしかありませんな」

ＣＩＡ長官はそこでひと息つき、顔をゆがめながら、言うことを聞かなくなった足を組みかえた。

「この国には誰か別の新しいリーダーが必要なんです、ミスター・レーク」

長官はひと呼吸置いてから、声を強めて言った。

「その誰かにいちばん最適なのはあなたでは、とわれわれは思っているんです」

レークの最初の反応は噴きだしそうになったことだった。彼はそれを笑みと咳でごまかした。それから、あわてた様子をみせずに答えた。

「冗談なんでしょ？」

「冗談でこんなことが言えますか、ミスター・レーク」

ＣＩＡ長官は厳しい顔つきで言った。

よく準備された罠だった。アーロン・レーク下院議員はいつの間にか罠のなかに飛びこんでいた。

レークは落ちつきだけは失うまいと、ごくりとつばを飲みこんだ。

「まあ、話だけは聞きましょう」

「とても簡単なことです。簡単だからこそ、うまく行くんです。ニューハンプシャー州の予備選挙にはもう間に合いません。そんなことはどうでもいいんです。連中にむだ撃ちさせておきましょう。その騒ぎが終わるのを待つんです。静かになったところで、大統領候補に名のりをあげ、世間をあっと言わせるんです。みんなが同じ質問を発するでしょう〝アーロン・レークって誰だ〟ってね。そうなるのがこちらの狙いです。あなたが誰だかたっぷり分からせてやりましょう」

長官の威勢のいい話は続いた。

「最初の段階では論点を一つにしぼるんです。つまり、国防予算についてこだわるんです。わが国の軍隊がいかに弱体化しているかを訴えるために、あえて憎まれ口をきくしかありません。国防予算を倍増させるんだと言い張れば、国じゅうの目があなたのほうを向きます」

「国防費を倍増する？」

「選挙には利き目があるでしょう。そう思いませんか？　まず注目を集めることです。倍増といっても、任期中の四年間でのことですからね」

「でも、それはまた極端ですね。国防費の増額は必要にしても、倍というのは使いすぎじゃないでしょうか？」

「いや、そうとはかぎりませんぞ、ミスター・レーク。もし戦争が避けられないとしたら、それでも足りないくらいです。今度の戦争では、一発数百万ドルもするトマホークミサイルをボタンを押すだけで何千発もぶっ放さなければならないんです。ついこのあいだのバルカン騒動でも弾切れになりそうだったんですよ。兵士も水兵もパイロットも足りません。このことはあなたもご存じのはずです。新兵を訓練するのに、予算がいくらあっても足りません。ところがわれわれはすべてに不足している——兵士に、ミサイルに、戦車に、戦闘機に爆撃機。それをチェンコフはいま着々と準備しているんです。われわれのほうが縮小しているというのにね。だから、今度の政権で立て直さなくては、合衆国は消滅します」

〝合衆国は消滅します〟と言ったときの長官の声には怒りがこもっていた。アーロン・レークは、爆撃で地面が揺れているような気さえした。

「財源はどうするんですか？」

レークは質問した。

「なんの財源？」

「国防予算の」

CIA長官はうんざりした顔で言った。

「ふむ。あるところから取ればいいんですよ。さっきも言ったように、国の予算は大幅黒字なんです」

「でも、いまあなたが言ったような調子で使っていけば、そんな黒字幅はすぐなくなりますよ」

「分かっています。でも、カネのことは心配しないことです、ミスター・レーク。大統領に立候補宣言すると同時に、あなたは米国じゅうを恐怖で縮みあがらせるんです。これからわたしが言うことを仮の話として聞いてください。そして、もしあなたがその気になったら、本気で相談しましょう」

長官はそう前置きしてから、本題の説明を始めた。

「最初みんなは、あなたのことをアリゾナの狂人とののしるでしょう。平和な世の中で爆弾をもっと作ろうと言うんですからね。だが、そういう連中はすぐ仰天することになるでしょう。地球の向こう側でわれわれが危機を惹起《じゃっき》させるからです。そのときになって、アーロン・レークは先見の明があったと讃えられるはずです。すべてはタイミングですよ。アジアでの米国がいかに弱いかを喧伝《けんでん》してください。そのころ、われわれが手を回して世界をあっと驚かせるようなことをアジアでしでかせばいいんです。みんなは突然あなたの話を聞くようになります。選挙キャンペーンはすべからくこの手で行くんです。われわれが裏工作であなたの主張をバックアップします。ニュースをリリースしたり、緊張をもりあげたり、メディアを操作したり、あなたの対抗馬を脅したりするのもわれわれの仕事です。はっきり言ってむずかしいことではありません」

「今までもそんなことをやってきたように聞こえますが？」

「いいえ、それはありませんよ。国を守るために変わったことはいろいろやってきましたけどね。大統領選挙をねじ曲げようとしたことはありません」

ＣＩＡ長官の口調にはどこか自戒めいたところがあった。

レークは椅子をゆっくりうしろに押して立ちあがった。それから、腕と足をのばし、テーブルに沿って部屋を行ったり来たりしはじめた。足は重く、心臓はドキドキと鳴っていた。罠ははじかれ、彼はすでに囚われの身になっていた。レークは椅子に戻った。

「わたしには選挙に使うような財産はまったくありません」

レークはテーブル越しに言った。CIA長官はにっこりしてうなずき、さもその件を考慮に入れるようなそぶりを見せた。レークのジョージタウンにある自宅の価値は四〇万ドルしかなく、その半分ほどの現金を投資信託に預け、一〇万ドルを公債に変えてある。借金はない。再選資金用に四万ドルの預金はある。

「金持ちの立候補者は一般受けしません」

そう言うと、CIA長官は別のボタンを押した。壁のスクリーンに鮮明なカラー映像が映しだされた。

「選挙資金は問題じゃありませんよ、ミスター・レーク」

長官の口調は軽やかになっていた。

「兵器製造業者に払わせればいいんです。これをご覧になってください」

CIA長官は子供に指図するように、右手を振ってレークの視線を誘導した。

「去年だけで国防と宇宙開発費に二〇〇〇億ドルも使っているんです。それのほんのひとかけらをこちらに回せばいいんです」

「ひとかけらって、どのくらいですか？」

「あなたが必要なだけ。具体的な数字を言うなら、業者たちから一億ドルは集められるでしょう」

「選挙資金の流れは明らかにしておかなければならないから、そんなに多額の資金を人に知られずに動かすのはむりなんじゃないですかね？」

「そうとはかぎりませんよ、ミスター・レーク。いずれにしても、資金の心配はいりません。われわれのほうで面倒を見ます。あなたはただ演説をしてキャンペーンを続ければいいんです。カネは必要に応じて入ってきます。さっきも話したように、十一月ごろには米国じゅうの有権者がアルマゲドンにおびえて、あなたが選挙にいくら使ったかなんて気にしなくなっていますよ。地すべり的な勝利になるでしょう」

ＣＩＡ長官テディ・メイナードが地すべり的勝利を保証している。レークは腰が抜けたまま、椅子から動けなかった。ただボーッとなってスクリーンに映しだされている数字を見つづけた。沈黙が不気味だった。宇宙開発と国防費に二〇〇〇億ドル。去年の軍事予算だけで二七〇〇億ドル。それをこれからの四年間で五四〇〇億ドルに倍増させるのだという。兵器製造業者の太る姿が目に浮かぶようだ。しかし、それにひっぱられて労働者の賃金も天井知らずに上がる。失業者も減る。〝レーク大統領候補〟は金持ち階級に支持され、組合票を集めるだろう。

ショックがおさまり、ＣＩＡ長官の言う簡単な計画がレークの頭にすんなり入るようになった。軍需によって利益を得ている者から現金を集め、さまざまな有権者を脅して投票にかりたてる。そして、地すべり的な勝利をおさめる。それによって世界を救おうというのだ。CIA長官はしばらく口をつぐみ、レークに考えさせてから言った。

「実際の運動は〝企業内政治活動委員会〟を動員して行ないます。組合員に、技術者、重役連中、ビジネスマン連合――すでに予定している政治活動グループに不足はありません。これからも新たなグループをどんどん結成させます」

レークの頭のなかは、すでに新たなグループの結成に動いていた。潤沢な資金を持った何百もの企業内政治委員会……最初のショックはどこへやら、純粋な興奮がレークの内側で頭をもたげていた。それについての何百もの問いが頭を駆けめぐった。

〈誰を副大統領にする？　選挙キャンペーンを誰に統括させる？　最高顧問は誰にさせよう？　立候補の発表はどこで？〉

「これはうまく行くかもしれませんね」

レークは落ちついた口調で言った。

「もちろんうまく行きますよ、ミスター・レーク。わたしを信用してください。かなり長いあいだ温めてきた企画なんです」

「これを知っている人間は何人いるんですか？」

「ほんの数人です。あなたを選ぶのにずいぶん苦労しましたよ、ミスター・レーク。大勢からしぼり込みましたからね。あなたの経歴も充分に調べさせてもらいましたよ」

「たいした経歴じゃなかったでしょ？」

「まあね。でも、バレッティ婦人との関係だけはちょっと気になりますな。離婚経験が二回で、頭痛薬の常習者ということですが？」

「バレッティ婦人とわたしが関係しているなんて初耳だな」

「最近、頻繁に会っているじゃありませんか」

「見張られていたか。やむをえない。まあ、そういうことです」

「彼女を連れて何かの正装パーティーにも出たそうじゃないですか？　アフガニスタンの被抑圧女性を救う会とか——」

長官の口調は急に皮肉じみた。

「あんなのには行きたくなかったんです」

「だったら行かないことですな。危うきには近寄らんことです。そんなのはハリウッドにまかせましょう。バレッティ婦人はトラブルの種でしかありません」

「ほかに誰かいたかな？」

レークはちょっと不機嫌そうな顔で訊いた。彼の個人生活は、妻を亡くして以来ずっと退屈きわまりないものだった。それが、ここにきて幸いに転じようとしている。

「とくにありませんね」

長官は言った。

「ベンチリー婦人は地味で、エスコート相手としても申し分ないんじゃないですか？」

「それはどうも」

「あなたの中絶反対の立場はかなりやり玉にあげられるでしょうけど、それはなにも、あなたが最初ではありませんからね」

「中絶の議論ほど退屈なものはありませんよ」

中絶の是非で言い争うのにレークはもう飽き飽きしていた。実際に彼は、中絶に反対したこともあれば、賛成したこともあった。子供を産む権利については、同調したこともあるし、厳しい立場をとったこともある。彼は十四年間の政治家活動のなかで中絶という地雷源をただうろうろさまようだけだった。そして、新しい運動が起きるたびに傷つけられ、血を流してきた。だから、もう中絶問題には動揺しなくなっていた。少なくとも現在はそうだ。それよりも、CIAに嗅ぎつけられているにちがいない過去の汚点が一つだけあった。

「〝グリーン・ツリー社〟の件はどうですかね？」

レークはその件をあえて自分から持ちだした。CIA長官はなんでもないと言いたげに右手を振った。

「二十二年前のことですよ。誰も有罪にならなかったじゃないですか。あなたの共同経営者は破産して訴えられたけど、結局は罪をまぬがれた。まあ、いずれは公になるでしょう。しかし、なればなれ、ですよ。われわれがマスコミの目を別の方にそらさせます。あとから選挙戦に飛びこんだ者の強みです。マスコミにあれこれ掘り返される時間がないことがね」

「わたしは目下独身だけど、独身男が大統領に選ばれたことは今までになかったはずですが」

「独身というよりは男やもめじゃありませんか？　ここでも郷里でも、みんなから愛された美しいご夫人の夫だったではありませんか。いま独身かどうかなど、まったく問題になりませんよ。わたしを信じてください」

「では、ほかに心配ごとは？」

「べつにありません、ミスター・レーク。心配ごとなどまったくありません。あなたは誰でもが選びたくなる、堂々たる候補です。われわれが問題を起こし、大衆の恐怖をあおり、資金を調達します」

言いづらいことをけろりと言ってのけるところが逆に頼りになりそうだった。レークはふたたび立ちあがり、髪の毛をかいたり、あごをなでたりしながら、部屋を行ったり来たりしはじめた。

「わたしのほうにも訊きたいことがいろいろあるんですが」

「わたしで答えられるものは答えましょう。明日、またここで同じ時間に会おうではありませんか。今夜は寝ながらでもよく考えてください、ミスター・レーク。ここにきて時間は貴重ですけど、重大ごとを決定するんですから、二十四時間の猶予ぐらいは必要でしょう」

ＣＩＡ長官はにっこりして言った。

「それはいい考えだ。わたしにも考えさせていただきたい。答えは明日出しましょう」

「今日のわれわれの対話については誰も知りませんから、ミスター・レーク」

「ということですな」

第三章

法律関係の書架は、広さだけで言うなら、トランブル刑務所図書館全面積の四分の一を占める。そして、この一角だけが、赤レンガとガラスを趣味よく配した壁によって仕切られ、別室のようになっている。税金を使ってこんなおしゃれをしていいのだろうか。法律図書室の棚は引きだす隙もないほど本でびっしり埋まっている。壁ぎわには机が並び、その上にタイプライターだの、コンピューターだの、図書検索機だのが置いてある。大図書館なみの設備だ。

この法律図書室を支配しているのが例の三人組である。もちろん、どの囚人でもここを利用することはできる。だが、一定の時間ここにとどまる場合は、三人の許可を得なければならないのがトランブル内の不文律である。許可と呼ぶのがふさわしくないなら、少なくとも〝断わり〟は必要だ。

ミシシッピ州出身のジョー・ロイ・スパイサー判事は、床ふきと、机や棚の掃除で一時間四〇セント稼ぐ。灰皿をきれいにするのも彼の仕事だ。与えられた卑しい仕事に就くときの彼は〝判事〟ではなく〝ブタ〟とさげすまれている。

テキサス州出身のハトリー・ビーチ判事は正式な図書係で、刑務所内の最高給である一時間あたり五〇セント支給されている。自分の管理する本の順番についてうるさく、その件でスパイサーとよく口げんかする。

かつてのカリフォルニア州最高裁判事フィン・ヤーバーはコンピューター技術者として時間あたり二〇セントしかもらっていない。彼の給料が最低ランクなのは、技術者とは名ばかりで、彼のコンピューターに関する知識はほとんどゼロだからである。

普通、三人は、日に六時間から八時間を図書室ですごす。トランブル刑務所内の囚人が何か法律上の問題をかかえるときは、三人組の誰かに連絡をとり、彼らのスイートであるこの図書室を訪問すればいいことになっている。ハトリー・ビーチ判事は刑期と上訴のエキスパートで、フィン・ヤーバーは破産や離婚や養育についての問題を扱う。法律の勉強をしたことのないジヨー・ロイ・スパイサー判事には専門がなく、本人も専門など望んでいない。やむをえず詐欺事件を自分の担当にしている。

規則を厳密に適用するなら、三人組は自分たちの専門知識を稼ぎのタネにしてはいけないことになっている。しかし、規則の適用はあいまいである。しょせん、ここにいる彼らは犯罪人なのだ。もし彼らがシャバに出てから人知れず集金するなら、当局もそこまでは追及できない。

刑期の計算は意外に儲けになるのだ。トランブル刑務所に送られてくる囚人の約四分の一の判決に誤りがある。ビーチ判事が判決文を読めば、ひと晩でその欠陥を発見できる。一か月ほど前、彼は、十五年の刑を言い渡された青年の判決文中の誤りを見つけ、刑を四年短縮してやった。青年の家族はそのことで三人組に五〇〇〇ドルの謝礼を払うことに同意した。これが今日まで三人組が稼いだ最高額である。カネの授受は、スパイサー判事がネプチューンビーチに住む弁護士を使い、秘密裏に行なわれた。

法律関係図書室の奥にせまい会議室がある。いくつもの書棚でさえぎられていて、図書室内からもほとんど見えない。入り口の大きなドアにはガラス窓がついている。そこからなら中をのぞけるが、ここに来てそんなことをする者はいない。だから三人組が内緒の話をするときはそこにこもる。というわけで、彼らはそこを〝判事室〟と呼んでいる。

スパイサーはネプチューンビーチの例の弁護士と面会したばかりで、待ちに待った手紙をちょうど受けとったところだった。彼はドアを閉め、封筒をファイルから取りだすと、それをビーチとヤーバーに振って見せた。

「黄色だぞ」

スパイサーは二人に呼びかけた。

「〝リッキー〟の分だ。わくわくするね」

「送り主は？」

そう訊いたのはヤーバーである。

「ダラスのカーティスからだ」

「銀行家か？」

ビーチが興奮して訊いた。

「いや、カーティスは宝石店の店主だ」

スパイサーは黄色い封筒を開け、便箋を広げた。そして、にっこりすると、ゴホンとせき払いしてから、声に出して手紙の文面を読みはじめた。

「〝親愛なるリッキー。一月八日付けのきみの手紙には泣かされたぞ。しまうまでに三回も読み返した。本当にきみは気の毒だ。どうしてまだそんなところに入れられているのか、わたしには分からない〟」

「リッキーはどこに入れられているんだっけ？」

ヤーバーが訊いた。

「リッキーはさる高級な麻薬中毒患者矯正施設に缶詰めにされているんだ。その費用は彼の金持ちの叔父が払っている。リッキーは一年間で治療が成功して完全に回復したんだけど、矯正施設の経営者が欲深い男で、リッキーを出所させないんだ。四月まで毎月二万ドル集金できるからね。そのほうが実は金持ちの叔父にとっても都合がよかったんだ。おまえたちも筋書きは知っているだろ?」

「ああ、そうそう。思いだした」

「おまえの創作も入っているんだぞ。先を続けていいかな?」

「どうぞ、やってくれ」

スパイサーは手紙の先を読んだ。

「〝……いますぐにでもそこへ飛んでいって、きみを閉じこめている悪い連中と対決したいところだが、事情が許さない。それにしても、きみの叔父のなんと醜いこと! 金持ちというのはカネを送りさえすればそれですむと思っている。決して自分の手を汚そうとしない。前にも話したとおり、わたしのおやじも金持ちで、世界一みじめな男だった。物は買い与えてくれたが、決してわたしにかまってくれたことはなかった。彼は病人だったんだ。ちょうどきみの叔父と同じようにね。ここに一〇〇〇ドルの小切手を同封する。売店で必要なものを買いたまえ〟」

スパイサーは二人の顔をちらりと見てから、その先を読んだ。

「〝リッキー、四月にきみに会えるのが待ち遠しくてたまらない。ちょうどオーランドで国際ダイヤモンドショーが開かれる月だけど、ワイフはわたしと一緒に行きたくないと言っている〟」

「四月だって？」

ビーチが訊いた。

「そのとおり。リッキーが四月に解放されるのは間違いない」

「幸せなこった」

ヤーバーがにやりとして言った。

「それで、そのカーティスという宝石店主には妻も子供もあるんだな？」

「カーティスは五十八歳で、三人の子供はもう大人になっていて、孫も二人いるよ」

「小切手はどこにあるんだ？」

スパイサーは便箋をめくって二ページ目を読みはじめた。

「〝オーランドで会う約束をしよう。四月に出所できるというのは本当なのかい？　本当だと約束してくれ。きみのことを片時も忘れない。きみの写真はいつも机の引き出しの奥にしまってある。写真のきみの目に見入るたびに、ぜひ一緒になりたいとの思いがよみがえる〟」

「病気、病気、病気！　テキサスにもいるんだな、こういうのが」

にやけながらビーチが言った。

「ああいう所にはけっこうたくさんいるんだよ」

ヤーバーが言った。

「じゃ、カリフォルニアにはいないのか？」

ビーチが言い返した。

「あとは、くだらないことがぐちゃぐちゃ書いてある」

スパイサーが文面にざっと目を通して言った。それから、一〇〇〇ドルの小切手をとりだして二人の同僚に見せた。いずれこのカネも彼らの弁護士を通して三人の秘密の口座に振りこまれるはずだ。

「やつをいつゆするんだい？」

ヤーバーが訊いた。

「あと二、三回手紙を交換させよう。〝リッキー〟にもう少し嘆かせたほうがいい」

「そのうち警備員になぐられて半殺し目に遭うというのはどうだい？」

ビーチの筋書きに、スパイサーは首を横に振った。

「彼が入れられているところはちゃんとした矯正施設なんだ。知ってるだろ？　カウンセラーはいるけど、警備員なんかいないさ」

「だけど、出入りできないようになっているんだろ？　ということは、門も塀もあるんだから、警備員の一人や二人はいるさ。もしリッキーが、シャワー室かロッカー室で、若い体が欲しい飢えた仲間に襲われたらどうする？」

想像力豊かなビーチが言うと、ヤーバーが口をはさんだ。

「カーティスが心配しているのは、レイプよりも、それでリッキーが変な病気をもらわないかどうかだ」

かわいそうなリッキーをさらに惨めにする創作アイデアが次から次へと出された。リッキーの写真というのは、もともと仲間の囚人が掲示板に貼ったものをスパイサーが引っぱがして、弁護士にクイックプリント店で焼き増しさせたものだ。それを、米国のあちこちに住む十二人以上のペンパルに送ってあった。卒業式にのぞむハンサムな大学生が紺色のローブをはおり、角帽をかぶり、卒業証書を手に持ってにっこりほほえんでいる、男も惚れるような魅惑的な写真である。

ビーチが二、三日考えて新しいストーリーを作り、それに基づいてカーティス宛の手紙を書く手はずになった。

ビーチ判事は苦しみもだえる架空の少年〝リッキー〟になりきって、新たな恐るべき展開を考える。そして、それを八人の心の友に送りつける。

ヤーバー判事は、やはり麻薬で隔離されている青年〝パーシー〟役を演じている。パーシーはいまは中毒も癒え、出所を待つ身である。出所したら、誰か思いやりのある養父と一緒に有意義な時をすごしたい、と語りかけて何人もの応募者に手紙を出した。パーシーの釣り針にひっかかった中年男は目下のところ五人である。ヤーバーはいま、そろりそろりとリールを巻きあげているところだ。

ジョー・ロイ・スパイサーは文章を書くのが苦手である。したがって、自分は、詐欺全般の運営と、面会にやってくる弁護士に手紙を頼んだりする役目に徹している。集まったカネを管理するのも彼の役目である。

スパイサーは別の手紙をとりだし、宣言口調で言った。

「判事のみなさん、これはクインスさまからである！」

その瞬間、すべてが止まり、ビーチとヤーバーは食い入るように手紙を見つめた。〝クインス〟とは、アイオワ州の小都会で銀行を経営する資産家のことである。リッキーとのあいだで交わされた六通の手紙にそう書いてあった。ほかの文通相手同様、クインスの名前もやはりゲイの専門誌で釣りあげたものだ。その雑誌はいま法律図書室の奥に隠してある。

クインスは獲物としては二番目だった。最初につかまえた男は疑いをいだいて、もう連絡してこなくなった。クインスからは湖のほとりで撮ったスナップ写真が送られてきた。シャツを脱ぎ、太鼓腹を丸出しにし、貧弱な両腕に、いかにも五十一歳の男らしい禿げあがったヘアライン――その中年男を家族が囲んでいる、うつりの悪い写真だった。調べられても誰だか分からないように用心して、そんな写真を選んだのだろう。

「読みたいかい、〝リッキー〟？」

スパイサーはそう言って、手紙をビーチに渡した。ビーチはそれを受けとり、封筒の表を読んだ。まっ白で、返信用の住所は書かれていなかった。こちらの宛て名はタイプで打たれていた。

「おまえは読んだのか？」

ビーチが訊くと、スパイサーは首を横に振った。

「いや、まだだ。読んでみてくれ」

ビーチは封筒から手紙をゆっくり引きだした。白い便箋に、古いタイプライターでびっしり打たれたシングルスペースのパラグラフが続いていた。ビーチは艶っぽい声色を使って読みはじめた。

「〝親愛なるリッキー。わたしはやったぞ。やったなんて自分でも信じられないくらいだ。でも、もう後戻りはできない。送金手続きは公衆電話を使ってしたから、調べられてもわたしだとはバレないだろう。きみがすすめたニューヨークの会社はとても気がきいている。秘密は厳守してくれるし、いろいろ世話もしてくれる。正直に言って、リッキー、わたしは心臓が止まるほど怖かったんだ。ゲイ専用のクルーズに予約するなんて夢にも考えなかった。でも、いまは興奮している。わたしは自分が誇らしい。一泊一〇〇〇ドルもするキャビンスイートに予約したんだ。ああ、きみとのデートが待ちきれない〟」

ビーチはそこで読むのを中断して、鼻にかけた読書用メガネの上から二人をちらりと見た。二人の仲間はにやにやしながら、ひと言ひと言を味わっていた。ビーチは読みつづけた。

「〝船は三月十日にマイアミを出帆する。それで名案があるんだ。わたしがマイアミに着くのは九日だから、お互いに紹介しあったり、外で食事をしたりする時間がない。だから、直接船のスイートで落ちあうというのはどうだろう？　わたしが先にチェックインして、冷たいシャンパンを用意しておく。それでどうだね、リッキー？　まる三日間楽しめるぞ。部屋からなんて出たくないね〃」

ビーチも思わず顔をほころばせた。だが、実際は気持ち悪くて、もどしたいぐらいだった。

ビーチはさらに先を読んだ。

「〝この旅行が待ち遠しくてたまらない。わたしはとうとう自分を見つけることができるんだ。その第一歩を踏みだす勇気を与えてくれたのはきみだ。まだ会ったことのないわれわれだけどね、リッキー。わたしはきみへの感謝の気持ちでいっぱいだ。確認の返事をできるだけ早く書いてくれたまえ。では、体に気をつけて、わたしのリッキー。愛をこめて　クインス〃」

「ああ、おれはもどしそうだ」

スパイサーはそう言ったものの、今後のなりゆきに自信があるわけではなかった。詰めるべきことがまだたくさん残っていた。

「この辺で目を覚まさせるか？」

ビーチが言うと、ほかの二人はすぐに賛成した。

「いくらにする？」

ヤーバーが訊いた。

「少なくとも一〇万ドル」

スパイサーが言った。

「やつの家は二代にわたって銀行家なんだぞ。おやじはいまでも現役だ。息子の実態を知ったら老人は激怒するだろう。家族からつまはじきにされたら困るから、クインスは言いなりに払うしかない。状況は完璧だ」

ビーチはすでにメモの用意をしていた。ヤーバーも同じようにペンをとった。スパイサーは獲物を追いかける熊のように、小さい部屋を行ったり来たりしはじめた。次から次へとアイデアが出され、泣き落としの言葉が考えられ、戦術が練られた。ほどなく手紙文が形を整えた。

ビーチが下書きを読んだ。

「〝親愛なるクインス。一月十四日の手紙、うれしかった。ゲイクルーズに予約できて本当によかったですね。とても楽しそう。でも一つ問題があります。ぼくが参加できそうもないことです。それには理由が二つあります。一つは、ぼくがあと二、三年はここを出られないことです。ぼくが入れられているのは実は刑務所であって、中毒治療のクリニックではないんです。それと、もう一つは、ぼくはゲイではありません。その正反対です。妻もいるし、子供も二人います。しかも、その家族は、現在ぼくが刑務所に入っていて支えてやれないため、生活苦にあえいでいます。これがぼくの実情です、クインス。そこであなたに少し援助してもらいたいんです。必要な額は一〇万ドル。口止め料だと思ってください。送金してくれたら、リッキーのこともゲイクルーズのことも忘れたらいいでしょう。アイオワの銀行家仲間にもいっさい秘密にしておきます。あなたの奥さんも、子供たちも、お父さんも、その他あなたの裕福な親戚の誰も、リッキーの件を知らずにすむでしょう。もし送金がない場合は、あなたからの手紙をコピーして、あなたの街中にばらまきます。こういう行為を〝ゆすり〟と言います。はっきり言って、あなたはゆすりに引っかかったんです。残酷で、卑劣で、違法なことです。でも、ぼくはかまいません。お金がもらえればいいんです。お金持ちのあなたにとってはどうということはない額でしょうから〟」

ビーチはそこで読むのをやめ、部屋を見まわして二人の賛意を求めた。

「おみごと」

スパイサーはすでに奪ったカネのつかい道を考えていた。

「いやらしくていいね」

そう言ったのはヤーバーだった。

「でも、やっこさんが自殺でもしたらどうする？」

それに対してビーチが答えた。

「そこまではいかないよ」

三人は手紙をもう一度読んでから、はたしてタイミングが今でいいのかどうか話しあった。

だが、三人がやっていることの違法性や、捕まったときの刑期のことは誰の口からも出なかった。そのことについては、ジョー・ロイ・スパイサーが二人を誘いこんだ何か月も前に議論しつくしていた。回収できそうな金額に比べれば、リスクはむしろ軽微だった。身から出たさびのクインスやその家族が警察に駆けこむとは考えられなかった。
三人はまだ誰に対しても〝ゆすり〟は実行していない。実行するとしたらクインスが最初の獲物になる。現在、文通を続けている被害者候補はあと十人以上いる。全員が中年男性で、簡単な広告にひっかかって返事を出すというあやまちを犯してしまった者たちだ。広告文は次のとおりだった。

二十代の独身男性。やさしくて秘密の守れる四十代か五十代の紳士をペンパルに求めます。

ゲイ雑誌のうしろの広告ページに載せた小さな案内広告が六十通もの返事をもたらした。全員をふるいにかけて、カネのありそうな獲物を選ぶ作業をスパイサーが担当した。最初、彼はいやな仕事だと思ったが、すぐにおもしろくなりだした。〝ゆすり〟はいま、三人のれっきとしたビジネスになろうとしていた。なんの関係もない男から一〇万ドルもゆすり取るのだから、その醍醐味はこたえられなかった。プライドを奪われると同時に良心をなくした三人には、大物の棲む深海の漁場で釣り糸を垂らすようなおもしろさだった。

三人に面会に来る弁護士が収穫の三分の一を取ることになっていた。これは弁護士の通常の謝礼率だが、そんなに持っていかれるのかと、三人にとってはフラストレーションのたまる額だった。しかし、彼らに選択の余地はなかった。弁護士がこのビジネスでのカギをにぎっているからだ。

三人はそれから一時間ばかりクインスに出す手紙の内容を吟味した。そして、最終的な文面は明日書きあげることにして、今夜はそれぞれが寝ながら考えることにした。

〝フーバー〟という偽名を使った男性からの手紙がもう一通来ていた。パーシー宛に来たその男性からの二通目の手紙だった。バードウオッチングがどうのこうのと、だらだらした文章が四パラグラフも続いていた。〝パーシー〟として返事を書く前に、ヤーバーは小鳥の勉強をしなければならなくなった。相手の興味に応えるのがこの仕事のコツでもあるからだ。フーバーにはあきらかに警戒している様子がみえた。個人的なことはいっさい書いていないし、カネの有無についてもまったくふれていなかった。

彼にはもう少しエサを与えておけ、というのが三人組の結論だった。それには小鳥についてくどくどと語ることだ。そして、おりを見てちょっかいを出してやればいい。それでももし、フーバーが鈍感で、経済状態についてもいっさい明かさないようだったら、彼を被害者候補リストから落として一巻の終わりとすることに決まった。

連邦政府の刑務局は、トランブル刑務所を〝収容施設〟として扱っている。それはとりもなおさず、施設を囲う塀も、有刺鉄線も、監視塔もないことを意味している。脱走者を待ちかまえる銃を持った看守もいない。収容施設なら警備は最小限にきりつめられる。だから、もし囚人が脱走したかったら、出ていけばいいだけの話である。トランブル刑務所には千人もの囚人がいるにもかかわらず、脱走する者はほとんどいない。施設としては公立学校よりは数段ましなのである。房にはエアコンが入っているし、毎日三食用意されるきれいなカフェテリアに、エクササイズルーム。ビリヤードや、ラケットボールや、バスケットボール、バレーボール、なんでもござれだ。ジョギング用のトラックや、図書館もある。礼拝堂には専門の牧師もいる。カウンセラーやケースワーカーも常駐している。囚人同士の面会時間は無制限だ。

トランブル刑務所の待遇は囚人たちにとってはいわば最高の部類である。そこに収容されている囚人たちも全員が〝危険小〟と分類された者たちだ。八〇パーセントは麻薬がらみの犯罪人である。銀行強盗をやらかした者は約四十名いるが、傷害や殺人などに至った者はいない。残りはホワイトカラータイプの罪人たちで、その罪名も、ちょっとした詐欺から、フロイド外科医のように二十年にわたって六〇〇万ドルも保険料を不正請求した者まで、いろいろである。

トランブル刑務所において暴力はタブーである。脅しなどもあまりない。規則はたくさんあって、その適用も厳密だが、刑務所の管理当局が囚人たちの素行に頭を悩ますことは少ない。

もし手に負えない者がいたら、そいつを荒っぽい看守のいる、有刺鉄線で囲まれた、より厳しい刑務所に送ってしまうからだ。トランブルにいる囚人たちは、したがって、模範囚であろうとつとめ、刑期の終わる日を指折りかぞえて待つのである。刑務所内で重犯罪が行なわれるなど考えられないことだった。それを変えたのが、新たに入所してきたジョー・ロイ・スパイサーである。

シャバで本物の判事をしていたころ、スパイサーは〝アンゴラ詐欺〟なる犯罪の手口を耳にしたことがあった。アンゴラとは、ルイジアナの悪名高い刑務所からとった名前である。そこの刑務所のある囚人がゲイを装って被害者たちから七〇万ドルも巻きあげていたのだ。スパイサーはルイジアナの田舎から出てきた男だが、当時〝アンゴラ詐欺事件〟はルイジアナの田舎でも頭のいい犯罪として話題になった。自分がそのまねをするとは夢にも思わなかった当時の彼だったが、ある朝、連邦政府刑務所の檻のなかで目を覚ましたとき、まるで生まれ変わったように、人をだます決意を固めていた。出くわすすべての人間をひっかけてやるぞ、との、なみなみならぬ決意だった。

彼は毎日決まって午後一時に運動場をジョギングする。普通は一人で、かならずマルボロをひと箱携帯する。投獄される前の彼はタバコなど吸ったことがないのだが、いまでは日にふた箱も消耗する。こうして彼は肺を傷めつけながらジョギングするわけである。三十四か月間で彼が走った距離は一九八七キロメートルに達する。そのあいだに一〇キロも体重を減らしたのだが、これは彼が好んで言い張るように、運動からではない。ビールを飲まないようにしているのが体重減の本当の理由である。

ジョギングと喫煙の三十四か月間。出所まであと二十一か月。

盗んだビンゴのカネのうち、九万ドルは自宅の裏庭に埋めてある。母屋の裏手から離れること半マイル、道具小屋の横に、手製のコンクリートの容器に入れて土のなかに埋めてある。そのことに関して彼の妻は何も知らない。とはいえ、彼女は、盗んだ総額十八万ドルの残りを浪費するのに大いに協力していた。当局の徹底した調査にもかかわらず、つかい道は約半分しか判明しなかった。二人はキャデラックの新車を買い、ラスベガスへはファーストクラスで飛んだ。現地での行ったり来たりにはリムジンを借りあげ、泊まるホテルも超一流なら、選ぶ部屋もどでかいスイートだった。

スパイサーに見果てぬ夢がまだあるとしたら、その一つはプロのギャンブラーとして顔をきかせることである。よそ者のままでいいから、どこのカジノでも恐れられる存在になることだ。それがかなえられたら最高だった。彼の〝おはこ〟は〝ブラックジャック〟である。負けて、札束を一トン分もなくしていながら、彼はまだどんなカジノでも打ち負かせるものと盲信している。めずらしいカジノがあったらカリブ海にも出かけるだろうし、アジアが熱いと聞いたらそっちにも足を伸ばす。ワイフと一緒であろうとなかろうと、世界中どこへ行くにも、ファーストクラスに乗り、豪華なスイートに泊まり、ルームサービスで腹を満たし、ブラックジャックのディーラーを恐れおののかせるのだ。

彼にはもう一つ夢がある。こちらの夢はもう少し現実的だ。出所したら、裏庭の九万ドルを掘り起こして、それにアンゴラ詐欺の取り分を加え、その足でベガスに乗りこむのだ。妻も一緒に来るかもしれないし、来ないかもしれない。以前は三週間に一度はかならず見舞いに来ていた彼女が、この四か月間、一度も顔を見せていない。

スパイサーは、妻が夫の隠し財産を見つけようと裏庭をかぎまわる悪夢をときどき見る。妻に知られていないという確信はあったが、疑問の余地はまったくないわけではなかった。刑務所にぶち込まれる前のふた晩、彼はぐでんぐでんに酔っていた。そのとき九万ドルについて妻に何か言ったことは確かだった。が、その言葉が思いだせなかった。一生懸命思いだそうとするのだが、酔っぱらって言ったという事実しか思いだせないのだ。

スパイサーは一マイル進んだところで、二本目のタバコをくわえ、火をつけた。

〈誰かボーイフレンドでも作りやがったかな〉

妻のリタ・スパイサーは美人である。肉づきもいい。

〈あいつが新しくひっかけた男と一緒に隠し金を見つけたらどうしよう？　しかも、それをすでに使っていたら？〉

ジョー・ロイ・スパイサーがくりかえし見る悪夢の一つは、昔観た俗悪な映画のワンシーンである――なぜかそのシーンのなかでリタが見知らぬ男とともにシャベルを持ち、雨に打たれながら狂ったように地面を掘っている場面だ。どうして雨の中なんだ？　彼にはその理由が分からなかった。だが、悪夢のシーンはいつも同じだ。暗い夜、嵐のまっただ中、稲光がパッパッと辺りを照らし、裏庭の地面を掘る二人の姿が映しだされる。そして、二人が掘る穴はしだいしだいに道具小屋に近づいていく。

　別の夢では、妻のボーイフレンドである見知らぬ男がブルドーザーにまたがり、スパイサー家の畑の泥をどんどん掘り起こしていく。そのそばに立つリタが、あっちだこっちだとシャベルで男に指図を送っている。

〈カネが欲しい。カネさえあればなんとかなる〉

ジョー・ロイ・スパイサーは頭のなかで厚い現金の束を思い浮かべる。その重みと感触が手のなかに感じられて、なんとも言えない気分だ。トランブル刑務所で刑期を務めているあいだに、できるだけ人をだまして稼げるだけ稼ぐのだ。シャバに出たらすぐ、埋めたカネを掘り起こしてベガスに向かおう。

　郷里の町のうわさの種にはなりたくない。

「昔、使いこみをしたスパイサーとかいう判事、出所したらしいね」

などと、うしろ指を差されながら生きるなんてご免だ。妻が一緒でも、一緒でなくても、俗な連中とは交われないハイブローなスパイサーさまなのである。

第四章

ＣＩＡ長官のテディ・メイナードは、テーブルの端に並んだ薬のビンをながめた。ビンは彼の痛みを消し去る死刑執行人にもみえる。副官のヨークは彼の向かいに座り、自分のメモを読んでいた。そのヨークが顔をあげて言った。

「彼は朝の三時まで電話で話していましたよ。相手はアリゾナの友人たちです」

「誰だね、それは？」

「ボビー・ランダーに、ジム・ガリソン、それからリチャード・ハッセル。いつもの連中。彼の金脈ですよ」

「デイル・ウィナーとは話さなかったのか？」

「ええ、彼とも話しました」

ヨークは長官の記憶力に驚きながら言った。長官は目を閉じ、ひたいをこすった。彼の頭のどこかにレークの友人たちの名前が眠っていた。レークの政治資金提供者に、レークの相談相手、票集めの有力運動員たち、彼の高校時代の先生たち。記憶のすべてが必要に応じて使えるよう、長官の頭のなかで整理されつつあった。

「何か異状なことはあったかな？」

「いえ、これと言ってべつにありません。大統領候補に突然駆りだされた男なら当然いだく疑問を友人たちにぶつけていただけです。彼の友人たちは驚いていて、ショックを受けている者もいました。総じて反対する雰囲気でしたが、いずれはみんな出馬でまとまるんじゃないですか」

「連中は、資金について何か訊いていたかね？」

「もちろん、そういう質問はありました。それに対してレークははっきり答えず、問題はないとだけ言っていました。それでも友人たちは懐疑的でしたね」

「レークはわたしとの秘密は守ったかね？」

「ええ、それは何も漏らしませんでした」

「盗聴を心配している様子はなかったか？」

「そうは思いませんね。レークは事務所から電話を十一本かけ、自宅からは八本かけています。携帯電話は一度も使いませんでした」

「ファクスやEメールは？」

「いいえ、一度も。彼は二時間シアラと一緒にいました。シアラは彼の――」

「第一秘書だろ？」

「ええ、そうです。二人はおもに選挙キャンペーンについてあれこれ話しあっていました。シアラはキャンペーンの責任者になりたいようです。副大統領にはミシガン州のナンスを推したいようなことを言っていました」

「悪くない」

「ナンスはよさそうです。すでにわたしの方でいろいろ調べを始めています。二十三歳のときに一度離婚していますが、もう三十年も前のことです」

「そんなのは問題にならん。ところで、レークはやるつもりなのかね？」

「ええ、もちろんです。それは間違いありません。彼もしょせんは政治家ですからね。政治家である以上、頂点をめざすのはあたりまえです。彼はすでに演説原稿を書きはじめていますよ」

ＣＩＡ長官は薬のビンから錠剤をとりだし、それを口にほうり込むと、水もなしに飲みこんだ。にがそうに顔をしかめてから、額のしわをつかんで言った。

「いまのうちだぞ、ヨーク。きみの感想を正直に言ってくれ。あの男で間違いないんだろうな？あとで変なお化けが出てこないんだろうな？」

「それは大丈夫です、長官。われわれはもう六か月間も彼のどぶさらいをやってきました。致命傷になるようなものは何もありませんでした」

「バカな女と一緒になるようなこともないんだろうな？」

「それはないと思います。デートしている相手は何人かいますが、深刻な関係の女はいません」

「インターン生と不適切な関係などしていないな？」

「いいえ。彼はそんなにやたらじゃありません」

二人はこの数か月間くり返してきた対話を今日もまたくり返していた。慎重には慎重を期さなければならないのだ。

「昔、詐欺にかかわっていたなんていうことはないんだろうな？」

「彼の郷里を洗ったんですが、おかしなことは何もありませんでした」

「アル中、薬物、インターネットの賭博。大丈夫だろうな？」

「心配ありません。彼はとてもきれいです。正常で、まっすぐで、頭がよくて、なかなかの人物です」

「よし、彼ともう一度話しあおう」

アーロン・レーク下院議員はCIA本部の奥にある同じ部屋へもう一度案内された。廊下の角ごとに危険でもひそんでいるかのように、今日は三人のハンサムな警備員が付きそっていた。レークの足どりは前日よりも軽やかだった。背中はぴんと張り、頭の位置も前日よりさらに高かった。彼の姿勢は時間を追って伸びていた。

昨日と同じように、レークは「やあ」と声をかけながら、皮膚の硬くなった長官の手をにぎり、キルトでおおわれた車椅子に続いて長官の巣穴に入った。そして、昨日と同じように、長大なテーブルをはさんで長官と向かいあい、元気よく前置きの言葉を交わした。廊下の奥の別室では、副官のヨークが、長官室に仕掛けられている隠しカメラから送られてくるモニター画面を凝視していた。ヨークのとなりでやはり画面を見つめている二人の男たちはボディーランゲージの専門家で、目つき、手つき、呼吸の仕方などから人の本音を判断するのが彼らの仕事である。

「昨日はよく寝られましたか?」

長官はむりに笑みを作って訊いた。

「ええ、けっこう寝ました」

レークは嘘をついた。

「それはよかった。われわれの取引に同意してくれる兆候と考えてよろしいですかな？」

「取引？　取引とは初耳ですね」

「はっきり言って、これは取引ですよ、ミスター・レーク。肝心なところだけを取りだせば、われわれがあなたを大統領に当選させる。その見返りとして、あなたは国防費を倍に増やしてロシアの侵攻にそなえる」

「なるほど……」

レークはちょっと考えてから、歯切れよく答えた。

「そういうことなら、取引でいいでしょう」

「それはよかった。わたしもうれしい。あなたは候補としても群を抜いていますが、大統領としても申し分ない」

長官の言葉はレークの耳の中でこだました。そのひと言ひと言が夢のようだった。レーク大統領。大統領アーロン・レーク。彼は今朝五時まで部屋を行ったり来たりしながら、ホワイトハウスがわたしを待っている、と自分に言い聞かせていた。

それからもそのことを考えつづけていると、本当に実現できるように思えてくるから不思議だった。

まじめに検討すれば検討するほど、レークは甘い罠にはまっていった。あの、世界が注目する大統領執務室。大統領専用機に、専用ヘリコプター。お供を引きつれての世界の国ぐにへの豪遊。あご一つで使える百人の副官たち。世界じゅうの実力者たちを集めて催す夕食会。

それよりも何よりも、歴史に残る自分の名前。

事情が許すなら、長官だって飛びつきたいぐらいの取引である。

「とりあえず選挙キャンペーンについて話しあいましょう」

話しあいというよりも、長官の一方的な説明だった。

「ニューハンプシャー州の予備選挙の二日後に立候補を宣言するんです。砂ぼこりがおさまるのを見はからってからね。あそこで勝ったやつに、十五分ぐらいは勝利に酔わせてやったらいい。そして、負けたやつには、もっと泥をかけてやりましょう」

「予備選の二日後というのは、またずいぶん早いですね」

レークが疑問を呈した。

「後発のわれわれには時間のゆとりがあまりないから、ニューハンプシャーは無視して、二月二十二日のアリゾナ州とミシガン州の予備選にそなえるんです。この二州で勝つのが絶対的条件です。ここで勝利をおさめれば、大統領候補としてのあなたの名は確立します。その勢いを三月に持っていけばいいんです」

「立候補の宣言は自分の郷里でしたほうがいいと思うんですがね。フェニックスあたりで――」

「それよりもミシガンのほうがいいでしょう。州も大きいし、代議員の数もアリゾナの二十四人に対して五十八人です。どうせ郷里でのあなたの勝利は間違いないんですから。同じ日にミシガン州で勝てば、一躍注目されることになります。まず最初にミシガン州で宣言しましょう。郷里での宣言は時間をずらしてやればいいんじゃないですか？」

「いいアイデアだ」

「ミシガンのフリントにヘリコプター工場がありますよ。ＤＬトライリング社です。従業員が四千人もいるし、格納庫のどでかいのがある。発表会場にはもってこいです。あそこの社長は話の分かる男で、わたしが話せば——」

「では……とりあえず……その会場を押さえておいてもらいましょうか」

長官はすでに押さえてあると読みながら、レークはそう言った。

「あさってからコマーシャルの撮影に入るけど、あなたのほうの都合は大丈夫ですな？」

「なんでもやりましょう」

レークは、乗客を決めこんでそう言った。バスを運転するのが誰かは話が進むほどにはっきりしてきた。

「広報を担当する民間のグループを雇ってもいいんですが、ここの連中のほうが優秀ですから、広報は内部の人間にやらせます。そのほうが費用もかからなくてすむし。もっとも、けちるつもりはまったくありませんがね」

「選挙費用の総額は一億ドルぐらいですかね？」

「まあ、そんなところでしょう。テレビ広告の手配は今日からでも始めます。あなたにも気に入ってもらえるものを作りますよ。不気味でゾッとするようなやつをね——いまの軍備の惨状、外国からの脅威、アルマゲドンのたぐいをぶち込んで、有権者の肝を冷やしてやりましょう。そこにあなたの名前を救世主として登場させるんです。言葉をできるだけ少なくしてね。これを全国に流しつづければ、あなたはたちどころに国一番の有名な政治家になります」

「有名だから当選するとはかぎりませんけどね」

「たしかにそうです。名前だけでは無力です。しかし、カネの力を借りれば話は別です。資金さえあれば、テレビ局も、票も買えます。はっきり言って、選挙はカネです」

「より重要なのは政策だと考えたいけどね」

「それはそうですよ、ミスター・レーク。だからこそ、われわれの政策は、減税だの、中絶の権利だの、人間の信頼だの、家族のきずなだの、もう聞きあきたご託よりははるかに重要なんです。われわれの政策は生死にかかわることです。みんなの生命財産を守るために世界を変えていくのがわれわれの政策の根本なんです。これ以上のものがありますか？」

レークはしきりにうなずいて賛意を示していた。平和を維持し、経済を守るとなれば、有権者が誰を選ぶかはおのずと決まってくる。

「選挙キャンペーンをとりしきるのに適任者がいるんですが」

レークの口調は、いかにもその人間に決めたそうだった。

「誰ですか？」

「マイク・シアラ、わたしの第一秘書官。わたしがいちばん信頼するアドバイザーです。彼なら安心してまかせられる」

「全国レベルでの経験は？」

ないのを知っていながら、長官は訊いた。

「経験がなくても、彼はきわめて有能だ」

「まあいいでしょう。あなたのキャンペーンなんですから」

レークはにっこりしながらうなずいた。いろいろ疑問がわいてきたところだったから、それを聞いてほっとひと安心できた。長官が口を開いた。

「副大統領は誰にしますか？」

「考えているのは今のところ二人ですけど。ミシガン州選出のナンス上院議員はわたしの古くからの友人で、もう一人はテキサス州知事のガイスなんですが――」

長官は慎重な面もちで二人の名前を聞いていた。選択としては悪くなかった。だが、実際のところ、ガイスは役に立たないだろう。彼は資産家の家に生まれたボンボンで、大学はスケートをやって卒業し、三十代をゴルフ三昧ですごし、そのあとは、おやじがのこした財産をはたいて州知事の公舎を四年分借りきったわけだ。テキサス州のことなど何も心配していない点は国政に向いているかもしれない。

「わたしはナンス上院議員のほうを買うね」

長官に言われると、ではそうしよう、とレークはあやうく言いかけた。

二人は、それから一時間ほど、選挙資金のことを話しあった。献金の第一波は企業内政治委員会が集めるものだが、数百万ドルもの多額のカネを疑われずに受けとる方法が問題だった。レークは長官の説明に納得した。献金の第二波は兵器製造業者たちからのものである。出どころ不明の第三波というのもあった。

第四波についてはレークにも語られなかった。このカネのつかい道はもうすでに決まっていた。選挙予想の結果しだいで、長官とその秘密組織が腰をあげ、現金のいっぱい詰まった段ボール箱を全国の各所に配るのである。各所とは、たとえば、シカゴや、デトロイトや、メンフィスや、南部奥深くにある組合事務所や、黒人教会や、白人退役軍人会などである。現地の人間たちを使ってすでにその選別が始まっていた。買える投票権はとことん買うというのが彼らの方針だった。

計画を練れば練るほど、CIA長官は自信を持った。彼の頭のなかでは、すでに、大統領選を勝ちぬいていくアーロン・レークのイメージができていた。

トレバー・カーソン弁護士のちっぽけな法律事務所は、アトランティックビーチから数ブロック離れたネプチューンビーチにある。もっとも、どこからどこまでが何ビーチだという境目はない。西に数キロ行ったところにジャクソンビル市があり、街は自然の浸食作用で年々海に近づいている。事務所は、夏休み用に借りた家を改造したもので、そのひん曲がった裏口に立つと、海岸線と大西洋が見渡せ、かもめの鳴き声もよく聞こえる。ここを借りてからはや十二年になるとは、トレバー自身信じられない。借りた当初は、うるさい電話や出入りの絶えない顧客から離れられて、すぐ近くから聞こえてくるやさしい海鳴りに心が休まったものである。

内陸出身のトレバーは、海岸に集まる小鳥たちが大好きで、以前はよく裸足で砂浜をぶらついては、パンくずを小鳥たちに与えていた。だが、そのうち海ばかり見ているのに飽きて、いまではほとんど一日じゅうオフィスにこもりきっている。

トレバーは身の毛がよだつほど法廷や判事が嫌いだ。反権力という見方からすれば頼もしい男だとも言えるが、弁護士としては珍種である。この性格が災いして、トレバーはペーパーワーク専門の弁護士に成り下がっている――不動産取引にからむ契約書づくりや、遺言の作成、リースの契約書づくり、土地の境界線引き、などなど――法律学校では教わらない、俗でスリルに欠ける地味な仕事ばかりである。たまには麻薬がらみのケースを扱うこともあった。だが、裁判まで行ったことは一度もない。

トレバー・カーソン弁護士を有名な三人組の一人、ジョー・ロイ・スパイサー判事に引きあわせたのは、トランブル刑務所に入れられた彼の不運な依頼人の一人だった。まもなく彼はスパイサー、ビーチ、ヤーバー三人の正式な弁護人になり、彼らを事あるごとに〝三人組〟と呼んで、その要望に応じている。

とはいえ、トレバーは単なる配達人である。それ以上でも以下でもない。三人宛の手紙を、法律関係の書類を装って刑務所内に持ちこむ。法律関係の書類の携帯は弁護士の特権なのである。同様にして、彼は三人の手紙を外に持ちだす。三人に法律的なアドバイスをしたことはない。また相談を受けたこともない。手紙の運搬のほかに彼がやるのは、隠し預金口座を管理することと、三人組の法律相談を受けた囚人の家族からの電話に応じることである。このケチで汚ない仕事を彼はせっせとこなしている。これによってそれ相当の収入を得れば、法廷に出たり判事に会ったりしなくてすむからだ。この仕事は彼の性格に合っていたし、トレバー自身、仕事にも収入にも充分満足していた。

法律相談はしないものの、彼は三人組の悪事の完全な共犯だった。ばれたら起訴はまぬがれないケースであるが、心配はしていなかった。〝アンゴラ詐欺〟は天才のひらめきにも似たみごとな犯罪なのである。とにかく、被害者が黙ってしまうのだから、告訴されることはないのだ。簡単に入る口止め料と、かなりの分け前。トレバーが三人組に賭けない法はなかった。

秘書に言葉もかけず、トレバーはこっそり自分のオフィスから抜けだすと、一九七〇年型の修復したフォルクスワーゲンに乗りこんだ。エアコンもついていない、おんぼろ車である。

彼はファースト通りを下り、アトランティック大通りに向かった。民家や別荘用のコテージのあいだから海が見える。古いカーキのズボンに、白いコットンシャツ、黄色い蝶ネクタイ、青いジャケット。彼の身に着けているすべての衣類がしわだらけだった。

トレバーは《ピーツバー・アンド・グリル》の前を通りすぎた。最近は学生も入ってくるようになってしまったが、彼の好きな、この辺りではいちばん古い憩いの場所である。クアーズやレモンダイキュリを飲んだ古いツケが三百六十一ドルもたまっている店でもある。早く借金を清算しなきゃ、と彼は店の前を通るたびに思う。

アトランティック大通りを西に曲がると、道が急に混みだした。彼は車線をこまめに変えながらジャクソンビルをめざした。あたりの際限のない都市化と、それがもたらす交通渋滞。その原因の一つを作っているカナダナンバーの車に対して彼はさかんに毒づいた。やがてバイパスに入り、北へ向かった。空港をすぎると、フロリダの平らな田舎の風景が広がる。

五十分もかかって、彼はようやくトランブル刑務所に着いた。

「連邦政府の施設はありがたいわい」

彼はここに来るたび、そう漏らしたくなる。玄関のすぐ前にある大きな駐車場。おしゃれにデザインされた敷地の風景。それが毎日、囚人たちによってきれいに手入れされている。建物はモダンで、管理も行きとどいている。

「やあ、マッキー」

トレバーは、まず玄関にいた白人の警備員に、それから、そのうしろの黒人の警備員に呼びかけた。

「やあ、ビンス」

受付のルーファスが彼のブリーフケースにX線検査をほどこしているあいだ、ナディンが彼の訪問の記帳を処理する。これはいつもと同じ儀式だ。

「バスは釣れてるかい？」

トレバーが気軽な口調でルーファスに訊いた。

「食いつきが悪いよ」

ルーファスも気軽な口調で答えた。

トランブル刑務所の短い歴史のなかで、トレバーほど頻繁に顔を出す弁護士はいない。いつものように顔写真を撮られ、手の甲に見えないインクでスタンプを押されてから、二つのドアをくぐらされて短い廊下に導かれる。

「やあ、リンク」

トレバーはそこの警備員にあいさつした。

「おはよう、トレバー」

リンクは訪問者エリアを受け持つ警備員である。訪問者エリアは広々としていて、クッションのついた椅子がたくさんあり、壁ぎわには自動販売機が並んでいる。子供の遊び場もあり、小さな中庭にはカップルが向かいあって話しあえるピクニックテーブルも置いてある。掃除は行きとどいていて、床もぴかぴか、しかも誰もいない。今日はウイークデーだからだ。混み合うのはたいてい土曜と日曜である。だからリンクは週の大部分を無人のエリアを管理してすごす。

二人は弁護士面会室に入った。いくつかある同じような部屋の一つである。面会室にはのぞき窓がついていて、リンクが必要と判断した場合には、そこからいつでも中の様子をうかがうことができる。

ジョー・ロイ・スパイサーは弁護士の到着を待つあいだ、日刊紙のスポーツ覧を読んでいた。大学バスケットボールをネタに、囚人仲間と賭けをしているからだ。

弁護士と警備員はほぼ同時に面会室に足をふみいれた。トレバーはすばやく二〇ドル札を二枚とりだすと、それを警備員のリンクの手に握らせた。ドアのこの場所はモニターカメラの死角で、スパイサーが見ないふりを貫くのも、いつもの手続きの大切な一部なのである。

ブリーフケースのふたが開けられると、リンクが中をのぞき込むふりをする。彼はこの動作を、手をいっさい使わずにする。トレバー・カーソン弁護士が表に〝法律書類〟と大きく書かれた茶封筒をとりだす。リンクがそれを軽くもんで、中身が書類だけであり、銃や薬品のピンなどが入っていないことを確認する。もう何十回となくくり返されてきた手続きだ。

トランブル刑務所の規則では、封筒が開かれたり、書類のやりとりがあるときは、面会室内であってもかならず警備員が同席することになっている。だが、二〇ドル札二枚が効いて、リンクはドアの外に立ち、弁護士の用事が終わるのを黙って待っている。手紙の受け渡しが行なわれているのは知っていても、彼には関係ないことである。弁護士が武器やドラッグでも持ちこまないかぎり、リンクに害は及ばない。刑務所内の規則はだいたいが愚かで、むだなのだ。そのうちリンクはドアを背にして、立ったままの馬の昼寝を始める。そのポーズは日によってさまざまだ。今日は片足を支えにして立ち、折り曲げたもう片方をそのひざの上にのせている。

面会室のなかでちょっとした法律手続きがなされるはずだった。しかし、スパイサーの意識はまだ勝敗表の中にあった。たいがいの囚人は訪問客を歓迎するものだが、彼はうんともすんとも言わなかった。

「ジェフ・ダゲットの弟から昨日電話がありましてね」

トレバー・カーソン弁護士がスパイサーにそう言って声をかけた。

「コーラルゲーブルズから来たお兄ちゃんですよ」

「知ってるよ」

そう言って、ようやくスパイサーは新聞をテーブルの上に置いた。カネづるが地平線から顔を出したのだから、いつまでも無視しているわけにはいかなかった。

「あいつはドラッグの取引で十二年食らっているんだ」

「そのとおり。その件で彼の弟が電話してきたんです。トランブル刑務所に服役している元連邦裁判所判事に書類を検討してもらえたら、兄貴の刑期が二、三年短縮できるかもしれないというんです。でも、判事には謝礼が必要だからと、ダゲットがその手配を弟に頼んで、弟がわたしのところに連絡してきたんです」

トレバーはしわの寄ったジャケットを脱いで、それを椅子の背もたれにかけた。スパイサー判事はトレバーの蝶ネクタイが大嫌いだった。

「あいつらはいくら払えるんだい？」

「謝礼の額をこちらから言ったことはないんですか？」

トレバーが訊いた。

「ビーチが言ったかもしれない。おれは知らない。五〇〇〇ドルに負けてやろうとは思っているんだ。法廷がせまくなったからな」

スパイサーが本物の連邦法廷内を見たのは自分の刑期を言い渡されたときが初めてだったくせに、まるで連邦法廷を知り尽くしているような口のきき方である。

「なるほど」

トレバーは言った。

「しかし、あの二人に五〇〇〇ドルも払えますかね。ダゲットは弁護士が雇えなくて国選弁護士を使ったぐらいですから」

「じゃ、ふんだくれるだけふんだくってくれればいいや。でも、一〇〇〇ドル以下はだめだ。まあ、あいつは悪いガキじゃないから負けといてやるよ」

「あんたも甘くなりましたね、ジョー・ロイ」

「いや、おれはますます意地悪くなっている」

それは事実である。三人組のマネジャー役をやっているジョー・ロイ・スパイサーは抜け目がないうえに、欲張りだ。ヤーバーとビーチにはそれぞれ才能があり、法律の学も修めているが、投獄されたことに挫折感を持っていて野心をなくしている。その点、スパイサーは学歴も才能もないが、人心操縦術にたけていて、二人が脱落するのをいつも防いでいる。ヤーバーとビーチが考えこみがちなのに対して、スパイサーはいつもカムバックの日を夢見ている。そのスパイサーがファイルを開けて小切手をとりだした。

「テキサスのカーティスというペンパルから来た一〇〇〇ドルだ」

「この男の見込みはどうなんですか？」

「悪くないね。これからアイオワのクインスをゆするところだ」

スパイサー判事はそう言って、紫色の小ぎれいな封筒をとりだした。封筒はきちんと閉じられ、表にはクインス・ガーブの宛て先であるアイオワ州ベーカーズの銀行名が書かれている。

「いくらなんですか？」

「一〇万」

封筒を受けとりながら、トレバーが訊いた。

「ワーオ！」

「そのぐらいはあるさ。やつは金持ちなんだからな。送金の仕方まで指示してある。銀行によろしく言っといてくれ」

一〇万ドルの三分の一といえば、三万三〇〇〇ドルだ。今年で二十三年になる弁護士生活のなかで、トレバーがこれほどまとまった額の謝礼を受けとるのは初めてである。札束が目に浮かぶ。できるだけ使わないようにして貯金するつもりの彼だが、頭のなかがあれこれ浪費しはじめていた。それにしても、郵便物を配達するだけで三万三〇〇〇ドルとは悪くない！

「うまく行きそうですか？」

そう訊くトレバーの脳裏には、バーのツケを払う自分と、マスターカードの係員に小切手をたたきつける自分の姿が浮かんでいた。車は、大好きな〝カブトムシ〟を使いつづけるだろう。だが、エアコンだけはつけることにしよう。

「うまく行くに決まってる」

スパイサーに心配している様子はなかった。

この日、弁護士に渡す手紙があと二通あった。両方とも、リハビリ病院に入っていることになっている〝パーシー〟青年を装ったヤーバー判事が書いた手紙である。スパイサーはその二通をうれしそうに取りだしてトレバーに渡した。それから、新聞に目を移して言った。

「アーカンソー大学が今夜ケンタッキー大学と試合する。どう思う？」

「ケンタッキー大学は地元で強いですからね」

「賭けるかい？」

「判事は賭けるんですか？」

いまやトレバーは《ピーツバー》の裏賭博の常連客である。賭ける額はしみったれているが、ここのところ勝ちつづけている実績から判断して、スパイサー判事のカンがよく当たるのは否定できない事実である。

「おれはアーカンソー大に一〇〇ドル賭ける」

スパイサーが言うと、トレバーは大きくうなずいた。

「わたしも同じ額を賭けますよ」

二人はそれから三十分ほどブラックジャックをして遊んだ。訪問客とのトランプは禁止されているが、そんな規則はとっくに空文化している。現に、リンクがときどき窓からのぞくが、顔をしかめるだけである。

スパイサー判事はシャバに出る日にそなえて、こうして腕を磨いている。ポーカーとジンラミーは娯楽室での一番人気だが、ブラックジャックでスパイサー判事の相手になれる男は刑務所内にはいない。

トレバーもそんなに上手なわけではなかったが、これも仕事の一部として、いつもスパイサーの求めに応じていた。スパイサーに言わせれば、そういうところがトレバー・カーソン弁護士の唯一のとりえなのである。

第五章

大統領選出馬宣言会場は勝利のお祭り気分でわきたっていた。赤や白や青の横断幕に、天井からぶら下がる旗。巨大な格納庫の壁にこだまする軽快な吹奏楽。

総勢四千人。DLトライリング社の全従業員が出席を義務づけられていた。さらに従業員には、彼らの意気を高揚させるため、一日の有給休暇が約束されていた。時間あたり二十二ドル四〇セント。その八時間分が無条件で支給されるというのだ。会社側に損はなかった。自分たちの夢をかなえてくれる男が現われたからだ。

急ごしらえのステージには横断幕が張られ、そこに一列に並んだ美女たちが音楽に合わせて手をたたき、会場の熱気をあおる。〝アーロン・レーク〟なる名など三日前までは誰も耳にしたことがなかったのに、会場じゅうがレークを救世主としてあがめ、彼に拍手喝采を浴びせている。

スタイリストのアドバイスに従って短めに髪をカットしたレークは、いかにも大統領候補らしくはつらつとしていた。着ているブラウンのスーツも衣服専門のコンサルタントの意見をとり入れて選んだものである。ブラウンのスーツは下手をするとダサく見える。それをあえて着こなして地すべり的な大勝利をおさめた俳優出身のレーガン大統領の二匹目のドジョウをねらったものだ。

いよいよアーロン・レークの登場である。レークはこれ見よがしに大股でステージを横切り、二度と会うことがないはずの会社の代表たちと熱をこめて握手した。狂ったように歓声をあげる従業員たち。音響チームのコンサルタントの意見で、音楽は二段回速いテンポで演奏されていた。この日の音響チームへの報酬だけでも二万四〇〇〇ドルかかるのだが、レーク陣営には予算がふんだんにあった。

風船はこの場の演出にはぴったりだった。従業員の何人かが指示されたとおりに風船を破裂させると、敵の奇襲でも受けたように、バンバンという破裂音が格納庫じゅうに鳴り響いた。

戦争にそなえるのだ！　手遅れにならないうちにアーロン・レークをホワイトハウスへ送れ！

　トライリング社の社長が、じつは二時間前に初めて会ったばかりなのに、まるで血を分けた兄弟のような親しみをこめてレークを抱擁する。社長はそれから、演壇の中央に立ち、会場が静まるのを待つ。前の日にファクスで送られてきたメモを懸命に記憶してこの場にのぞんだ彼の長広舌が始まる。未来の大統領アーロン・レークのにぎにぎしい紹介だ。合図にしたがって巻きおこる拍手喝采が社長の演説を五回も中断させる。

　勝利のヒーローのように手をふりふり、マイクロホンの向こうで順番を待っていたレークは、完璧なタイミングで前に歩みよると、会場に向かって大きな声で叫んだ。

「わたしがご紹介いただいたアーロン・レークです！　このたび大統領に立候補いたします！」

　さらなる大歓声が巻きおこる。音楽がさらにテンポを上げる。風船がさらに割られて、会場のあちこちに落ちる。

　ころ合いを見はからって、レークは演説を始めた。自分が大統領に立候補したのは国防問題を解決するためであると訴えるのがその論趣だった。現政権がいかに軍を弱体化してきたかを証明する驚くべき数字をレークは次から次へと口にした。ほかのことはどうでもいいのだ、とまで言い放った。もし戦争にでもなったらわれわれに勝ち目はないと説き、中絶がどうだの、人種問題だの、銃規制だの、減税だのと、いつまでも愚にもつかないことに憂き身をやつしている場合ではないと警告した。良好な家族関係をとり戻そうなどと寝ぼけたことを言っているうちに、戦争が始まったら息子や娘を戦場で亡くしてしまうことになるのだ。どちらが問題か、考えるまでもないだろう、と彼はやさしい言葉で説明した。

演説はとてもうまかった。原稿を書いたのは彼自身だった。それを専門のコンサルタントたちに書きなおさせ、できたものを昨夜のうちにCIA本部の奥のテディ・メイナード長官のところへ自分で届け、その場で多少の手直しが加えられ、最終的に長官が承認したものだった。

CIA長官

はキルトにくるまり、大いに満足しながらショーの進行を見守っていた。副官のヨークもいつもどおり黙って彼のそばに寄りそっていた。二人はよくこうして顔を並べて座り、世界の危機が増大するのをスクリーンに映しだして見つめるのである。

「なかなかいいじゃないですか」

演説がひと息ついたところで、ヨークが言った。長官はつくり笑いをして、うなずいた。

演説の途中でレークが見せた中国に対する怒り方はじつに見事だった。

「この二十年間だけでも、中国はわれわれの核機密の四〇パーセントを盗んでいる。それに対して、われわれは手をこまねいているだけだった」

レークが語調を強めると、会場の労働者たちから共感の拍手が沸き起こった。

「四〇パーセントもだ！」

レークは叫んだ。

じつは五〇パーセントに近かったのだが、長官の意見で四〇パーセントに抑えられていた。CIAも漏洩事件の責任の一端を負う立場にあったからだ。

中国に対する非難毒舌はまる五分間つづき、その小ずるい国民性と前代未聞の軍備増強にレークは声をはりあげて警鐘を鳴らした。これはCIA長官の企みだった。アメリカの有権者を、ロシアではなく中国を使って脅すのだ。本物の脅威はロシアなのだが、それについてはひと言もふれないようにして、キャンペーンの総仕上げ用にとっておく作戦である。

レークのタイミングのとり方はほぼ完璧だった。彼は聴衆の泣かせ方も落としどころもちゃんと心得ていた。任期四年のあいだに国防予算を倍増させる、と彼が約束すると、軍用ヘリコプターを製造するDLトライリング社四千人の従業員は狂ったように歓声をあげた。

CIA長官は自分の創作を自賛しながら会場をながめていた。対抗馬たちのニューハンプシャーでの大騒ぎをこの一発でひっくり返せそうな会場の盛り上がり方だった。つい昨日までレークの名は候補者名簿にもなかった。その彼がいまや数十年に一人のカリスマを持った候補者として登場したのだ。

「ニューハンプシャーなど問題にしていない」

レークは同じ言葉を何度も口にした。

「わたしは残りの全州で勝つ」

割れるような拍手のなかで演壇から降りると、レークは壇上に並ぶおえらがた一人一人ともう一度握手を交わした。出馬声明を中継していたCNNは画面をスタジオの討論会に切りかえた。討論会の出席者たちは、いま見たことについてああでもないこうでもないと十五分間も話しあった。

長官は机の上のボタンを押した。スクリーンに映しだされる画面が変わった。

「完成品だ。最初の一発目のな」

長官が言った。

中国政府の最高幹部が、軍事パレードとその出し物の最新兵器の行列をいかめしい顔でながめているところから始まる、レーク候補のためのテレビコマーシャルである。

〝あなたはこの世界を安全な場所だと思っているんですか?〟

低い不気味に響く声が視聴者に向かって問いかける。つづいて、最近、世界の悪役にされた男たちの顔がオーバーラップされていく。全員が軍事パレードを見送っている――サダム・フセインに、カダフィ大佐、ミロシェヴィッチ、北朝鮮の金正日総書記――年老いたカストロまで、ハバナの街をのし歩くごろつき兵士たちと一緒に放映の栄に浴している。

〝われわれの現在の軍事力では、一九九一年の湾岸戦争でなしえたこともすでに遂行不可能に

なっている〃

まるで新たな戦争でも勃発したかのようなナレーションの口調だ。やがて、閃光とともにきのこ雲が映しだされ、インド人群衆が街頭で狂喜乱舞する。閃光がもう一度走り、今度はそのとなりでパキスタン人が踊りくるう。

〃中国は台湾侵攻の機をうかがっている〃

ナレーションが一糸乱れぬ中国人民解放軍兵士の行進に重なる。

〃北朝鮮は韓国を併合しようとたくらんでいる〃

声と同時に、戦車が三十八度線を乗りこえていく。

〃米国はつねにターゲットになっている〃

ナレーションの口調は急にテンポを速め、画面は突然、公聴会の風景に切りかわる。勲章をたくさんぶら下げた将軍が委員たちの前で演説している。

〃あなたがた下院が軍事費を毎年切りつめてきた結果、現在の予算は十五年前よりも少なくなっている。これで朝鮮や中東や東ヨーロッパの戦争にそなえろとおっしゃるんですか？　しかも、この軍事予算がさらに先細りになろうとしているんです。状況は危機的です〃

画面が急にまっ黒になり、ナレーションは最初の口調に戻る。

〃十二年前までは、二つの超大国の抑止力によって世界の平和が保たれていた。だが、いまやそのような抑止力は世界中のどこにもない〃

ここでアーロン・レークの端正な横顔が登場する。コマーシャルは〝手遅れにならないうちにレークをホワイトハウスへ送ろう〟のかけ声で終わる。

「はっきり言って、いいかどうか、わたしにはなんとも言えません」

しばらく黙りこくっていたヨークが言った。

「どうしてだね?」

「少しネガティブじゃないですか?」

「そこが狙いだ。なんとなくいやな感じがするわけだな?」

「そのとおりです」

「それでいいんだ。このコマーシャルを洪水のように一週間流しつづける。もともと少ないレークの支持者はさらに少なくなるだろう。有権者に不快感を与えるのがこのコマーシャルの目的だからな」

ヨークにはその先が読めた。

一般大衆は身の毛がよだつほどこのコマーシャルを嫌うだろう。ところがそこに、CIA長官の工作による反米テロが世界のどこかで勃発する。アーロン・レークはたちまち先見の明のあるカリスマ的政治家に変身する。

トランブル刑務所の両翼にテレビ室が二つずつある。テレビしかないその部屋では、タバコを吸いながら、看守が選ぶチャンネルを好きなだけ見ていられる。最初のころはリモコンが使えたのだが、争いが絶えないので廃止されていた。チャンネル争いは陰湿なけんかの原因になる。したがって、番組の選択は看守の手にゆだねられているのだ。囚人が自分のテレビを持つのは規則で禁止されている。

その日は、たまたま看守がバスケットボール好きだったので、大学リーグの試合が中継されていた。部屋は囚人でいっぱいだった。スポーツ嫌いのビーチ判事はほかのテレビ室に入った。部屋には誰もいなかったので、彼は一人であちこちのドタバタ喜劇をチャンネルを替えながら見ていた。法廷のひな壇に座り、一日十二時間も働いていたころの彼はテレビなど見たことがなかった。そんな暇のあろうはずもなかった。ほかの人たちがゴールデンタイムのテレビ番組に縛りつけられているときも、彼は自宅内に造ったオフィスで自分の見解を文章にしていた。だが、こうしてばかばかしい喜劇を見ていると、あのころの自分がいかに恵まれていたかがしみじみと分かる。

彼はタバコに火をつけた。大学を卒業すると同時にタバコは断っていたのだが、トランブル刑務所に入って二か月もすると誘惑に抗しきれなくなって、また吸いだしてしまった。いまは喫煙が気をまぎらわす手段の一つになっているが、なんとか一日ひと箱にとどめている。血圧は上がったり下がったりだ。心臓病の家系でもあることから、あと九年も刑期が残っている五十六歳の彼としては、出るときは柩の箱の中だと覚悟ができている。

三年一か月と一週間。ビーチ判事は、務めた日数を残りの刑期から引く計算をいまでも毎日やっている。つい四年前までの彼は、前途を約束された連邦判事としての名声を築きつつあった。それが、こんなことになって、すでに四年がたつ。テキサス州の裁判所を渡り歩いていたころの彼には運転手も秘書もいたし、仕事場では廷吏や事務官たちに敬われ、彼が法廷に足をふみいれると法廷じゅうの全員が起立した。彼のフェアな精神と勤勉さは法曹仲間からも高く評価されていた。妻はいやみな女だったが、石油成金の父親がうしろにひかえていたから、彼は妻と争うことだけはしないようにしていた。温かみこそなかったが、結婚生活は安定していた。三人の子供にも恵まれ、全員が大学へ進学していたから、親としては誇らしかった。ある意味で共に風雪を耐えてきた夫妻は、一緒に歳をとっていこうと互いに決めていた。彼女には財産があり、彼にはステータスがあった。二人が力を合わせて名家をつくりあげるのだ。この世界、ほかに何があるというのだ？

それがまさか刑務所に行きつくとは！

この屈辱的でみじめな四年間。

あのころの彼には飲酒癖がどこからともなく忍びこんでいた。仕事のプレッシャーからかもしれないし、口うるさいワイフから逃れるためだったのかもしれない。法律学校を出てからの彼はつき合いに軽く飲む程度で、深酒は決してしなかった。アルコール依存症などでは決してなかった。子供たちがまだ小さかったころ、妻が子供たちを連れて二週間ほどイタリアへ旅行に出かけたことがあった。一人家に残されたビーチは、それで決して不満があったわけではないのに、動機はなんだったか今でもはっきり思いだせないのだが、いつの間にかバーボンで酔っていた。飲みはじめると止まらなかった。以来、彼の生活にバーボンが欠かせなくなった。いつもひと瓶自分の仕事部屋に隠しておいて、夜中にこっそり飲んだ。夫婦は寝室を別にしていたから、見つかることはまずなかった。

イエローストーンへの旅行は三日間の法曹会議に出席するためだった。その若い女性と出会ったのはジャクソンホールのバーでだった。何時間も一緒に飲んだあげく、二人は悲劇のドライブにくり出すことになった。ハトリー・ビーチが運転しているあいだに、助手席に座る彼女が服を脱いで素っ裸になった。ぐでんぐでんに酔っぱらっていた二人には、誘いの言葉も前置きもいらなかった。セックスだけだったら、刑務所に入ることはなかったはずだ。

ワシントンDCからやってきた二人のハイカーは大学生で、山歩きから戻ってきたところだった。二人とも即死だった。二人が目に入らなかったと自供する泥酔したドライバーに、せまい路肩でひき殺されたのだ。若い女性の車は溝のなかで発見された。アルコールをぷんぷん匂わせていたビーチ判事はハンドルをにぎったままグーグー眠っていた。若い女性も素っ裸のまま、助手席で酔いつぶれていた。

ビーチは何も思いだせなかった。何時間もたって、気がついたときは鉄格子のなかに入れられていた。

「早くここの生活に慣れるんだな」

そのとき保安官は薄笑いを浮かべてそう言った。ビーチ判事は思いつくあらんかぎりのコネを頼って訴追を逃れようとした。しかし、結局は徒労に終わった。前途ある二人の若者を死なせてしまったのだ。しかも、素っ裸の女性と一緒にいるところを現行犯で逮捕されていた。オイルマネーがいくらでも入る彼の妻に恐れをなして、ビーチの友人たちは思うように動けなかった。こうして結局、ハトリー・ビーチ判事を救ってくれる者は一人も現われなかった。

十二年の刑ですんだのはむしろラッキーと言えた。怒りくるった母親代表たちや、悲しみにくれた生徒代表たちが法廷の外で運動をくりひろげ、彼の無期懲役を訴えていたからだ。ハトリー・ビーチ判事は二件の殺人罪で起訴された。弁護の余地はなかった。血中のアルコール度はあと何人殺してもおかしくないほど高かった。ある目撃者は、彼が道の反対車線を走っていたと証言した。

いろいろふり返ってみると、彼の罪の発生場所が国有地内だったのは幸運だった。でなかったら、彼はもっと判決の厳しい州法廷に送られていたはずだ。ありがたきは連邦司法制度である。刑務所の設備のなんと行きとどいていること。

ビーチ判事はタバコを吸いながら、うす暗い部屋で、児童が書いたシナリオによるゴールデンタイムのドタバタ劇を見ていた。ちょうど選挙時だったので、政治家のコマーシャルもいろいろ放映されていた。見たこともない陰気なコマーシャルがビーチの目に飛びこんできた。低い不気味な声が、急いでもっと爆弾を作らないと手遅れになる、と予言めいたことを言っていた。一分半のぜいたくなコマーシャルだった。だが、誰も耳を貸しそうにない時代錯誤なことを訴えていた。

〝手遅れにならないうちにレークをホワイトハウスへ送ろう！〟

アーロン・レークって、いったい誰なんだ？　かつては自分もその世界に進出するつもりだったから、ビーチは政治に詳しい。刑務所内ではワシントンウォッチャーとして知られ、数少ない政治通囚人の一人と目されている。

アーロン・レーク？　ビーチ判事の記憶にその男の名前はなかった。彼は半ばあきれた。ニューハンプシャーの予備選挙のあとで無名の新人を登場させるとは、なんというお粗末な選挙戦術なのだ。大統領になりたい道化には事欠かないということか。

ひき逃げ事件後、ビーチが有罪を認める前に、妻は彼をとっくに見捨てていた。当然のこととして、彼女は、夫がハイカーをひき殺したことよりも、素っ裸の女と一緒にいたことに腹を立てていた。子供たちは妻の側についた。結局、財産を持っているのは母親のほうであり、父親のシャバでの最後があまりにもぶざまだったからだ。子供たちにとっては迷うまでもないことだった。離婚は、トランブル刑務所に入って一週間後に正式なものとなった。

三年一か月と一週間のあいだに、末っ子が二度ほど見舞いに来てくれたことがあった。二度とも母親には見つからないよう内緒の訪問だった。母親は子供たちがトランブル刑務所に行くのを禁じていた。

新たな災難が追い討ちをかけた。ひき殺した二人の男女の家族から民事訴訟を起こされたのだ。助けてくれる友もなく、彼は刑務所のなかから一人で自分を弁護することになった。しかし、もともと弁解の余地のない事件である。五〇〇万ドルの慰謝料を払うべきだとの裁定が裁判所から出された。ビーチは刑務所のなかから控訴したが、それにもやぶれ、何か月か前に、さらなる上訴の手続きをしたばかりだった。

ビーチの横の椅子の上、タバコのとなりに、弁護士のトレバーが届けてくれた封書が置いてある。最高裁判所からの上訴却下の通知だ。中の書面には最終決定が石のように堅い文字で書かれている。

しかし、これはさして深刻な問題ではなかった。なぜなら、彼は自己破産の申請もしていたからだ。自己破産の申請書は法律図書室のなかで自分で書き、それに訴訟費用免除の請願を添えて、かつては自分が神であったテキサスの裁判所に送った。

有罪の判決を受け、離婚され、法律家の資格を剝奪され、投獄され、民事訴訟を起こされ、自己破産の憂き目にあうわけである。

トランブル刑務所にやってくる囚人の大部分は、それほど長くない刑期をなんとかがまんして務める。たいがいは三度め四度めの再犯者である。しかし、彼らはここが好きだ。自分たちが知っているどんな刑務所よりも待遇がいいからである。

ところが、ビーチの場合は失ったものが多すぎた。落ちるところまで落ちてしまった。つい四年前までは、巨万の遺産を相続するはずの妻がいて、父を慕ってくれる子供たちがいて、平和な街に豪邸をかまえていた。彼は大統領に任命された連邦判事であり、年収の十四万ドルは、石油成金には太刀打ちできなくても、サラリーとしては上の部類だった。年に二度はワシントンに呼ばれ、法曹会議に出席もしていた。ビーチは偉かったのである。

古い弁護士仲間が一人、マイアミの子供たちのところへ行くついでだと言って二度ほど面会に来てくれたことがあった。友達は長居してくれて、いろんなゴシップを聞かせてくれた。ほとんどは取るに足らないくだらないものだったが、一つだけ気になるうわさがあった。ビーチ前夫人が新しい相手とさかんにデートしているとの話だった。カネがあり、腰にまだ贅肉をつけていない彼女がこうなるのは時間の問題だった。

〃手遅れにならないうちにレークをホワイトハウスへ送ろう！〃

同じ候補者のための、さっきとは別のコマーシャルが放映された。今度のは、銃を持った男たちが砂漠を匍匐《ほふく》前進するぼけた画面から始まっていた。やがてテロリストの憎々しげな顔が映しだされる。黒い目に黒髪。一見してイスラム過激派だと分かる男がアラビア語でわめくと、その下に英語の訳が表示される。

〃アメリカ人を見つけしだい、殺すんだ。われわれは大悪魔との聖戦に命をささげる〃

そのあとすぐに、燃えさかる建物や、爆弾テロで破壊された大使館の残骸が映しだされる。バスいっぱいに乗ったテロリストたち。田園地帯に広がる墜落したジェット機の残骸。

ハンサムな顔が現われた。アーロン・レーク本人である。レークはまっすぐハトリー・ビーチを見つめて言った。

〝わたしがアーロン・レークです。たぶん、あなたはご存じなかったでしょう。でも、わたしはこのたび大統領に立候補しました。理由は恐怖からです。中国からの脅威、東ヨーロッパや中近東からの脅威を放っておけないからです。世界の現状は恐怖そのものです。わが国の軍事力の現状を知って恐怖心をいだかない人はいないでしょう。昨年の国家財政は大幅な黒字だったにもかかわらず、現政権は国防費を十五年前の実績以下に切りつめました。われわれは経済が強いことに満足しきっています。ところが、世界の現状は思った以上に危険なのです。米国を敵対視する国は数かぎりなく、われわれは自分を守りきれないほど弱体化しています。わたしが大統領に選ばれたあかつきには、四年の任期のあいだに、国防予算を倍増させます〟

ほほえみもなく、温かみもなく、言いたいことをさらりと言う男。その顔に低い声がかぶさる。

〝手遅れにならないうちにレークをホワイトハウスへ送ろう！〟

悪くないな、というのがそのときのビーチの感想だった。

ビーチはタバコをくわえて火をつけた。その夜の最後の一本だった。それから、椅子の上の封書に目を落とした――被害者の遺族に払わなければならない五〇〇万ドルの慰謝料。彼が一度も顔を見たことのない二人の若い男女。事件の翌日の新聞には、はつらつとした若い男女の顔写真が出ていた。夏休みを楽しんでいた前途ある二人の大学生！

ビーチはやり切れなかった。バーボンを思いきり飲んで酔っぱらいたかった。

しかし、いくら酔っぱらっても、忘れられるのは頭のなかの半分だけである。残りの半分は良心の呵責だから、決して消し去ることはできない。彼の行くところどこへでもついてくる。とは言っても、行き場所はトランブル刑務所内以外のどこでもない。刑期を終えるときは六十五歳になっている。彼はそこまでは生き長らえないだろう。だから、トランブルから出るときは柩に入れられ、テキサスの自宅に運ばれ、彼が洗礼を受けた町の小さな教会の裏に埋められるのだ。

ビーチはテレビを消さずに、部屋を出た。時刻は十時になろうとしていた。消灯の時間だ。彼の同房者は同郷のテキサスから来たロビーという名の若造で、捕まるまでに二百四十軒もの家で盗みを働いていた。盗んだ銃や家財道具を売りはらっては、コカインを買って吸っていた浮浪者である。ビーチより四年早くトランブル刑務所に入っていたロビーは、先輩の特権で下の寝台を選んでいた。

ビーチは上の寝台によじ登ると、横になった。

「グッドナイト　ロビー」

そう言ってから、ビーチがライトを消した。

「ナイト　ハトリー」

小さな声が返ってきた。

二人はたまに暗闇のなかで会話をすることがある。壁はコンクリートブロックだし、ドアは金属でできているから、話し声は部屋の中でこだまして外には漏れない。ロビーはいま二十五歳だから、トランブルを出るときは四十五歳になっているはずだ。二十四年間の刑。空き巣十件あたり一年の勘定だ。

ベッドにもぐってから眠りに落ちるまでのあいだが一日でいちばんつらい時間だ。過去が思いだされ、悔しさで悶々となる——あやまち、みじめさ、こうしていたら、ああなっていれば。ビーチは目を閉じて眠ろうとしたが、眠れなかった。まず最初に自分を罰したかった。まだ見ていない孫がいる。彼の苦悶はその孫に対する思いから始まる。それから、三人の子供たち。ワイフのことなどどうでもいい。だが、ワイフの財産だけは気になる。それから友人たち。あんなに心を許し合ったあいつらは、いったいどこへ行ってしまったのだ？

この刑務所内に来てから三年がすぎた。未来はなく、彼にあるのはただ過去だけだ。下のベッドのロビーには夢がある。四十五歳ならまだやり直せる。だが、ビーチは歳をとりすぎていた。ときどきテキサスの温かい土に早く埋もれたいと思うこともある。教会の裏の土のなかに。墓石の費用を出してくれる人間の一人ぐらいはいるだろう。

第六章

銀行頭取のボンボン、クインス・ガーブにとって二月三日は人生最悪の日になるだろう。もし医者が町に居合わせたら人生最後の日ということに相成っていたかもしれない。だが、医者が町にいなかったおかげで、睡眠薬の処方箋はもらえなかった。かといって、彼には、自分に向かって銃の引き金をひく勇気もなかった。

一人だけの夜遅い夕食は、書斎の暖炉で作ったオートミールの出来もよくて、気分も軽やかに始まった。二十六年連れ添った妻は、翌日のチャリティーパーティーに出席するため、夜のうちからちょっと離れた都会に出かけていた。最近の彼女は流行りのボランティアに熱中している。そのほうが退屈しなくてすむし、夫の顔を見なくてすむからだ。

彼がアイオワ州ベーカーズのはずれに建つ自慢の豪邸を出たとき、天気は雪模様に変わっていた。車のなかで仕事をするため、十一年間愛用している黒いベンツの大型車を十分ほど走らせた。彼はベーカーズの名士である。何代にもわたって銀行を経営しているガーブ家の一員なのだ。

大通りに面した銀行の裏の彼専用の駐車スペースに車を止めたクインス・ガーブは、徒歩で郵便局へ向かった。週に二度、彼はこの同じ行動をくりかえす。郵便局の私書箱は何年も前に開設したもので、その存在はワイフにも秘書にも知られていない。

彼は金持ちであり、アイオワのベーカーズで金持ちと呼べる人間は少なかったから、彼が町で人に声をかけることはめったにない。階層の違う人間たちが何を考えていようと、彼はそんなことに関心がなかった。町のみんなは、雇用の機会を創出してくれるという理由だけで彼の父親を敬っていた。

老人が死んだら、それを契機に、彼は性根を入れかえて人格を変えなければならないのだろうか？　行き交うベーカーズの町の人たちに笑顔をふりまかなければならないのか？　祖父が創設したロータリークラブの会員になれと言うのか？

クインスは気まぐれな大衆の期待にこたえるのに飽き飽きしていた。お客さんに喜んでもらおうと一生懸命なおやじに頼って生きるのにも疲れていた。銀行勤めにも、アイオワの町にも飽きていた。雪にも妻にも飽きていた。

二月のその朝、彼が何よりも待ち望んでいたのは、愛するリッキーからの手紙だった。逢い引きを確認する短い文章が受けとれればそれで満足だった。

ラブボート上でリッキーとの熱い三日間を実現すること。それがクインスの望みのすべてだった。彼はそのまま青年と駆け落ちして、家には戻らないかもしれなかった。

一万八千の人口を有するベーカーズの町の中央郵便局はいつもそれなりに混みあっている。カウンターの向こうの係員もよく入れかわる。それが彼の私書箱利用術の一部でもあった。目立たないよう、新しい係員が席に着くのを待って、私書箱を開けにかかるのだ。私書箱の利用者は〝CMTインベストメント〟という架空の名義になっていた。

手紙は三通届いていた。それらをとりあげ、コートのポケットにしまうとき、その一通にリッキーの名があるのを見て、彼の心臓はいまにも止まりそうだった。彼は大通りを早足で歩き、数分後には銀行の建物のなかに入っていた。時刻はちょうど午前の十時だった。父親は四時間も前に出社していたが、息子のなまけぶりをなじるのはもうとっくの昔にやめていた。

クインスはいつものように秘書の机に立ちより、あたかも重要な案件でも待ちかまえているかのように、あわてたそぶりで手袋をぬいだ。秘書は彼に、手紙と二件の電話のメッセージを渡し、彼のその日の予定について念を押した。

「不動産業者との昼食会をお忘れなく。二時間後ですから」

クインスはうしろ手でドアを閉め、手袋とコートを別々の方角にほうり投げた。そして、リッキーからの手紙を開封した。それからソファに座りこみ、読書用のメガネをかけ、ハーハーと息を吐いた。呼吸が荒いのは、早足で歩いてきたからではなく、返事への期待感からだった。便箋を開いたときの彼は股間が硬くなりはじめていた。

言葉は弾丸となって彼の心臓を撃ちぬいた。二つめのパラグラフを読み終えたところで、彼は苦しそうにうめいた。

「ううう っ」

それから、「オー　マイ　ゴッド」を二度くりかえした。あとは「クソヤロー」と低い声で毒づくことしかできなかった。

声を出してはいけない、と彼は口のなかで言った。秘書がいつも聞き耳を立てているのだ。最初読んだときはショックでめまいがした。二度目に読んだときは信じられなくて頭がボーッとなった。三度目でようやく現実を受けとめることができた。クインスの唇がそれと同時にぶるぶる震えだした。泣くんじゃない、バカヤロー、と彼は自分に言い聞かせた。

手紙を床にほうり投げてから、クインスは机のまわりをゆっくりと歩きはじめた。頭のなかに子供たちや妻の元気な顔が浮かぶのをできるだけ無視した。二十年間の上流生活のひとコマや、家族のポートレートが窓の下のサイドボードの上に並んでいる。彼は窓の外に降る雪をながめた。雪は先刻より激しくなり、歩道に積もりはじめていた。この凍るようなアイオワのベーカーズが、彼はどこよりも嫌いだった。こんな町から永遠におさらばして、ハンサムなお友達と砂浜でふざけ合いながら一生を送ろうと思ったのに、その夢はたったいま消えてしまった。

こうなった以上、彼は別の条件下で家を出なければならない。

これはジョークなんだ、単なる悪ふざけなんだ、と自分に言い聞かせてみても、そうは思えないところが悲しかった。完璧な〝ゆすり〟だった。殺し文句は強烈すぎた。プロの手に引っかかったと思うしかなかった。

ふり返ってみると、彼の今までは、世間体ばかり気にして、体の内なる叫びを抑えつづける毎日だった。不満がつのりにつのって、ついにがまんできなくなり、自分の欲望のままに生きる覚悟を決めたその矢先だった。そんな決意を固めたばかりに、ゆすりの手に引っかかることになってしまった。ばか者！　ばか者！　ばか者！　人生はなんでこんなにうまく行かないんだ!?

雪を見つめる彼の頭のなかに雑念がわく。いちばん簡単な解決策は自殺である。だが、医者がいなくて睡眠薬が手に入らない。それに、死ぬのはいやだ。少なくとも、現時点ではまだ死にたくない。

誰にも疑われずに一〇万ドルも工面する方法など思いつきそうになかった。同居の老人は彼を薄給で雇い、財産を守るのにきゅうきゅうとしている。妻は出費について口うるさい。投資信託に預けてあるカネが少しあるが、妻に知られずにそれを現金化するのはむずかしい。アイオワ州ベーカーズのリッチな銀行家の実生活にあるのは、地位と、ベンツが一台と、住宅ローンのついた豪邸と、ボランティア活動に熱心な妻、それだけである。こんな退屈な世界から早く逃げだすのが彼の長年の夢だったのに！

いずれにしても、フロリダには行くことになるだろう。そして、この手紙の主の〝ゆすりヤロー〟の居場所を突きとめ、警察に届けるなりかして、なんらかの決着を図ろう。彼、クインス・ガーブは悪いことなど何もしていないのだ。なのに、この手紙のやりとりは、罪のない者から財産を巻きあげようとする犯罪そのものである。探偵なり弁護士なりを雇えばこちらの味方になってくれるだろう。彼らにゆすりの実態をあばいてもらうしかない。

たとえカネを工面して、言われたとおりに送金しても、リッキーだか誰だか知らないが、この詐欺ヤローはそれで満足するわけではない。送金したあとも、際限なくたかってくるのだろう。そうなったら、どうする？

彼にもし本当のガッツがあるなら、いま思いきって家出して、キーウエストあたりの雪など降らない暖かい場所で好き勝手に暮らし、ベーカーズの哀れな住民たちには、これから半世紀、彼の蒸発についてのあることないことを噂させておけばいいのだ。しかし、いかんせん、彼にはガッツがなかった。それゆえクインスは、さらに苦しみ、もだえるのである。

額のなかの子供たちが彼を見つめていた。そばかすだらけの笑みに、歯にはめた矯正用のワイヤー。クインスの胸は沈んだ。なんとしてでもカネを工面して、指示されたとおりに送金するしかない、と彼はそのときに決心した。子供に罪はないのだ。どんなことがあっても、子供たちだけは守ってやらなければならない。ガーブ家が保有する銀行の株券は時価一〇〇〇万ドルと見積もられている。しかし、そのすべてが老人に握られ、その老人はいま廊下で何ごとかがなり立てている。老人は八十一歳だが、とてつもなく元気な八十一歳なのだ。老人が死んだあかつきには、シカゴに住む妹と遺産を分けあうことになる。だが、銀行そのものは彼のものになるだろう。そのときは何もかもすみやかに売っぱらい、自分の取り分の何百万ドルかを手にして、ベーカーズなどにはさっさとおさらばするのだ。しかしそれまでは、つらいことだが、いままでどおり老人を満足させながら毎日を送っていかなければならない。

ゆすりに引っかかったことが父親にばれたら、父親は銀行株の管理をさらに厳しくして、結局、全部妹にのこすよう手配してしまうだろう。

廊下のがなり声が聞こえなくなったところで、クインスはコーヒーを飲むために部屋を出た。行くときも黙って秘書の前を通っていったが、ふたたび帰ってきたときも秘書を無視して部屋に入った。それから、もう一度手紙を読み、少し冷静になって自分の考えをまとめた。

カネはなんとかなるだろう。指示されたとおりに送金しよう。それで〝リッキー〟なるゆすりヤローが消えていなくなってくれることを、彼は憤りながら祈った。そして、もしリッキーが消えることなく、さらにたかってきたら、そのときは医者に睡眠薬の処方箋を切ってもらえばいい。

一緒に昼食をとることになっている不動産業者は、汚ない手を使うことで名を知られた地上げ屋である。詐欺まがいのことまでしているといううわさだ。こいつをうまく使えばなんとかなるのでは、とクインスは策を巡らした。クインスがその不動産業者に融資して土地を買わせ、それを法外な値段につり上げておいて第三者に買わせる。その資金はこちらが用意してやればいい。あの地上げ屋なら土地転がしのコツを知っているはずだ。

クインスにいくらか希望が見えてきた。

レーク大統領候補の〝地球最後の日〟のテレビコマーシャルは一般大衆に少なからぬ

ショックを与えることになった。世論調査によると、レークの名前の認知度がわずか一週間で二パーセントから二〇パーセントに急上昇していた。しかし、コマーシャルそのものは誰からも嫌われた。それぞれの場で戦いながら生きている大衆は、戦争だとか、テロリズムだとか、暗い山あいの道を運搬されていく核兵器のことなど考えたくないのだ。それでも人びとはコマーシャルを目にした。いやでも見せられた。メッセージも聞かされた。だが、ほとんどの有権者たちは無視を決めこんで、なんの反応もしなかった。目下の米国民は稼ぎと消費にしか関心がなかった。経済が活況を続けるいま、ほかの候補者たちの主張も、やれ人間性への回帰だの、減税だのと、迫力に欠けるものばかりだった。

最初のころはインタビュアーたちもレークを泡沫候補の一人として軽く扱っていた。だが、レークがテレビカメラの前で、献金が一週間で一〇〇〇万ドル以上も集まったことを発表すると、世の中の彼を見る目がにわかに変わりだした。

「あと二週間で二〇〇〇万ドル集まりそうです」

こともなげに言う彼の言葉とともに、本当のニュースが始まった。全額間違いなく届くことをCIA長官が保証していた。

二週間で二〇〇〇万ドルも集まるなんて、大統領選史においても前代未聞のことだった。ニュースはその日のうちにワシントンじゅうの話題になった。レークがその夜のニュースで三大ネットワークの二つからインタビューを受けたことで、熱気は頂点に達した。レークの写真うつりは申し分なかった。くったくのない笑みと、さわやかな弁舌、仕立てのいいスーツに、こざっぱりした髪形。レークには本当に当選しそうな雰囲気が出ていた。

その日のうちに、有力対抗馬がレーク攻撃を開始した。それが皮肉にも彼が最有力候補であることの証明になった。レークを攻撃したメリーランド州選出のブリット上院議員はもう一年も前から大統領に立候補していて、ニューハンプシャー州の予備選挙では首位と僅差の2位の地位を獲得していた。彼はこれまでに九〇〇万ドルの選挙資金を集め、実際にはそれ以上の額を使っていた。したがって、最近の彼は選挙運動よりも資金集めの活動を余儀なくされ、物乞いをするのに疲れきっていた。運動員を減らしたり、テレビコマーシャルの放映料の心配をしたりするのにも、もううんざりしていた。そんなとき、新聞記者にレークが二〇〇〇万ドル集めたことについての感想を訊かれて、ブリットはカッとなって答えた。

「汚ないカネに決まっている。善良な候補者がそんなに多額の資金をそれほど早く集められるはずがない」

ミシガン州のさる化学工場の前でインタビューを受けていたブリット候補の手は雨のなかで震えていた。

〝汚ないカネ〟とのコメントに新聞記者たちが食らいついた。話題はたちまち米国じゅうに広まった。

アーロン・レークはいよいよ地歩を固めることになった。

メリーランド州選出

のブリット上院議員には、本人が忘れたつもりでいる別の問題があった。

九年前、彼は真相究明のための東南アジア旅行の途についた。例によって、彼を含めた議員代表たちはファーストクラスで飛び、豪華ホテルに泊まり、ロブスターを食らいながら、貧困地域の現状を視察した。スポーツメーカーのナイキが低開発国で低賃金労働者を搾取しているとのうわさの真相を見きわめるのが視察の目的だった。視察旅行の出発地点バンコクで、ブリット上院議員は一人の若い女性と出会った。同僚議員たちがラオスやベトナムへ向かって真相究明の旅行を続けたのに対し、彼は仮病を使ってバンコクに残ることにした。

　女性の名前はペイカ。彼女はいわゆる売春婦ではなかった。バンコクの米国大使館に勤める、ちょうど二十歳になるちゃんとした秘書だった。米国の税金で食べている彼女にブリット上院議員は主人づらで接近した。メリーランドからも、妻や五人の子供たちや支持者たちからも遠く離れたこの地で、ペイカは新鮮でまぶしいほど美しかった。くびれた体をしていて、米国に留学したいという希望も持っていた。

　ちょっとした遊びのつもりが相思相愛のロマンスになり、ワシントンへ戻るときのブリット上院議員はうしろ髪を引かれる思いで飛行機に乗りこんだ。二か月もすると彼はバンコクに舞い戻っていた。妻には、秘密の任務だと言ってごまかしてあった。

　それから九か月のあいだに、彼は四度もタイを訪問した。そのたびにファーストクラスに乗り、出費のすべてを公費でまかなった。旅行好きの議員のあいだにも彼のタイ行きがうわさにのぼるほどの頻繁さだった。一方、ブリット上院議員は国務省にかけ合い、ペイカが米国で学べるようにしてやった。

　しかし、彼女の留学は実現しなかった。四度目か五度目の最後の逢瀬で、ペイカは妊娠したことを彼に告白したのだ。カトリック教徒の彼女には中絶の手段はとりえなかった。ブリット上院議員はぎこちないしぐさで彼女を抱きよせ、考える時間が欲しいと言った。そして、その日の夜中に、逃げるようにしてバンコクを去っていった。真相究明の旅行はこれで終わりだった。

上院議員に当選した当初から、ブリットは予算削減の強硬論者だった。CIAのむだづかいを批判して新聞の大見出しになったこともあった。それに対してCIA長官のテディ・メイナードはひと言も反論しなかった。しかし、彼にとって、おもしろかろうはずはなかった。そのときまでCIAの倉庫でほこりをかぶっていたブリット上院議員の薄っぺらなファイルが取りだされ、その表紙に〝最重要人物〟とのスタンプが押された。彼が二度目にバンコクへ行ったとき、CIAの工作員がそのあとを追った。もちろんブリット本人はそのことを何も知らなかった。CIAの工作員はやはりファーストクラスに乗り、彼の近くに座った。バンコクにはCIAの配下がたくさんいる。彼らは、恋人たちが三日間すごしたホテルを見張り、二人が高級レストランで食事する風景を写真におさめた。すべてがCIA本部に筒抜けになった。ブリットはまぬけだった。最後まで何も気づかなかった。

やがてペイカに子供が生まれると、CIAは病院の記録のすべてと、子供の父親、つまりブリット上院議員の血液型とDNAが子供のものと一致する医学的証拠を入手した。ペイカの方はあいかわらず大使館に勤めていたから、彼女の所在の確認は簡単にできた。

子供が一歳になったとき、公園で母親のひざの上に乗る姿が写真に撮られた。そのあとも写真撮影は続けられ、四歳ごろになると、子供の顔にはダン・ブリット上院議員の面影が漂いはじめた。

子供の父親はもう戻ってこなかった。東南アジアに向けてのブリット上院議員の真相究明熱は急速に冷め、彼の関心は世界の別の分野に向けられた。やがて議員はホワイトハウス行きの野心にとりつかれる。上院議員なら誰でも一度はかかる熱病だ。ペイカからの連絡はいっさいなかった。悪夢は容易に忘れられた。

ブリットには、五人の子供たちと、自己顕示欲の強い妻がいた。ブリット夫人と上院議員は、米国の〝家庭復興〟の山車《だし》を引く御者と馬だった。

「子供たちを救わなければ！」

夫妻は、長男がまだ十三歳にしかなっていないのに、共同でこの病めるアメリカ社会における子供の育て方についての本も書いている。大統領の不適切な性行為が明らかになったとき、大統領の品位のなさを非難するブリット上院議員は良識派の代表として大いに名をあげた。ワイフと二人三脚の選挙運動が功を奏して、保守派の人びとからの献金が順調に集まりだした。アイオワの山岳地帯では健闘したし、ニューハンプシャーではもう少しで1位になるところだった。だが、選挙資金はすぐに底をつき、選挙予想の結果も資金の量と見合うように下降しはじめた。

下降どころではすまない事態がやってきた。

疲れが骨にしみるようなその日の選挙戦だった。彼の取り巻きの一人が、ミシガン州のディアボーンにある、とあるモーテルに投宿した。上院議員はそこで六番目の子供と対面させられることになった。もっとも、直接ではなかったが。

新聞記者証を持ち、タラハシーの新聞社で働いているとの触れ込みで一週間ブリット上院議員を追いまわしている男がいた。名はマッコード。じつはCIA歴十一年のベテラン工作員が彼の本当の顔だった。かぞえきれないほどの新聞記者たちがブリット上院議員をとりまいていたから、彼の素性をあやしむ者は一人もいなかった。マッコードは上院議員の選挙参謀と親しくなり、夜遅く彼を誘ってホリデー・インのバーで一杯やった。ブリット大統領候補を破滅させる資料を持っていると彼が参謀にうち明けたのはそのときだった。ライバル候補のタリー知事からもらったのだと彼は嘘をついた。ページごとに爆弾の詰まった一冊のノートだった。二人の関係を細部まで告白したペイカの宣誓供述書と、現在七歳になってますます父親似になっている子供の写真が二枚、父子であることを証明するDNAの鑑定書、それと、上院議員が世界の反対側での情事のために税金を使って行き来した旅行記録が添えてあった。

提示された取引条件はぶしつけ、かつ単純だった。ただちに選挙戦から撤退すれば話はなかったことにする、とマッコードはさらりと言ってのけた。正義感を持ったジャーナリストとして、これ以上深追いはしないし興味もないと言いきり、ブリット夫人にも知られないよう、口外はいっさいしないと約束した。

　午前一時をちょっとすぎたとき、テディ・メイナードＣＩＡ長官はマッコードからの電話を受けた。荷物は相手に配達されたとの連絡だった。

　ブリット候補は急きょ、翌日の昼に記者会見を行なうと発表した。

　テディ・メイナードＣＩＡ長官の手もとには、政治家たちの過去現在を洗った汚ないファイルが何百とある。総じて政治家たちは罠におちいりやすい。若い美女を彼らの行く手にぶらつかせれば、たいがいなんらかの情報は集まる。女性でだめなら、カネを使えばてきめんだ。旅先を見張り、ロビイストとの密会を見張り、外国の施設に女を紹介するのを見張れば資料がぞくぞくと集まる。選挙資金集めのキャンペーンにもあやしい話がつきまとう。見張っていれば、ファイルはおのずと厚くなる。ロシア人もこう簡単にいけばいいのだがな、とＣＩＡ長官テディ・メイナードはいつも思っている。

　グループとしての政治家は嫌いだが、中には尊敬できる人間もいる。アーロン・レークがその一人だ。彼は女の尻を追いかけたりはしないし、酔いつぶれることも、現金に惑わされることもない。選挙民にごまをすったりもしない。知れば知るほど、長官はアーロン・レークという人物が好きになっていた。

　その夜の最後の分のカプセルを口にほうり込み、長官はベッドに横になった。これでブリットはいなくなる。いいすべり出しだ。スキャンダルをばらまけないのは残念だが、バカとハサミは使いようだ。生かしておけば、いずれは役に立つときもあろう。長官はそう自分に言い聞かせた。レーク大統領がいつか上院議員を必要としたときに、鉄砲玉として使えばいい。タイに残っている少年もいろいろ役に立ちそうだ。

第七章

囚人ピカソは、彼のバラ園に小便をかけるのをやめさせる強制執行を求めて、シャーロックをはじめとする不特定多数の囚人たちを訴えていた。誰かが放尿の場所をちょっと間違えたからといって、刑務所内の生活のバランスが崩れるわけはなかったが、ピカソは損害賠償として総額五〇〇ドルを要求していた。五〇〇ドルとはかなりの額である。

争いは、ピカソがシャーロックの放尿現場をつかまえた去年の夏から続いていた。おさまる様子がないので、ついに看守が割って入ることになった。看守は手にあまって、解決を三人組の手にゆだねた。訴えは受理され、被告となったシャーロックは、ラトリフという名の、脱税で投獄された元弁護士に弁護を依頼した。

なんだかんだの理由をつけて裁判の開始を遅らせるのが被告側の作戦だったが、作戦は三人組には通用しなかった。それに、被告のシャーロックも元弁護士も囚人仲間からさげすまれていたから、その発言力は弱かった。

トレーニングジムのとなりの地面を耕したピカソのバラ園はいつも手入れが行きとどいていた。ピカソのように多少精神障害を持った人間には、この種の趣味がセラピー効果をもたらすことを、ワシントンの頭の堅い書類役人に分からせるのに三年もかかった。畑づくりが承認されると、刑務所長がただちにサインしてくれて、ピカソは農具なしに両腕だけをたよりに畑づくりを開始した。ジャクソンビルの苗木業者からバラの苗を手に入れたわけだが、その許可を得るだけでも、ピカソは、さらにひと箱分もの書類を作らなければならなかった。

刑務所内でのピカソの本来の仕事はカフェテリアの皿洗いである。その仕事で彼は時間あたり三〇セントの収入を得る。ピカソは、自分を皿洗いではなく庭師として分類してくれるよう刑務所当局に願い出ていたが、バラづくりは趣味とみなされ、結局、願いは却下された。土を掘り起こし、畑の四すみに水をやるピカソの姿が、朝の早い時間や夜の遅い時間によく見られた。ピカソは花に語りかけることまでしてバラ栽培にのめり込んでいた。

問題のバラは〝ベリンダズ・ドリーム〟と名づけられている種類のとくに美しくもない淡いピンクの花である。しかし、ピカソ本人はそのバラが大好きだった。苗木が運ばれてきたとき、それがベリンダズの苗木であることは刑務所内の誰もが知っていた。ピカソはわが子を慈しむようにベリンダズの苗木を畑の前部と中央に植えた。

バラの花が咲くと、シャーロックが花に小便をかけはじめた。単なる悪ふざけだった。シャーロックは、嘘つきとかく評判のピカソのことが嫌いだった。あんなやつのバラは小便をかけられて当然と放尿を続けた。すぐに彼のまねをする者も出てきた。シャーロックは、小便は肥やしになるからバラにはいいんだと言って放尿仲間を増やした。

そのうちベリンダズの花びらはピンク色の生気を失い、しおれはじめた。ピカソが心配で眠れない夜をすごしていたある日、彼の房のドアの下に密告状が差しこまれ、真相が明らかになった。ピカソが慈しんでいたバラ園はワルたちの小便ホールになっていたのだ。

二日後、ピカソは待ち伏せしてシャーロックの放尿現場を押さえた。その結果、中年太りの二人の白人男性が、醜いとっくみ合いを道ばたでくり広げることになった。結局、バラの花は全部うす汚れた色になり、ピカソは告訴を決意した。

ラトリフ元弁護士の作戦で裁判が何か月も遅れたあと、ようやく審理にこぎつけたとき、三人組はもうこの件にうんざりしていた。そこで彼らは事前に話しあい、審理をフィン・ヤーバー判事一人の判断にゆだねることにした。ヤーバーの母親が昔バラを栽培していたからでもあった。二、三問い合わせた結果、ヤーバー判事は、小便で花の色が変わるはずがないことを二人の仲間に教えた。法廷を開く二日前に三人組の結論は出ていた。シャーロックその他のブタどもがピカソのバラ園に放尿するのは禁止するが、損害賠償の必要は認めないというものだった。

誰が、いつ、どこで、どういうふうに小便したかを、大の大人たちが三時間もかけてけんけんごうごうやっていた。そのあいだ、自分自身の弁護人役をやらなければならないピカソは泣きだしそうな顔で証人たちの応援をせがんだ。被告の代弁をするラトリフ元弁護士は、いやみで、残酷で、あくどくて、彼がなんの罪を犯したにしろ、弁護士の資格を剝奪されて当然だという印象を周囲に与えていた。

そのとき、スパイサー判事は大学バスケット試合の勝敗表をながめて時間をつぶしていた。トレバーと連絡がつかないときの彼は、とりあえずすべての試合に架空の賭けをする。この二か月間の架空の利益は三六〇〇ドルにもなっていた。トランプでも、スポーツの賭けでも、彼には勝ちつづける自信があった。ワイフが一緒であるにしろないにしろ、ベガスやバハマで活躍する自分の姿が目にちらついて、夜寝られないこともあるほど賭けごと好きのスパイサーなのである。

ビーチ判事はいかめしい顔をしかめて、何か重々しそうに書きしるしていた。彼が書いていたのは、ダラスに住むカーティスに送る次の手紙の原稿だった。カーティスからその後の便りがなかったので、三人組は彼をおびき寄せるためのエサをさらに蒔くことに決めていた。リハビリ施設の残酷な監視員から上納金を要求されていて、それを払わないと強姦などのいやらしい仕打ちを受けることになる、とビーチ判事は〝リッキー〟の偽名で説明した。リッキーが身の安全のため必要としているのは五〇〇〇ドルで、もしできるならカーティスに貸してもらいたいという内容だった。

「ほかの案件に移ってよろしいかな？」

ビーチは大きな声をはりあげ、ラトリフ元弁護士の長話を制した。本物の判事だったときのビーチは、弁護人が陪審団の前でご託を並べているあいだ、それを半分聞きながら雑誌を読むすべをマスターしていた。自分が何をしていようと、ひな壇からタイミングよくかけ声をかけると、法廷全体が引きしまったものである。

ビーチは原稿に書いた。

〝この施設には悪がはびこっています。ぼくたちはズタズタに引き裂かれた状態でここに入ってきます。そんなぼくたちを洗い、乾かし、頭のなかを掃除し、訓練しなおして社会に戻すのが彼らの仕事のはずです。なのに、警備員たちの相当数が悪者と化してぼくたちを脅します。弱い立場のぼくたちはせっかく立ち直ろうとしているところなのに、これによってくじけてしまいます。ぼくはとくに一人の男を恐れています。だから、自分の部屋にこもることが多く、日焼けやウエートリフトの訓練も怠りがちです。夜、眠れないときなど、酒やドラッグで気をまぎらわしたくなることもあります。お願いです、カーティス、ぼくに五〇〇〇ドル貸してください。そうすれば、この男からの難をのがれてリハビリを完遂することができます。心身ともに健康な状態であなたに会える日を迎えたいんです〟

昔の判事仲間たちはどう思うだろう？　あの名誉ある連邦判事ハトリー・ビーチが同性愛者を装って偽の手紙を書き、罪のない人間からカネを巻きあげていることを知ったら！

しかし、彼にはもう友もいなければ、自分を規制する倫理観もなかった。かつて自分が崇めていた法によって、彼は今いる場所に閉じこめられている。目下の彼は、黒人教会が使っていたコーラス隊の古着をまとい、刑務所のカフェテリアでクズどもが小便をしたとかしないとかでわめくのを聞いている。

「あんたは同じ質問をもう八回もしているぞ！」

ビーチ判事はラトリフ元弁護士に向かって吠えた。元弁護士はあきらかにテレビの安直な法廷ドラマを見すぎていて、内容がないくせにジェスチャーだけがオーバーだった。

この件はヤーバー判事の担当と決まっていたので、彼には少なくとも審理のなりゆきに注目しているふりをする必要があった。彼自身は自分の外見にはまったく関心がなかった。いつものようにローブの下は裸で、足を大げさに組み、プラスチックのフォークで足の爪アカをほじくっていた。

「じゃあ、おれがクソを垂れればバラは茶色くなるというのか？」

シャーロックがピカソに向かって怒鳴ると、カフェテリアじゅうがどっと沸いた。

「言葉に気をつけなさい」

ビーチ判事が注意をうながした。

「静粛に！」

裁判狂のT・カールが銀髪のかつらの下から声をはりあげた。彼は法廷に命令を発する立場ではなかったが、それが得意だったので、三人組から法廷の管理権を授かっていた。T・カールは小づちをたたいて声をはりあげた。

「みなさん、静粛に！」

ビーチはさらに書きつづけた。


〝お願いです。助けてください、カーティス。ぼくにはあなた以外に相談できる人間がいません。もう一度ふりだしに戻りそうです。ふたたび麻薬に手を出すことになったらと、それが怖いんです。そんなことになったら、二度とこの場所から出られなくなるでしょう。急いでください〟

スパイサー判事は、パーデュ大と戦うインディアナ大に、それから、クレムソン大と戦うデューク大に、ヴァンディー大と戦うアラバマ大に、イリノイ大と戦うウィスコンシン大に、それぞれ一〇〇ドルずつ賭けることに決めた。ウィスコンシン大学のバスケットボール部のことなど何も知らないじゃないか！　彼は自分に問いかけた。でも、そんなことはどうでもよかった。彼はプロの、しかもすぐれたギャンブラーなのだ。もし道具小屋の裏に埋めた九万ドルがまだ掘り返されずにそこにあったら、それを一年以内に一〇〇万ドルに増やす自信があった。

「そこまで」

ビーチは両手をあげて宣告した。

「おれも話は充分に聞いた」

爪アカをほじくるのをやめたヤーバーがテーブルに身を乗りだして言った。

三人組は、あたかもアメリカ司法史の将来に重大な影響をおよぼす決定を下すかのように、ひたいを寄せ集めてひそひそと協議を始めた。顔をしかめ、髪をかきあげる彼らの姿は、この案件の公共の利益について議論しているようにもみえた。一方、一人でぽつんと座るピカソは、かわいそうに、ラトリフ元弁護士の汚ない作戦に翻弄されて今にも泣きだしそうだった。

ヤーバー判事はせき払いをしてから言った。

「二対一で決まった評決の結果を申し渡す。バラに放尿するのは禁止する。以後、現行犯で捕まった者には五〇ドルの罰金を科すものとする。今回にかぎり、損害補償はないものとする」

T・カールが完璧なタイミングで小づちを鳴らした。

「追って開催が発表されるまで休廷。全員起立！」

もちろん、誰も立たなかった。

「おれは上訴する！」

ピカソが怒鳴った。

「ああ、やってもらおうじゃないか」

シャーロックが言い返した。

「これでいいんだ」

ヤーバーがローブのすそを持ちあげて言った。

「痛み分けだな」

ビーチとスパイサーが立ちあがると、三人組は一緒になってカフェテリアから出ていった。

看守が訴訟当事者と証人たちのあいだに入って言った。

「さあ終わりだ、おまえたち。仕事に戻れ」

シアトル

にある〝ヒュマンド社〟の最高経営責任者はCIAにきわめて近い元下院議員である。ヒュマンド社はミサイルやレーダー妨害装置を製造していて、CIA長官テディ・メイナードとヒュマンド社の最高経営責任者はお互いを友人だと公言している間柄だ。ヒュマンド社の最高経営責任者が記者会見でレーク候補の選挙資金に五〇〇万ドルを寄付することを発表すると、CNNは番組を変更して記者会見の中継に画面をきりかえた。ヒュマンド社の五千人の従業員たちが一人一〇〇〇ドルずつの小切手を切って寄付したというのだ。連邦法が個人に認める限度額いっぱいの寄付である。最高経営責任者は小切手が詰まった箱のなかをカメラに向かって示した。そして、みずからその箱をヒュマンド社のジェット機でワシントンに運び、そこから車でレークの選挙事務所まで持っていった。

カネの流れを追跡しろ。行きつくところに当選者がいる！

ほかにも、労働者たちの小切手の入った箱がいくつも郵送で届き、それとは別に、ほぼ同額の献金がそれら労働者たちの組合から送られていた。レークの出馬宣言以来、三十の州で国防産業に従事する一万一千人以上もの労働者たちがレーク陣営に献金を行ない、その総額は八〇〇万ドルを超えていた。レーク陣営としては、献金を整理するために会計の専門家を雇わなければならないほどだった。

ヒュマンド社の最高経営責任者は大歓迎をもってワシントンに迎えられた。入れ違いに飛び立った自家用ジェット機がレーク候補をデトロイトに運んでいた。月四〇万ドルで最近借りた〝チャレンジャー〟機だ。

デトロイトに着陸したアーロン・レーク大統領候補は黒塗りの二台のバンに迎えられた。両方とも新車で、月一〇〇〇ドルで借りたものである。いまのレークはどこへ行くにも取り巻きがいて、エスコート役がいる。そのうち慣れるとは分かっていても、赤の他人にいつも囲まれているのは気持ちのいいものではない。ダークスーツに身を固めた真剣な顔の若者たちが、マイクロホンを耳に、銃をベルトに差しこんで彼の警備にあたっている。

飛行機にはさらに二人のシークレットサービスが乗っていたし、二台のバンにも、知らない人間が三人乗りこんでいた。そのほかに、下院のオフィスからフロイド青年が同行していた。フロイドはアリゾナの有力者の息子なのだが、おっとりしていて、使い走り以外のことはできない。フロイド青年の目下の役目は運転である。

レークはフロイド青年がハンドルをにぎるバンの助手席に座り、二人のシークレットサービスと秘書がうしろの席に座った。二台は、テレビリポーターたちが待ちかまえるデトロイトの中心街に向かって走りだした。

途中で車を止めて演説をすることも、あたりの住民に呼びかけることも、レストランに立ちよって名物のナマズ料理を食べることも、雨にぬれる工場の門の外に立つこともレークには予定されていなかった。カメラに向かって手を振るでも、地元の集会に飛び入りするでも、貧民街に立って現政権の失政を非難するでもなかった。普通の候補なら当然すべきことを何もしなかった。準備も地ならしもないまま遅れて立候補したため、きめ細かな用意がまるでできていなかったからだ。

レークの頼りはハンサムな顔と、明るい声と、仕立てのいいスーツと、極論と、途方もない額の現金である。もしテレビ局を買収して票が買えるなら、アーロン・レークは間違いなく大統領職にありつくだろう。

レークがワシントンの選挙本部に電話すると、五〇〇万ドルの献金を受けたニュースが会計係から伝えられた。ヒュマンド社とは耳新しい社名だった。

「その会社は上場しているのかい？」

レークが訊くと、〝ノー〟という答えが返ってきた。ワンマン社長が経営する私企業で、年間の売り上げが十億ドル弱――レーダー妨害装置を開発した会社だから、もし正しい人間が政権をにぎり、しかるべき国防予算を組んだら、巨億の利益が約束される新興企業とのことだった。

一九〇〇万ドルが手もとに集まったことになる。これはもちろん前代未聞の新記録である。しかもその後、数字はどんどん塗り替えられ、レーク陣営が集める献金は最初の二週間で三〇〇〇万ドルと見積もられるに至った。

使いきれないほどの巨額の資金である。

レークは携帯電話をたたみ、運転に集中しているフロイド青年に返した。

「これからはヘリコプターを使おう」

レークはうしろの席の秘書に命じた。秘書は指示をメモした。

〝ヘリコプターを手配すること〟

レークはサングラスで目を隠し、三〇〇〇万ドルの性質を分析した。立候補者の自由な立場が、偏った献金で縛られるのはまずいが、しかし、これはしぼり取った税金ではない。あくまでも自発的に献金されたものだ。合理的な説明はなんとかつくだろう。大統領に当選したあとも勤労者のために尽くすことに変わりはないのだから。

CIA長官の顔がレークの脳裏をよぎった。CIA本部奥のうす暗い部屋で車椅子に座る男。腰をキルトで包み、体が痛むたびに顔をゆがめ、できないことには決して手を出さず、やることはかならず成功させ、カネのなる木を揺すってカネをいくらでも落とす男。長官が実は、権力欲にとりつかれて動いていたとは、レークには知るよしもなかったし、彼は知ろうともしなかった。

中東作戦

の責任者は、ラフキンという名の、長官が絶対的に信頼するCIA歴二十年の男だった。十四時間前までテルアビブにいた彼は、いま、長官の作戦室で顔を紅潮させていた。

命令はかならず口頭で言い渡される。ケーブルやサテライトは使わない。二人の男のあいだで交わされる言葉がくり返されることもない。ここでの命令は何年も前からこうして下されてきた。

「カイロのアメリカ大使館が攻撃されそうです。実行はさし迫っています」

ラフキンの報告に対して、長官はなんの反応も示さなかった。顔をしかめるでも、驚いた表情をするでも、目をぱちくりさせるでもなかった。この種のニュースに長官は慣れっこになっていた。

「イダルか？」

「そうです。彼の側近の姿が先週カイロで目撃されました」

「目撃したのは誰だね？」

「イスラエルの諜報部員です。二台のトラックがトリポリから爆薬を運んできたのも確認しました。準備は整ったように見えます」

「実行はいつだと思う？」

「さし迫っています」

「どのくらいさし迫っているんだ？」

「一週間以内、とわたしは見ています」

長官は耳たぶをひっぱって目を閉じた。ラフキンは相手を見ないようにした。聞かなくても、彼には先が読めた。命令を受けたら、ただちに中東に戻って事後の処理にあたらなければならない。大使館襲撃は警告なしに実行され、大勢が殺され、ばらばらに吹き飛ばされるだろう。街じゅうにできた爆発跡は長いあいだ人目にさらされ、非難の矛先はまたまたＣＩＡに向けられるのだ。

長官に動じる様子はみえなかった。ラフキンはときどき思う。長官は怖い思いをするのが好きなのではと。何かをやり遂げるために、恐怖を糧にしているのではと。

もしかしたら、襲撃は米国と共同作戦をとるエジプトのコマンド部隊によって未然に防がれ、大使館は難を逃れるかもしれない。そうなれば、すぐれた諜報網を持つCIAの勝利が高らかにうたわれるだろう。それでも、長官の表情だけは変わりそうにない。

「確かなのか?」

「ええ。この状況なら誰でも確かだと判断するでしょう」

候補者を大統領の椅子に据えるために長官自身が襲撃を画策しているとは、もちろんラフキンの知るところではなかった。ラフキン自身はアーロン・レークのことを知らなかったし、大統領に誰がなろうと、はっきり言ってそんなことはどうでもよかった。中東に長く駐在して、彼は経験から知っていた。米国を率いる人間が誰になろうと、それが世界情勢に影響を及ぼすことはほとんどないのだと。

彼は三時間後に出発することになっていた。コンコルドでパリに行き、そこで一泊してからエルサレムに向かう予定だった。

「カイロに戻りたまえ」

長官は目を閉じたまま言った。

「かしこまりました。それで、何をすればいいんですか?」

「待つんだ」

「何を待つんですか?」

「地面が揺れるのを待つんだ。大使館には近寄らないようにしろ」


ヨーク副官の最初の反応は恐怖だった。

「こんな広告は流せませんよ、テディ」

ヨークは感じたことを正直に言った。

「こんな血生臭いフィルムは見たことがありません。コマーシャルとしては〝R〟に指定されるでしょう」

「わたしは好きだね」

長官はリモートスイッチのボタンを押した。

「Rに指定されるコマーシャルを選挙キャンペーンに使うなんて、新しくていいじゃないか」

二人はコマーシャルをもう一度初めから見直した。爆弾の破裂する音と同時に、ベイルートの海兵隊の兵舎が映しだされる。煙に、瓦礫に、その上を右往左往する人間たち、崩れたコンクリートのあいだから引きだされる海兵隊員の死体、ばらばらになった手足、一列に並べられた海兵隊員たちの遺体。場面がぱっと変わり、レーガン大統領が記者会見で復讐を誓う。しかし、その言葉はうつろに響く。それから、マスクで顔を隠した二人のガンマンのあいだに立たされている米軍兵士の写真が映る。そして重々しい声がその画面にかぶさる。

〝一九八〇年以来、世界中で何百人ものアメリカ人がテロリストたちの犠牲になっている〟

さらに爆発シーンが続き、流血と、自失状態の生存者たちの顔が大写しになる。惨状は冒頭のシーンよりもすごい。

〝われわれはそのたびに復讐を誓ってきた。犯人をかならず見つけて責任者を罰すると、決まり文句をくりかえしてきた〟

怒りの反撃を口にするブッシュ大統領の姿が早送りされる。三たび爆弾が破裂して、血を流す遺体がこれでもかと映しだされる。ジェット機の入り口に立つテロリストが米軍兵士の死体をドアから投げ捨てるシーンが続く。目に涙をため、いまにも泣きだしそうなクリントン大統領が言う。

〝犯人を見つけるまでは、決して追及の手をゆるめない〟

最後に登場するのは、深刻な顔でカメラをのぞくアーロン・レークである。テレビを見る人たちに向かって彼は呼びかける。

〝真相を話しましょう。われわれが反撃できたことは一度もありません。言葉ではなんとでも言えます。ふんぞり返って脅したりもできます。しかし実際は、死者を葬るだけで、あとは知らんぷりです。勝つのはいつもテロリストたちです。こちらに反撃するガッツがないからです。

わたしが大統領に当選したあかつきには、新たな軍隊をもってテロリズムの撲滅にあたります。相手が世界のどこにいようと、探しだして殲滅《せんめつ》します。アメリカ人が殺されたまま泣き寝入りするようなことは決してしません。わたしは約束します。山に逃げ隠れしているクズどもには絶対に負けないと。テロリストをかならず退治します〟

六十秒のコマーシャルだが、ほとんど手持ちの実写フィルムを使ったから制作費は少なくてすんだ。放映はゴールデンタイムを使って四十八時間後にスタートする。

「わたしには自信がありません、テディ」

ヨークは賛成できなかった。

「ちょっと怖すぎませんか？」

「怖すぎるのが世界の実情なんだ」

長官はコマーシャルが気に入っていた。使う理由はそれで充分だった。

血なまぐさい

宣伝に初めはあれほど反対していたレークも、結局は長官と歩調を合わせるようになった。

このCMのおかげでアーロン・レークの認知度は三〇パーセントに跳ねあがった。しかし、コマーシャルに対する大衆の不快感は増大した。

〈いまに見てろよ〉
長官は自分に向かって何度もつぶやいた。

第八章

トレバー・カーソン弁護士はテイクアウトで買ってきたカフェラッテをすすりながら、二日酔いをすっきりさせるために、リキュールを入れようかどうしようか迷っていた。電話がかかってきたのはそのときだった。彼の部屋には内線通話装置がそなわっていない。廊下でジャンが声をはりあげたら、彼が怒鳴り返せばすむからだ。八年間、彼とこの特殊な秘書はこうして怒鳴りあってきた。

「バハマの銀行から！」

彼女の声が聞こえた。トレバーは電話に飛びつこうとして、あやうくコーヒーをこぼしそうになった。

電話をかけてきたのは英国人行員だった。彼のアクセントは現地人の影響を受けてずいぶん柔らかくなっていた。アイオワの銀行からかなりの送金があったという。

かなりとはどのくらいなのか知りたくて、トレバーは秘書に聞かれないよう、口を手でおおいながら訊いた。

一〇万ドルとのことだった。トレバーは受話器を置くと、カフェラッテにリキュールをたっぷり入れ、壁を見つめてにんまりしながら格別の一杯を味わった。彼の長い弁護士人生のなかで三万三〇〇〇ドルもの謝礼が入るのは今回が初めてである。いままでの最高額は、交通事故の示談金を二万五〇〇〇ドルに引き上げてやったときで、その際の報酬は七五〇〇ドルだったが、それは全額二か月で使ってしまった。

秘書のジャンは、秘密口座のことや、ゆすりのことはいっさい知らない。だからトレバーは、怪しまれないよう、関係のない電話をしたりして一時間ほど忙しいふりをしてから、ジャクソンビル市に用事ができたから出かけると言いだし、ついでにトランブル刑務所にも立ちよる、と秘書に申し渡した。秘書はトレバーがどこへ行こうと気にしなかった。彼が行方不明になるのはなにも今日が初めてではないからだ。雇用主がいないあいだは本が読めるので、彼女はむしろうれしかった。

トレバーは急いで駆けつけたおかげで、離陸まぎわのシャトル便に間に合った。フォートローダーデールへの三十分の飛行のあいだにビールを二杯飲み、そこからナッソーまでのあいだにさらに二杯飲んだ。着陸するや、彼はタクシーの後部座席にへたり込んだ。エアコンのついていない、金色に塗られた一九七四年型のキャデラックだった。運転手も彼同様に酔っぱらっていた。蒸し暑い日で、道路は混んでいた。車がダウンタウンにある《ジュネーブ・トラスト銀行》の前に止まったとき、トレバーは汗びっしょりで、シャツが背中にべっとりくっついていた。

銀行の建物のなかに入ると、頭取代理のブレイシャー氏がやってきて、トレバーを彼のオフィスに案内した。ブレイシャー氏は送金伝票を机の上に出した。デモインの〝ファースト・アイオワ銀行〟が振り出し先で、金額は一〇万ドル、送金主は〝CMTインベストメント〟となっていた。受取人の名も怪しげだった。〝ブーマー不動産株式会社〟。ブーマーは、ジョー・ロイ・スパイサーが昔かわいがっていた猟犬の名前である。

トレバーは用紙にサインして、一〇万ドルのうちから二万五〇〇〇ドルを自分の秘密口座に移した。彼の取り分の残り八〇〇〇ドルは現金で受けとった。

現金の詰まったぶ厚い封筒をズボンのポケットに押しこむと、彼はブレイシャーのやわらかい手をにぎり、急ぎ足でビルの外へ出た。

トレバーは誘惑と闘った。二日ぐらい海沿いのホテルに泊まり、プールサイドの椅子に座ってラムを思いきり飲みたい気分だった。誘惑はますます強まり、彼はあやうく空港ビルから飛びだし、もうちょっとでタクシーに飛び乗るところだった。だが、今回は思いとどまった。

二時間後の彼は、ジャクソンビル空港内のコーヒーハウスでコーヒーを飲みながら計画を練っていた。

やがて彼は自分の車でトランブル刑務所に向かった。刑務所に着いたのは四時半だったが、スパイサーが現われるまで三十分も待たされた。

「これはまた突然のお出ましだな」

スパイサー判事はそう言いながら、浮かぬ顔で弁護士面会室に入ってきた。トレバーはかばんを持ってこなかったので、調べられるものは何もなかった。警備員は彼のポケットを外からたたいただけで出ていってしまった。銀行から下ろした八〇〇〇ドルの束は〝カブトムシ〟のフロアマットに隠してあった。

「アイオワからわれわれの一〇万ドルが送金されてきました」

トレバーがドアのほうに注意を払いながら言うと、スパイサーは表情をやわらげ、急に機嫌がよくなった。それでも、トレバーに〝われわれの一〇万ドル〟と言われたのが気に入らなかった。弁護士の上前のはね方に前から不満を持っていた彼だから、それがよけい気になった。だが、この〝ゆすり商売〟だけは、外部の人間の協力がなければ完遂できないのだ。世間で言う〝弁護士は必要悪〟とはまさにこの場合のことだった。それに、トレバーはそれなりに信用できた。

「バハマに着いたのか?」

「そのとおり。わたしはいま現地から戻ったところです。六万七〇〇〇ドルそっくり預けてきました」

スパイサーはため息を吐いて、勝利の空気を吸った。自分の取り分は三分の一だが、それでも二万二〇〇〇ドルになる。悪くない。手紙をもっと書かなくては。

それから、スパイサーはオリーブ色の囚人シャツのポケットから折りたたんだ新聞の切り抜きを取りだすと、腕を伸ばしてそれを見ながら言った。

「今夜、デューク大がジョージア工科大と当たる。工科大に五〇〇〇ドル賭けてくれ」

「五〇〇〇ドルですって?」

「そうだ」

「五〇〇〇ドルも賭けるなんて、やったことありませんね」

「おまえさん、どんなところを使ってるんだい?」

「小さいところですよ」

「小さいノミ屋なら、早く電話したほうがいい。注文を受けてからあちこちに電話しなきゃならないからな」

「分かりました、分かりました」

「明日また来てくれるかい？」

「たぶん来られると思います」

「三万三〇〇〇ドルも謝礼を払う依頼人なんて、ほかにいないだろうからな」

「それはいませんよ」

「だろ？　だったら、明日四時に来てくれ。頼みたい手紙が少しあるんだ」

そう言って、スパイサーはさっさと管理事務所のあるビルから出ていってしまった。ドアのところにいる警備員には何も言わずに、ただうなずいただけだった。彼がきれいに手入れされた芝生の上を横切っていくのには訳があった。二月とはいえ、照りつけるフロリダの太陽で、歩道は焼けているのだ。

仲間たちは図書館での仕事をいつもよりのんびりやっていた。だから、スパイサーはためらうことなく二人に告げた。

「アイオワのおっさんから一〇万ドル送金があったぞ！」

ビーチ判事の手はキーボードの上で凍りついた。老眼鏡の上からのぞき込む彼の顔は開いた口がふさがらなかった。そのあごをなんとか動かして彼は言った。

「冗談か？」

「いや、本当だ。いまトレバーと話してきたところなんだ。おれたちが指示したとおり、今朝バハマに送金されてきた。クインシーベイビーはまんまと引っかかったぞ！」

「やつをもう一回脅してやろうか？」

ほかの二人が思いつく前にヤーバー判事が言った。

「クインスをか？」

「あたりまえだ。最初の一〇万ドルがうまく行ったんだ。もう一回やってみる価値はある。こっちに失うものはないんだ」

「そう言えばそうだ」

スパイサーはにやりとして言った。自分が言い出しっぺでないのが悔しかった。

「いくらにする？」

そう訊いたのはビーチ判事だった。

「五万ドルにしてみよう」

ヤーバーが得意気に言った。二人はうなずいて、次の五万ドルの皮算用を始めた。スパイサーが代表を気どって言った。

「このあたりで情勢を分析するのもいいと思うんだ。ダラスのカーティスはそろそろ落とし頃だな。クインスはもう一度たたこう。この仕事はうまく行くぞ。これからはギアを切り替えて、もっと積極的に行くべきだ。おれの言う意味が分かるか？　ペンパルの一人一人を分析して、プレッシャーをステップアップしようじゃないか」

ビーチ判事はコンピューターの電源を切って、ファイルに手を伸ばした。ヤーバー判事は自分の小さな机の上をきれいにした。三人組のひそかな〝アンゴラ詐欺〟は新鮮な生き血を吸って命の産声をあげていた。悪銭のにおいは一度嗅いだらやめられないほど心地がよかった。

三人はさっそく全部の手紙の読み直しにかかり、人選のやり直しをした。犠牲者の数がもっとあったほうがいいことに三人はその場で同意した。そして、その道の雑誌にさらに広く広告することが決まった。


トレバー・カーソン弁護士が《ピーツバー・アンド・グリル》のメニューが割引になる〝ハッピーアワー〟にすべり込むまでは順調だった。ピーツバーのハッピーアワーは五時から始まり、最初のけんかが起きたところで終わる。トレバーは〝受験生〟を見つけた。三十二歳の、ノースフロリダ大学の二年生だ。弁護士資格試験の受験生である彼は、月二〇〇ドルの手当てで店の顧問弁護士役を引きうけている。大学での留年はもう十一年にもなる。

彼は受験勉強をしながら、ピーツバーの店の裏賭博係、つまり〝ノミ屋〟をやっている。トレバーが〝デューク対ジョージア工科大〟の試合に大金を賭けたいと受験生の耳もとでささやくと、受験生は訊き返した。

「いくらですか？」

「一万五〇〇〇だ」

そう言ってから、トレバーは瓶ビールをラッパ飲みした。

「まじめな話ですか?」

受験生は、タバコの煙がむんむんする店内を見まわしながら言った。

いつもは一〇〇ドル以上賭けたことのないトレバーである。

「そうだ」

トレバーはもう一度ビールをラッパ飲みした。気分は最高だった。スパイサーに五〇〇〇ドルも賭ける勇気があるなら、トレバーにはその倍賭ける勇気がある。いま、税金を払わなくてすむ三万三〇〇〇ドルを手にしたばかりではないか。一万ドル減ったからといって、どうということはない。どうせそのぐらいは税務局に持っていかれて当然の額なのだ。

「そうだと、連絡しなきゃならないんですよ」

学生ノミ屋はそう言って携帯電話をとりだした。

「早くしろ。ゲームは三十分後に始まるぞ」

バーテンダーはフロリダから出たことのない土地っ子だった。だが、どういうわけか、オーストラリアンルールのフットボールに妙に詳しかった。フットボールを映していたテレビのチャンネルを大学バスケットボール試合のチャンネルに替えさせるのに、トレバーは二〇ドルのチップを握らせなければならなかった。

一万五〇〇〇ドルもジョージア工科大に賭けて、デューク大に勝たれたらたまったものではない。少なくとも前半はリードしていなければならない。トレバーはフレンチフライを口に入れ、ビールをがぶがぶ飲んだ。うす暗い奥では受験生が彼の様子をうかがっていたが、トレバーは気づかないふりを続けた。試合が後半に移ると、トレバーはチップをふたたび払ってでもチャンネルをオーストラリアンゲームに替えさせたくなった。酔いはますます回り、試合の残り十分のところで、誰はばかることなくスパイサー判事の名をくさしはじめた。

「あの酔っぱらいヤロー！　大学バスケットボールのことなんて何も分かっちゃいねえ」

九分前の時点で、デュークが二〇点もリードしていた。ところが、そのとき突然、工科大のポイントガードが熱くなりだし、スリーポイントシュートを立てつづけに四本も決めた。トレバーも急に熱くなった。

一分前でゲームは同点になった。もうどっちが勝っても関係なかった。賭けはトレバーの勝ちである。彼は飲み代を清算し、バーテンにはチップを一〇〇ドルもやり、受験生には気どった敬礼をしてドアの外へ出ていった。受験生はうしろに回していた手の中指を立てて敬礼を拒絶した。

ひんやりとした暗闇のなか、トレバーはスキップしながらアトランティック大通りを下っていった。繁華街の明かりから遠ざかり、安づくりの夏の貸家が密集する前をすぎ、芝生の手入れの行きとどいた老人ホームの前をすぎ、海岸に出る木の階段のところにやって来ると、そこで靴を脱ぎ、波打ちぎわを歩いた。気温は五度だったが、二月のジャクソンビルではこれが普通である。ぬれた足がすぐに冷たくなりだした。もらいすぎだと感じたわけでは決してなかったが、税金を払わなくてすむカネがたった一日で四万三〇〇〇ドルとは悪くない。去年の経費を引いたあとの申告所得額は二万八〇〇〇ドルだった。フルタイムに働いてである。弁護士に謝礼も払えないような貧しい依頼人と押し問答したり、どケチな不動産業者や銀行から契約書づくりの仕事をもらい、秘書と言い争いをして稼いだあげくの金額がこれである。

一発勝負のなんと楽しいこと。初めは三人組の〝アンゴラ詐欺〟に懐疑的だったが、いまはすばらしいアイデアだと思っている。文句を言えない男たちからカネを巻きあげるなんて、なんと賢いのだろう！

順調な出足に気をよくして、スパイサーはさらにヒートアップするだろう。郵便袋はますます重くなり、トランブル刑務所への訪問もいま以上に頻繁になる。いいだろう。必要なら、毎日でも行って手紙を配達してやろう。警備員なんて買収すればいいいんだ。

トレバーは水面を蹴った。風がしだいに強まり、波が勢いを増していた。

どうせなら、略奪者のカネを盗んだほうがもっと賢いのではないか？　法廷に出たら間違いなく詐欺罪の確定するやつらだ。文句の言えるはずがない。自分でも恥ずかしいと思うような卑劣な行為だが、こんなおいしい話はめったにない。とりあえずはあらゆる可能性をオープンにしておこう。泥棒に忠誠心なんて似合わないのだから。

彼が欲しいのは一〇〇万ドルだ。それ以上はいらないし、以下でもいやだ。いままで何度も計算してきた額である――刑務所へ向かう道中で――ピーツバーで飲みながら――部屋を閉めきり机に向かって――。たとえ後ろめたいカネでも、一〇〇万ドルを手にしたら、このみすぼらしい法律事務所をクローズして、弁護士資格など自分から願い下げ、ヨットを買って、風の吹くまま、余生をカリブ海の波に揺られてすごすんだ。

彼はいま、夢の実現にいちばん近いところにいた。

スパイサー判事は堅い寝床の上でもう一度寝返りを打った。このせまい部屋のせまいベッドで、アルビンというケチな同房者がいびきをかく中で安らかに眠るなど、とても不可能なことだった。

アルビンは北米大陸を渡り歩く浮浪者だった。だが、時を経るにしたがい、疲れはて、やけっぱちになり、オクラホマで郵便配達車を襲ったのが、逮捕される直接の犯罪だった。だが、逮捕には彼の全面的な協力があった。アルビン自身がFBIタルサ支部を訪れ、「おれがやった」と宣言したのだ。FBIは六時間も尋問してようやく彼の犯罪を確信できた。アルビンが自首するのに、FBI、つまり連邦捜査局を選んだのには理由があった。彼は州刑務所のせこさ、厳しさにもうこりごりしていたのだ。

この夜のスパイサーはいつになく眠れなかった。理由は、トレバーのことが急に疑わしくなったからだった。ゆすりが順調に動きはじめた今、彼に託す現金も急に大きくなった。これからその額はますます増える。バハマのブーマー不動産が集金すればするほど、トレバーの誘惑は大きくなるだろう。盗むのは彼一人で簡単にできる。口座から下ろして、消えてしまえばいいのだ。

だが、〝ゆすり商売〟は外部の者の協力がなければできない。誰かが郵便の出し入れをして、誰かが集金しなければならないのだ。

弁護士の悪事をくい止める方法が何かあるはずだ。スパイサーは決意を固めた。その方法を思いつくまでは眠るまいと。一か月眠れないことになってもかまわなかった。うすのろ弁護士に利益の三分の一も巻きあげられたあげくに、全額盗まれたりしたら、たまったものではない。

第九章

〝国防予算倍増計画〟

〝国防予算倍増計画〟は、政治献金という伏魔殿に世間の関心を向けさせることになった。これほど多額の資金をうしろ楯にした政治活動は例がなかった。

最初に資金を提供したのは、ミッツガーという名の、イスラエルとアメリカの二重国籍を持つシカゴの金融業者だった。彼からの献金一〇〇万ドルは一週間で消えた。つづいて何人ものユダヤ人たちが多額献金者に名をつらねた。だが、企業名や秘密口座に隠れて、彼らの個人名が出ることはなかった。ユダヤ人からおおっぴらに、しかも、まとまって献金を受けることの危険をＣＩＡ長官はよく知っていた。だから、その点をうまくやるよう、テルアビブの旧友たちの協力をあおいでいた。

金融業者のミッツガーは政治的にはリベラルと目されていた。だが、彼のねらいはイスラエルの安全以外の何ものでもなかった。温厚なアーロン・レークは万事に丸かったが、軍備の増強には真剣にとり組むつもりになっていた。中東の安定はもっぱら強いアメリカにかかっているのだ。少なくともミッツガーはそう主張していた。

ミッツガーの行動はすばやかった。ある日、首都ワシントンのウィラード通りにゴージャスなスイートを借りると、次の日にはダラス近郊に建つオフィスビルのワンフロアを借りきり、そこに〝国防研究所〟の名前をかかげた。シカゴから駆けつけた彼のスタッフたちが不眠不休で四万平方フィートのオフィスを必要な最新設備で満たした。

ミッツガーは朝六時に、大会社のロビイストであるエレーヌ・タイナーと朝食をとった。大会社というのは、弁護士でもある彼女自身が、鉄の意志と、石油業者の顧客から巻きあげたカネで築きあげたものだ。タイナーは現在六十歳で、目下のところワシントン一の強力なロビイストと目されている。ベーグルをジュースで飲みこみながら、彼女は五〇万ドルの前払い顧問料で〝国防研究所〟の推進役になることに同意した。彼女の会社からただちに二十人の専門家が急ごしらえの〝国防研究所〟に派遣されることになった。そこの責任者も彼女のパートナーの一人にあたらせることになった。

国防研究所をいくつかの部署に分けて、効率を上げることになった。ある部署は資金集めを専門におこない、またある部署は議員たちの動向を分析してレークに対する政界の支持を徐々に広めていくことに専念する、といったぐあいである。しかし、ほとんどの議員たちが応援する候補を決めてしまっている今、彼らの支持をとりつけるのは簡単な仕事ではない。こまかい気配りや積み重ねが必要になってくる。

部署はさらにもう一つあった。軍事研究を専門にするところだ――あらゆる武器と、その製造コスト、最新装置、未来兵器、ロシアや中国の動向――レーク候補が資料として使えるものならなんでもはじき出す部署である。

エレーヌ・タイナー自身は、彼女がもっともお得意とする外国政府からの資金巻き上げにあたることになった。彼女がいちばん近いのは、最近までワシントンの代表を引きうけていた韓国政府である。彼女は外交官の誰に、ビジネスマンなら誰にあたればいいか、人脈を熟知していた。米軍の強化に力を貸す国はほかにいくつもあるだろう。

「少なくとも五〇〇〇万ドルは当てにしてくれていいでしょう」

彼女は自信たっぷりに言った。

「まあ、最初の段階ですけどね」

彼女は頭のなかで、年間売り上げの少なくとも四分の一を米国国防総省に頼るフランスや英国の会社を二十社リストアップした。まずその辺からとりかかることになるだろう。

最近のエレーヌ・タイナー女史はすっかり政界漬けになっていた。法廷などもう十五年も見ていなかった。そのかわり、ワシントン市内で起きる世界がらみの出来事には、いつも彼女がなんらかの形でからんでいた。

今回のような挑戦は彼女も初めてだった。締め切りまぎわに参入した無名の候補を大統領に押し上げようというのだ。たしかに知名度は三〇パーセントに急上昇したが、支持率は一二パーセントの低率である。しかしながら、この候補には、現われたり消えたりの激しいほかの泡沫候補にはないものがある。無尽蔵にもみえる資金力だ。これまでも、エレーヌ・タイナーは高額で雇われて、何度かの選挙戦を勝利に導いてきた。その結果、彼女は、選挙戦を制するのは現金であるとのゆるがぬ信念を持つに至った。選挙に当選したかったら、まずわたしに現金を預けなさい。彼女はそう声を大にして言いたかったし、そこに目をつけたのがＣＩＡ長官のテディ・メイナードだった。

創設した　最初の一週間、〝国防研究所〞は、噴火するようなエネルギーにあふれ、目の回るような忙しさだった。ドアを二十四時間開けはなし、タイナー女史のところから駆けつけてきた専門家たちがそれぞれの役目に邁進していた。彼らは潤沢な資金を使ってなんでもできた。

国防産業にたずさわる三十一万人の労働者にいつでもアクセスできるようなリストが作られ、その一人一人に献金をあおぐ強力なダイレクトメールが送られた。別に、年間所得五万ドル以上のホワイトカラー二万八千人のリストもできた。彼らには、語り口を少し変えた手紙が送られた。

候補者への支持をとりつける部署のコンサルタントたちは、下院議員たちのなかから選挙区で守勢に回っている議員たちをあぶり出した。改選にのぞむ議員は三十七名いた。彼らの手をひねるのは簡単である。国防研究所は、電話攻勢をかけて労働者を説得する草の根運動を展開すればいいのだ。十一月には上院議員選挙がおこなわれる。国防産業を州内にかかえる議員のうち、六人が強力なライバルの脅威にさらされていた。エレーヌ・タイナーは彼ら一人一人と昼食をともにする約束をとりつけた。

無尽蔵の資金がうわさにならないはずはなかった。ケンタッキーのある新人下院議員が選挙資金に枯渇していた。彼の選挙戦はどうみても敗北に終わりそうだった。知名度もなく、二年間の在任期間中に発言したこともない影の薄い議員だった。そこに突然、有力な対抗馬があらわれたのだ。彼を応援する人間はますます少なくなった。無尽蔵な資金のうわさを聞いたその議員はあれこれ手を尽くしてエレーヌ・タイナー女史に近づいた。二人のあいだで交わされた会話はこんな具合にむき出しだった。

「あなたはいくら入り用なの？」

女史の質問に議員はひるんだ。

「一〇万ドルほどです」

エレーヌ・タイナーは平然と言った。

「あなたはアーロン・レーク候補を支持できますか?」

「値段しだいで誰でも支持します」

「いいでしょう。では、おたくのキャンペーン事務所に二〇万ドル寄付しましょう」

「なんでもおっしゃるとおりにします」

困難な仕事ではあったが、〝国防研究所〟は仕事を始めてから最初の十日間で八人買うことができた。みなパッとしない下院議員たちだったが、レーク候補を理解して彼を大統領に推すことをはっきり表明した者たちである。〝国防研究所〟の作戦は、三月七日の〝大スーパーチューズデー〟の前にこれらの議員をカメラの前で一列に並ばせることにあった。したがって、行列が長ければ長いほど効果が見込めた。

ほかの議員たちはほとんど全員がレーク以外の候補の支持を表明していた。

タイナー女史は大急ぎで各個撃破にとりかかった。一日三回ごちそうを食べなければならない日もあった。超高級レストランでの目の飛びでるような請求書は〝国防研究所〟がすべて引き受けた。彼女の作戦は、あり余るほどの選挙資金をひっさげた大統領候補が彼女の真新しい顧客になったことを街じゅうに知らせることだった。しゃべることが産業であるこの都会において、メッセージを伝えるのに苦労はいらなかった。

ヤーバー判事の妻がなんの前ぶれもなしにトランブル刑務所に現われた。十か月ぶりの訪問だった。すり切れた革のサンダルに、色あせたデニムのスカート、ビーズや羽根毛で飾られただぶだぶのブラウス。むかし流行ったヒッピーの装飾品が彼女の首や手首や頭を飾っていた。男のようにカットした髪形、わき毛を生やしっぱなしにして、まるで六〇年代からの難民のように疲れきった様子の彼女は、実際に見えるとおりの女だった。ワイフが面会室で待っていると言われたときのフィン・ヤーバーはひとつも胸がときめかなかった。

彼女の名前は〝カルメン・トポルスキ・ヨコビー〟。この口に余る珍妙な名前を彼女は大人になってからずっと武器として使ってきた。オクラホマで開業する過激なフェミニスト弁護士。それが彼女の稼業である。専門は、職場のセクハラを訴えるレズビアンの弁護。したがって、彼女の顧客の全員が、怒る雇用主と戦う怒れる女たちである。男ぎらいの女たちにとっては、国じゅうの職場が修羅場なのだ！

彼女がヤーバーと結婚してはや三十年がたつ。結婚したとはいえ、いつも一緒に住んでいたわけではない。ヤーバーは別の女たちと暮らし、彼女は彼女で別の男たちと暮らしていた。新婚まもないころ、二人は、家に入るだけ友人知人を住まわせ、互いに毎週相手を替えながら暮らしたことがある。妻が別の部屋で別の男と暮らすこともあれば、彼が部屋を出ていくこともあった。そうして六年のあいだ、二人はでたらめかつ目茶苦茶な夫婦生活を送り、二人の子供をもうけた。子宝などとはとても言えない、よけいな産物だった。

二人の出会いは一九六五年のバークレーでの学生騒動のさなかだった。当時の二人は、戦争をはじめとする人間の邪悪な行為反対を叫びつづける、改革熱にとりつかれたロースクールの学生だった。二人とも黒人の公民権運動に情熱を燃やし、移民の権利確保に奔走し、ベトナムでテト攻勢があったときは二人そろって逮捕された。レッドウッドの大木に鎖で身を縛って森林を守ろうとしたこともあったし、クジラの利益を代表して法廷闘争をしたこともあった。サンフランシスコの街に何かのデモ行進があるときは、そこにかならず二人の姿があった。

二人は徹底的に飲み、仲間を集めてはもり上がり、〝ドラッグカルチャー〟なる妙な風習にひたり、気の向くままに相手を替えて寝た。それが彼らのモラルなのだから、なんの問題もなかった。二人はメキシコ人のため、レッドウッドのために戦う善人なのである！

その二人がいま、ヨレヨレに疲れきった姿で再会した。

カリフォルニア州最高裁判所の主席判事にまでのぼりつめたあの秀才だった夫が、いま、連邦刑務所内に服役しているのを見て、彼女は戸惑いを隠せなかった。だが、夫がカリフォルニアではなく、フロリダの刑務所に収容されているのはせめてもの救いだった。もしカリフォルニアだったら、もっと頻繁に足を運ばなければならなかっただろう。ヤーバー判事が拘束されたのは西海岸のベーカーズフィールドの近くだったが、じつは彼自身が運動してなんとかこの地に転送されてきたのだった。

二人は手紙を交わしたことも、電話をかけ合ったこともなかった。彼女の妹がマイアミに住んでいるので、今回やって来たのは、たまたまその妹を訪問するついでだった。

「よく日に焼けてるじゃないの」

彼女は開口一番に言った。

「元気そうね」

おまえは乾燥プルーンのようにしわだらけだな、とフィン・ヤーバーは妻の顔を見て思った。彼女は使い古しの雑巾のように老いぼれて疲れきっていた。

「どうだ、生活は？」

ヤーバーはそう訊いたが、妻のことなど何も心配していなかった。

「忙しいわ。働きすぎよ」

「それはよかったな」

仕事があって生活を維持できるのはいいことである。とくに女一人が何年も生きていかなければならないのだ。ヤーバーが自分のごつごつした素足からトランブルのほこりを落とせるまであと五年かかる。

ヤーバーには、妻のもとに戻るつもりも、カリフォルニアに戻るつもりも毛頭なかった。もし生き長らえることができたら――それは日増しに疑わしくなっていたが――彼の出所は六十五歳のときということになる。そうなった場合の彼の夢は、IRS（国税局）やFBIやCIAのたぐいの、アルファベットで呼ばれる国家権力機関の及ばない土地を見つけて、そこでのんびり暮らすことだった。体制からの落ちこぼれであるヤーバー判事は、米国市民権をみずから放棄して別の国籍をとってもいいと思うほど米国政府を憎んでいた。

「まだ飲んでいるのか？」

ヤーバーが訊いた。もちろん彼自身は、たまに看守からひとビン融通してもらうことがあっても、ほとんど飲まなくなっていた。

「わたしはアルコールを飲んでも、のまれないから大丈夫よ」

すべての質問にはトゲがあり、すべての答えが反抗的だった。フィン・ヤーバーは妻がなぜ立ち寄ったのか、正直に言ってそこのところが不思議だった。しかし、理由はすぐに分かった。

「離婚することにしたの」

彼女が言うと、ヤーバーは〝いまさらどうして〟と言わんばかりに肩をすぼめたが、実際に彼の口から出たのは違う言葉だった。

「それもいいかもしれないな」

「新しい人ができたのよ」

「男なのか、女なのか？」

フィン・ヤーバーはにわかに興味を持った。相手が相手である。何を聞かされたところで、いまさら驚く彼ではなかった。

「年下の男。でも、彼とまだはっきり決めたわけじゃないの」

ヤーバーはふたたび肩をすぼめてこう言った。

「そいつに絡みついたらいいじゃないか。前からやっていることなんだから」

「それは言わないで」

ヤーバーにとっては、それで結構だった。若いときの彼は、妻のあふれるような性的魅力とスタミナを称賛したものである。だが、この老婆があのときの痴態をまだくり返しているのかと思うと、正直言って気持ちが悪かった。

「書類は持ってきたんだろうな？」

ヤーバーがさらりと言った。

「サインしてやるから」

「一週間したら届けるわ。むずかしいことは何もないはずよ。わたしたちに分与する財産なんか何もないから」

正義感に燃えながら権力の座に向かってまっしぐらに進んでいたとき、ヤーバーとトポルスキ・ヨコビーは、サンフランシスコのマリーナ地区にある家を抵当に、連名でローンを申しこんだ。なんでも争う構えの二人を気味悪がった弁護士が後にひょんなことで訴えられることを恐れて、排他的、性別的、人種差別的、年齢差別的な表現をいっさい避けた温和な言葉で書いた申込書だったが、借りられた金額は負債よりも一〇〇万ドル少なかった。

当時の二人は森を守る運動に没頭していたから、一〇〇万ドルの不足などまるで気にしていなかった。むしろ、これほどの負債を作るまで社会運動に身をささげたことを誇りに思っていた。

カリフォルニア州の離婚申込用紙はいろんな理由から分かりやすくできていて、サインするのも楽だ。財産はおおむね夫婦のあいだで分割される。

ヤーバーが財産分与のことを口にしないのには理由があった。〝アンゴラ詐欺〟が回転しだし、口座の預金がどんどん膨れあがっている今、それを誰かに感づかれてはうまくないのだ。とくに妻はまずい。

離婚話をこじらせて、バハマにある秘密口座にまで手を伸ばされたら元も子もなくなる。ヤーバーは離婚用紙に喜んでサインするつもりだった。

二人はそれからしばらく古い友人たちのうわさ話をして時間をつぶした。時間と言ってもほんのわずかである。それに、旧友の大部分がすでに死んでいた。

さよならを言う二人のあいだに悲しみや自責の念はなかった。結婚生活はすでに何年も前に死んでいた。いま、そのきずなの残骸がとり除かれて、むしろほっとしている二人だった。

「元気でな」

ヤーバーは妻に別れの言葉をかけたが、抱き寄せたりはしなかった。それから、くるりと背を向け、運動場に向かって歩きだした。トラックの上に来ると、パンツ一丁になり、日差しのなかを一時間、気分よくジョギングした。

第十章

ＣＩＡの中東作戦部長、ラフキンはカイロでの二日目を裏通りのカフェで終えようとしていた。場所はカイロ市のガーデンシティ地区。彼は濃いブラックコーヒーを飲みながら、商人たちが店をたたむのを眺めていた——じゅうたん商に、真鍮のポットを売る者、革バッグやパキスタン製の布を売る者。すべて観光客相手の商売だ。五メートルほど離れたところで、年老いた商人がみごとな手つきでテントを片づけたかと思うと、あっという間にその場から消えていった。あとにはなんの痕跡も残さなかった。

ラフキンは現代アラブの風景にぴったり溶けこんでいる。白いズボンに、薄いカーキのジャケット、耳まで深くかぶった白い通風孔のある中折れ帽。顔も腕も日焼けしていて、黒い髪は短く刈りこんでいる。アラビア語を完璧に使いこなし、ベイルート、ダマスカス、カイロのあいだを自由に行き来する。

ナイル川のほとりに建つ《ホテル・エルナイル》内に住むラフキンは、自分のホテルから六ブロックほど離れた賑わいのなかを歩いていた。そこに突然、片言の英語を話す背の高い外国人らしい男が彼と肩を並べて歩きはじめた。二人は信頼しあう仲らしかった。したがって、そのまま歩きつづけた。

「どうやら今夜らしいぞ」

接触してきた男がそっぽを向きながら言った。

「それで?」

「大使館でパーティーが催される」

「知ってるよ」

「機会としては絶好だ。交通は混雑しているしな。爆弾はバンに積みこまれて置かれるらしい」

「バンの種類は?」

「それは分からない」

「ほかに分かったことは？」

「いや、それだけだ」

背の高い男はそれだけ言って、人込みのなかに消えていった。

ラフキンはホテルのバーに立ち寄り、一人でペプシを飲んだ。飲みながら、長官に電話したほうがいいのではと思った。が、ＣＩＡ本部で長官に会ってから四日もたつのに、長官からはなんの連絡もない。この件はすでに長官とのあいだで確認ずみだ。ＣＩＡとしては干渉しないことに決めたらしい。最近のカイロは外国人にとっては危険な場所になっている。何かあったからといって、未然に防げなかったＣＩＡが非難されることはない。いつものように大騒ぎにはなるだろうが、恐怖はただちに国民の記念すべき悲しみの日に変わり、いずれは忘れ去られる。目下の長官は大統領選のキャンペーンで忙しく、世界は駆け足で動いている。米国だけではない。どこの国にいても、襲撃に、暴行に、心ない暴力ざたと、心配の種はたえない。二十四時間放送のテレビは世界じゅうのニュースを流しつづけ、見出しがネタ切れになったためしはない。世界はいつもどこかでくすぶっているのだ。深夜の臨時ニュースに、あっちのショック、こっちのショック、やがてみんなは時の流れについていけなくなる。

バーを出たラフキンは自分の部屋に戻った。四階の窓から見渡す街の夜景には終わりがない。高層ビルに低層ビル。どれも二十世紀に入ってからあわてふためいて建てられたものだ。アメリカ大使館の屋根が一マイルほど離れた正面に見える。

ラフキンはルイ・ラムール作のペーパーバックを開き、花火が始まるのを待った。

使われた車

はボルボの二トン積みパネルバンだった。ルーマニアで作られたプラスチック爆薬が床から天井までいっぱいに詰まっていた。車のドアには、出張料理サービスの広告が明るいデザインで描かれていた。西側大使館からよく声のかかる出張料理店だ。そのトラックが地下の配送用の入り口近くに駐車してあった。

トラックの運転手は背の高い気さくなエジプト人で、大使館を警護している海兵隊員たちからは〝王さま〟と呼ばれて親しまれている男だった。大使館で社交行事が催されるたびに、食料や消耗品を届けに、〝王さま〟はこれまで何度も大使館の門を通過していた。その〝王さま〟がいまは死体となってトラックの床に転げている。頭を銃弾で撃ちぬかれて。

十時二十分すぎ、爆弾は、道の向こうに隠れているテロリストによる遠隔操作で爆発した。テロリストはボタンを押すなり、目撃するのが怖くて、車の陰に身を隠した。

爆発は地下を支えている柱の列を吹きとばした。その瞬間に大使館のビル全体が傾いた。コンクリートの破片が雨あられとなって付近一帯に降りそそいだ。その衝撃と爆風で、近くのビルのほとんどが損傷を受け、半径一マイル平方内にあるすべての窓ガラスが割れた。

揺れが来たとき、ラフキンは椅子の中でうとうとしていた。爆発音と揺れの両方でハッと目を覚ました彼は、バルコニーに出て、もくもくと上がる煙の様子を観察した。大使館の屋根はすでになくなっていた。数分もしないうちに、炎の上がるのが見え、サイレンの音が鳴りはじめると、もう止まらなかった。ラフキンは椅子をバルコニーに持ちだして座り、長期戦を決めこんだ。どうせ今夜は眠れないだろう。爆発から六分後に、ガーデンシティ地区の電気が止まった。カイロ市は見渡すかぎりまっ暗になり、アメリカ大使館の屋根だけがオレンジ色に輝いていた。

ラフキンはCIA長官に電話した。

長官室にかかってくる電話の毒味役の技術者が、線が正常につながっていることをラフキンに告げると、すぐ老人の声が受話器から響いてきた。声はニューヨークとボストン間で話しているように、はっきり聞こえた。

「メイナードだが？」

「わたしはいまカイロにいます。大使館が燃えているのを目撃しているところです」

「始まったのはいつだね？」

「まだ十分もたっていません」

「大きさは——？」

「まだ分析は困難です。一マイルほど離れたホテルにいるんですけど、相当の被害だとは言えます」

「一時間後にまた電話してくれ。わたしは今夜はずっとオフィスにいる」

「了解」

CIA長官は自分で車輪を回してコンピューターの前に行き、キーボードを何度か押した。瞬時にアーロン・レークの居場所が分かった。大統領候補は真新しい専用機に乗ってフィラデルフィアからアトランタへ飛行中だった。そのレークのポケットには、シガレットライターのように小さな携帯電話が入っている。

長官はさらにキーボードをたたいた。電話が先方に通じた。長官はモニターに向かって話しかけた。

「ミスター・レーク。テディ・メイナードです」

ほかの誰がかけてくると言うのだ。彼の声を聞いた瞬間にレークはそう思った。この電話の番号を知っているのはCIA長官一人しかいないのだから。

「一人ですか？」

長官が訊いた。

「ちょっと待ってくれますか――」

長官が待っていると、レークの声が戻ってきた。

「いまキッチンに移動しました」

「あなたの飛行機にはキッチンがあるんですか？」

「ええ、小さいのがね。とても便利な飛行機ですよ、ミスター・メイナード」

「それはよかった。おじゃまして申しわけないんだが、聞いてもらいたい。今ニュースが入ったところです。連中は十五分前にカイロのアメリカ大使館を爆破しました」

「連中って誰なんですか？」

「それは訊かない約束ですよ」

「なるほど——」

「それでなんですが。記者たちに押しかけられますぞ。発言の用意をしておいたほうがいいでしょう。被害者とその遺族に対する衷心《ちゅうしん》を表明するにとどめて、政治のことは言わないほうがいいと思いますが。しかし、あなたの強硬姿勢だけは貫くんです。こちらのコマーシャルの予言どおりになって、あなたの言葉の重みがぐんと増していますからね。その点を連中は尋ねてくるでしょう」

「すぐ用意しよう」

「アトランタに着いたら、わたしに連絡いただきたいんですが」

「分かりました」


四十分後、レーク候補一行はアトランタに着陸した。彼の到着は各マスコミ関係者に正式に知らされていたから、カイロのテロ事件と相まって、待ちかまえていた記者たちは大群を成していた。大使館の現状を伝える写真はまだ送られてきていなかったが、いくつかの通信社には〝死者数百人〟との報告が入っていた。

自家用機専用の小さなターミナルのなかで、レークは、身を乗りだしてくる記者たちの前に立った。カメラやマイクを大統領候補に向ける者もいれば、小型のテープレコーダーをかざす者や、あいかわらずのスタイルでメモ用紙を広げる者もいた。

レークはメモなどを見ずに、おごそかに話しはじめた。

「いま、われわれがすべきは、テロリストの敵対行為によって殺され、あるいは傷ついた同胞たちに祈りをささげることです。われわれの思いは、被害者の家族や救出にあたっている人たちと共にあります。この事件を政治的に利用するつもりはありません。しかし、これだけは言っておきたい。なぜこの国がテロリストたちの残虐行為にまたまた泣き寝入りしなければならないのだと。わたしが大統領になったあかつきには、一人のアメリカ人も犬死にはさせない。増強した軍隊を使って、善良なアメリカ市民を餌食にするにっくきテロリストたちをかならず突き止め、彼らを退治する。わたしにいま言えるのはそのことだけです」

レークはそう言うなり、記者たちにくるりと背を向け、投げつけられる質問を無視してその場を去っていった。

〈やるじゃないか〉

テレビ中継を見ながら、CIA長官はそう思った。簡潔で、同情心も伝わってくる。それでいて強硬路線は変えていない。最高だ！　われながらよくぞあの男を選んだものだ、と長官はもう一度自分の背中をたたいてやりたい気分だった。

ラフキンがふたたび電話をしたとき、カイロは深夜の暗闇の中にあった。すでに火は消し止められ、作業員たちは必死になって遺体を回収しようとしていた。瓦礫《がれき》のなかに相当数埋まっているはずだった。ラフキンは何千人ものやじ馬にまざり、進入禁止線の向こうから現場をながめていた。煙やほこりが空中に舞い、爆発現場は凄惨をきわめていた。いままでも破壊工作の現場に何度も立ちあってきた彼だが、これほどひどいのもめずらしかった。ラフキンは長官にそう報告した。

CIA長官は車輪を回して部屋を一巡してから、カフェイン抜きのコーヒーをもう一杯注いだ。レーク候補のコマーシャル〝恐怖バージョン〟は今夜のゴールデンタイムから始まる。全米を恐怖におとしいれる今夜の放映料だけで三〇〇万ドルかかる。コマーシャルは明日放映を中止して、そのことを世間に知らしめる。レーク候補はテロの犠牲者やその遺族の気持ちを察して、不吉な予言をしばらく控えることにする。これで明日の午後にはまた新たな世論調査が開始されるだろう。結果が見ものだ。

案の定、レーク候補の支持率は急角度で上昇しはじめた。アリゾナ州とミシガン州の予備選挙まであと一週間もなかった。

カイロから送られてきた最初の映像は、立入禁止のバリケードに背中をすりつけるようにして立つリポーターの姿だった。一人の兵士が、これ以上近づいたら発砲するぞと言わんばかりの形相でリポーターをにらんでいた。周囲にはサイレンが鳴り響き、現場をスポットライトが照らしていた。しかし、リポーターが知っていることはあまりなかった。パーティーが終わろうとしていた十時二十分に大使館の奥で大爆発があり、死者は何人になるか分からないという。多数であることは間違いない、とリポーターは報告した。あたり一帯は閉鎖され、その上空もかなりの範囲にわたって進入禁止の措置がとられた。したがって、ヘリコプターを飛ばして上空から様子を見ることはできなかった。犯行声明文のたぐいはまだ届いていなかった。だが、リポーターはこういうことになると必ず出てくる三つの過激派グループの名前をあげた。

「その一つかもしれないし、あるいは別のグループかもしれません」

リポーターは思わせぶりに言った。まだ一人の遺体も運びだされていなかったので、カメラは仕方なくリポーターばかりを映していた。リポーターのほうは、報告することがないので、最近、中東がいかに危険な地域になったかを言葉を変えてくり返していた。

ワシントン時間の午後の八時に、ラフキンがふたたび連絡してきた。それによると、エジプト駐在アメリカ大使の行方が分からず、事件に巻きこまれた可能性があるという。少なくとも巷のうわさはそうだった。ラフキンと電話で話しながら、長官はテレビの音を消して、口をパクパクやっているリポーターの様子を見つめた。レーク候補の〝恐怖バージョン〟が、別のチャンネルを映している別のテレビ画面に現われた。過去のテロ事件の映像を使ったそのコマーシャルには瓦礫も遺体も犯人の顔も映っていた。その映像に、復讐を誓うアーロン・レークの落ちついた声がかぶさる。

「これ以上のタイミングはないな」

長官はつぶやいた。


副官が真夜中にレモンティーと野菜サンドイッチを用意して長官を起こした。長官はいつものように壁のスクリーンに映るテレビをつけたまま、車椅子の上でうとうとしていた。しかし、音は消したままだった。副官が立ち去ると、長官はリモコンのスイッチを押してボリュームを上げた。

太陽がカイロの空で輝いていた。大使はまだ行方が分からず、いよいよ瓦礫の下にいるのではないかとのうわさが現実味を帯びてきた。長官はエジプト駐在大使と面識はない。まるで知らない人物である。その大使がいま、リポーターの調子づいた語りで偉大なアメリカ人にまつり上げられている。大使の死を耳にしても、長官自身はまったく動揺しなかった。これでCIAに対する批判は高まるだろうが、同時に、テロの深刻さが浮き彫りになる。まあ、いろいろ曲折はあろうが、アーロン・レーク候補にとっては追い風になる。これが戦略というものである。アーロン・レークには追い風が必要なのだ。

その時点で六十一名の遺体が回収されていた。エジプトの捜査当局は容疑者としてイダルの名をあげた。理由は、彼のグループが過去十六か月のあいだに三か国の西側大使館を爆破し、彼自身も米国に対する聖戦を公言していたからだ。CIAの信頼できる資料によると、イダルは三十名の戦闘員をかかえ、年間五〇〇万ドルの予算を提供されているという。予算の出どころはリビアとサウジアラビアである。ところが、どこからともなく新聞社にもたらされる情報では、イダルの戦力ははるかに強大だった。兵士は千人、予算は無限で、ねらいは米国市民に対する無差別のテロだという。

イスラエルの諜報機関には、イダルの動向が手にとるように分かっていた。彼が朝食をどこでとり、何を食べたかまで調べがついていた。何度も捕まえようとしては逃げられていたが、目下のところ、イスラエルとイダルが銃火を交える情勢ではなかった。イスラエルとしては、イダルがアメリカ人やヨーロッパ人を殺しているかぎり、手出しは無用なのである。イスラム過激派に対する世界の憎悪をあおれるから、むしろ好都合なのだ。

CIA長官はサンドイッチをちょっと口に入れてから、再びうたた寝に戻った。カイロ時間の正午に、ラフキンから、大使夫妻の遺体が発見されたとの報告が入った。その時点での死者は八十四名にのぼり、十一人の外国人を除けば、全員がアメリカ人だった。

テレビ画面には遊説中のアーロン・レーク候補の姿が映っていた。ジョージア州マリエッタにある工場の外で、レーク候補は夜勤に就く労働者一人一人に手をさしのべていた。カイロの事件について尋ねられると、彼は即座に答えた。

「この犯人たちは十六か月前にわが国の大使館の二つを爆破し、三十人ものアメリカ市民を殺害した。それでもわれわれは、犯人たちを止めるためのなんの対策も講じてこなかった。彼らはしたい放題にふるまっている。こちらに戦う決意が欠けているからだ。わたしが大統領になったら、ためらうことなくテロリストに宣戦を布告し、テロをやめさせ、彼らを殲滅《せんめつ》する」

強硬論は伝染しやすい。カイロの悲劇で目を覚ましたアメリカ市民たちは、口をそろえてほかの七人の候補者たちにテロに対する態度の表明を迫った。「やっつけてしまえ」という物騒な言葉もあちこちで聞かれるようになった。

第十一章

アイオワの空はふたたび雪になっていた。風が吹くたびに粉雪が舞い、大通りも裏道も路面はぐちゃぐちゃにぬかるんでいた。

銀行の跡取り、クインス・ガーブはいよいよ太陽の照る明るい海岸が恋しかった。大通りを行く彼は寒そうに手で顔をおおった。しかし、本当は寒いからではなく、誰にも話しかけられたくなかったからだ。それに、郵便局に急ぐところなど誰にも見られたくなかった。

私書箱のなかに手紙が一通入っているのが見えた。例の連絡だ。クインスのあごはこわばり、手は凍りついたように硬くなった。手紙はまるで旧友からの便りのようにポツンとそこに置いてあった。彼は、気がとがめる泥棒みたいに、左右を見まわしてから手紙をさっと取りあげ、あわててコートのポケットにしまった。

妻は今日もボランティア活動で病院へ行っている。障害児のための慈善パーティーの準備をしているのだという。いま家にいるのはメイド一人だけだ。そのメイドもおそらく洗濯室で昼寝でもしているのだろう。八年間も給料を上げてやっていないのだから、彼女がふてくされるのも仕方のないところだ。

クインスは雪の舞うなかを、安全運転を心がけながら家へ向かった。しかし、愛を逆手にとってゆすりをする卑劣な男に対する恨みつらみが口からこぼれて止まらなかった。

〈クソヤロー！　今度の手紙には何を書きやがったんだ⁉〉

クインスの気持ちは分を追うごとに重くなっていった。

玄関に入ってドタバタ音をたてても、メイドが出てくる様子はなかった。クインスは階段をのぼって自分の寝室に入り、ドアを閉めて鍵をした。マットレスの下にはピストルが隠してある。彼はオーバーと手袋を椅子の上にほうり投げると、さらにジャケットも脱いでほうり投げた。それから、ベッドの端に腰をおろし、封筒を吟味した。同じ紫色の封筒に、同じ筆記体、ジャクソンビルの消印も同じだ。ただし、今度のは二日前の日付になっている。クインスは封筒を開いて最初のページを広げた。

〝親愛なるクインス
お金をどうもありがとう。ぼくのことを悪者だと思わなかったからこそ、あなたは送金してくれたわけですね。このお金はそっくりぼくのワイフと子供たちのところに送ってやります。彼らは本当に生活苦にあえいでいます。ぼくが麻薬に手を出したばかりに、こんなことになってしまったんです。妻は精神的に落ちこんでいて働くことができません。子供たちは生活保護でようやく食べている状態です。

〈一〇万ドル分も食べれば、ガキどもは豚みたいに太るだろうよ〉
クインスは手紙を読みながら、いまいましさで今にも爆発しそうだった。手紙はさらに続いた。

母子は政府にあてがわれた家に住み、交通手段も持っていません。したがって、もう一度あなたの援助をあおぐしだいです。あと五万ドルあれば、借金地獄から逃れられ、進学資金を積み立てられます。
それについては前回とまったく同様です。同じ方法で送金してください。送金がない場合は、あなたの秘密をばらすことにします。すぐ実行してください。これが最後の手紙であることを約束します。

ありがとう、クインス。

愛をこめて　リッキー〃

クインスはバスルームへ行き、薬品キャビネットの戸を開けた。妻が使っている精神安定剤はすぐに見つかった。まず二錠取りだしたが、考えなおしてビンに残っていた全部を飲みこむことにした。

横になる必要があったが、ベッドは使えなかった。ベッドによけいなシワを作ったら、妙な推理をするやつが出てくるからだ。そのためクインスは、床の、すり切れてはいるがきれいに掃除されたじゅうたんの上に横になり、錠剤が効いてくるのを待った。前に送った一〇万ドルは、友人を拝み倒し、多少嘘までついてかき集めたものだった。そこに、さらに五万ドルの追加送金なんてできるわけがなかった。彼の銀行口座のバランスシートは大幅にマイナスになり、破産寸前と言ってもよかった。彼の大きくてすてきな屋敷も、父親が管理するローンでがんじがらめになっている。給料の支払い主も父親なのだ。前借りなどはできない。運転している車は輸入の大型車だが、走行距離が行っていて換金価値はない。十一年も乗り古したベンツのリムジンを、ベーカーズの誰が買うというのだ？

盗みを働くという方法もあるが、そんなことをして送金したら、リッキーのような犯罪人に褒められて、再びねだられるのが関の山だろう。

すべては終わりである。睡眠薬を使うときだ。銃ならもっと確実だろうが、引き金を引くのがちょっと……。そのとき、電話が鳴り、クインスはビクッとなって我に返った。何も考えずによろよろと立ちあがると、受話器をとりあげた。

「ハロー」

「いったい、おまえはどこにいるんだ!?」

いつもの父親のがなり声が聞こえてきた。

「あのう……気分が悪くて」

彼は口を動かしながら時計に目を落とした。十時半だ。それで思いだした。銀行保険協会の監査員と大切な打ち合わせをする予定だった。

「おまえの気分などどうだっていい。銀行保険協会のコルサーストさんがここでもう十五分も待っているんだ!」

「ぼくはもどしているんですよ、パパ……」

〝パパ〟という言葉と同時に、彼は泣きだした。五十歳になっても彼はまだ〝パパ〟という言葉を使っていた。

「嘘をつけ。体の調子が悪いなら、なぜ連絡してこない？　おまえの秘書のグレディスが言っていたぞ。おまえが十時ちょっと前に郵便局へ行ったってな。いったい何をやっているんだ、おまえは！」

「ごめんなさい、トイレに行かなくちゃ！　すぐかけ直します」

クインスは一方的に受話器を置いた。

精神安定剤が回りだし、彼の頭のなかに明るい霧が広がっていた。クインスはベッドの端に座り、床に散らばっている四角い紫色の便箋を見つめた。薬のおかげで頭の働きが鈍くなっていた。ゆすりの手紙を隠して自殺するのも一つの方法だった。そのときは、父親への恨みつらみを書きのこしていこう。死はそれほど不愉快なことではない。死んでしまえば、夫婦生活など続けなくてすむし、毎日銀行へ出勤する必要もなくなり、したがっておやじの顔など見なくてすむ。ベーカーズともおさらばでき、人目を忍んで男あさりをする必要もなくなる。

しかし、子供や孫の顔が見られなくなるのはつらい。

それに、もしこのリッキーのゆすりヤローが自殺のことを知らなかったら、また手紙を送ってくるだろう。それが家族の目にふれれば、いずれにしてもクインスの秘密は露顕する。

もう一つのアイデアは、気が進まなかったが、秘書と共謀して自殺を装うことだった。お互いに信頼しあっている二人とは言いがたい仲だが、とりあえず彼女には真相を話し、リッキー宛に手紙を書いてもらい、クインス・ガーブが自殺したと告げてもらうのだ。そのあとも、秘書と共謀してあくまでも自殺を装い、機会があったらリッキーのヤローに復讐してやればいい。

だが、秘書に真相を話すぐらいなら、自殺した方がまだましだった。

三つ目のアイデアは精神安定剤が完全に回ってからひらめいた。そのことを考えて、クインスはニヤリとした。正面作戦で行くというのはどうだ？　リッキーに手紙を書いて窮状を訴えるのだ。一〇万ドル送金したおかげでスッカラカンになってしまったことをリッキーに正直に話したらいい。それでもリッキーが彼を破滅させたいなら、そのときは万やむをえない。こちらから動いてリッキーをやっつけよう。ＦＢＩに訴え出るのだ。送金の書類も手紙類も全部見せたら分かってもらえるだろう。その場合は、彼も火の粉を浴びてリッキーと心中になるが、それはそれでやむをえない。

三十分ほど床に転げて眠ったクインスは、起きあがると、ジャケットと手袋とオーバーをひろい上げ、メイドの姿を見ずに家を出た。街に向かってハンドルをにぎりながら、彼は事実関係を頭のなかで整理してみた。

「なんだ、すべてはカネしだいじゃないか」

彼は結論を口に出して言った。父親はいま八十一歳であり、銀行の株は一〇〇〇万ドル以上の価値がある。それがいつか自分のものになるのだ。やはり現金を手にするまでは、おおっぴらにやらない方がいい。それまではがまんして、遺産が入ってから、好き勝手に生きればいいんだ。

カネのことで命を絶つなんて、バカらしい。

コールマン・リーは、小さなショッピングセンターに店を構える《タコハット》のオーナーである。場所はインディアナ州ゲーリーの郊外。現在ではメキシコ人街になってしまった地域だ。コールマンは四十八歳で、二度の泥仕合離婚を経験している。さいわい、子供はいない。暇さえあれば口に入れるタコスのおかげで、それでなくても太りぎみのコールマンのお腹はだらしなく突きだし、頬はぽってりとふくらみ、動作は緩慢だ。もちろんハンサムではないが、とても孤独である。それだけは間違いない。

彼の使用人はおもに不法移民のメキシコ人少年たちで、遅かれ早かれ、仕事にかこつけて彼らに手を出すのがコールマンの常套《じょうとう》手段である。〝少年虐待〟にしろ〝誘惑〟にしろ、その努力の呼び方は人によってさまざまだろう。それが成功するのはまれだったが、失敗の反動は大きかった。コールマンの評判が悪いおかげで、売り上げがさっぱりなのである。ホモの店から誰がタコスを買うというのだ？

コールマンは同じショッピングセンターのはずれにある郵便局に私書箱を二つ持っている。一つは自分の商売用で、もう一つは娯楽用である。ポルノの収集が趣味の彼は、私書箱に配達されるポルノを毎日のように取りに行く。アパートに立ちよる郵便配達員は人の秘密をのぞき見するタイプだから、コールマンとしては、こういうことはなるべくこっそりやったほうがいいのだ。

コールマンは駐車場の端のうす汚れた通路を歩いていった。靴のディスカウントストアをすぎると、化粧品店があり、その向こうにはXXXビデオ店がある。彼が出入り禁止をくらっている店だ。そこをすぎると、地元の政治家が票集め用にひっぱってきた福祉事務所がある。

郵便局は暇をつぶすメキシコ人たちで混みあっていた。外は寒いので、みんなはこういう公共の場に避難しているのだ。

毎日配達されてくるのは、茶色い封筒に入ったハードコアの雑誌だ。見覚えのある手紙も一通入っていた。黄色い四角い封筒には送り主の住所はなく、フロリダのアトランティックビーチ郵便局の消印が押してあるだけだった。手紙をとりあげて、コールマンは思いだした。リハビリにとり組んでいるパーシー青年からの手紙だ。

キッチンと作業場にはさまれた小さな自分のオフィスで、コールマンは雑誌をぱらぱらとめくった。だが、目新しいのがないのを見て、それを何十冊と重ねられている雑誌の上にほうり投げた。それから、パーシー青年からの手紙を開封した。前に届いた二通同様、文章は手書きで書かれ、宛て先は彼がポルノ集め用に使っている名前、〝ウォルト〟になっている。〝ウォルト・リー〟がコールマンの偽名である。

〝親愛なるウォルト

あなたからの手紙を何度も読んで、とてもうれしくなりました。本当に文章が上手ですね。前にも書いたとおり、ぼくはここにもう十八か月もいて、寂しいかぎりです。あなたからの手紙をいつもマットレスの下に置いて、寂しくてしょうがないときに取りだして読み返します。あなたはこんな上手な文章をどこで習ったんですか？

次の手紙はできるだけ早く送ってください。ところで、ぼくは四月に施設を出られます。出たらどこへ行って何をするかはまだ決めていません。二年ぶりにここから出て、相談相手の誰もいない社会に出るのかと思うと、怖くて仕方ありません。そのときもあなたはペンパルでいてくれますよね？

こんなことをお願いするのはとても恐縮なんですが、ほかに頼む人がいないので、あえて書かせてもらいます。でも、不都合だったら遠慮なく〝ノー〟と言ってください。あなたから断わられたからといって、ぼくたちの友情が壊れるわけではありません。お願いというのは、できたら一〇〇〇ドル貸していただけないかということです。この施設内に小さな本屋とCDショップがあるんですが、ぼくのここでの生活が長くなって、預金がゼロになってしまったのです。

もし貸していただけたら本当に助かります。でもそれが不可能でも、ぼくはあなたの立場を完全に理解します。いろいろ相談に乗ってくれてありがとう、ウォルト。どうかなるべく早いうちに手紙を書いてください。あなたからの手紙が本当に楽しみなんです。

一〇〇〇ドルだと？　なんという図々しさだ！　コールマンは怪しいとにらんだ。だから、手紙は破ってごみ箱に捨てた。

「一〇〇〇ドルだと？　ふざけやがって」

コールマンは独りごとを言いながら、雑誌に手を伸ばした。

〟カーティス〟というのはダラスの宝石商の本名ではなかった。リハビリ施設にいるリッキーとの文通はカーティスの偽名でうまく行っていた。しかし、彼の本名はヴァン・ゲーツである。三人の子供と二人の孫を持つゲーツ氏は現在五十八歳で、表面上は幸せなお父さんだ。妻と共同でダラス市一帯に宝石店を六店舗持ち、どの店もショッピングセンター内にある。夫妻の計算上の資産は二〇〇万ドルに達するが、これはみな二人が力を合わせて築いてきたもので、名義もそうなっている。ハイランドパークに建つ真新しい家には夫妻別々の寝室がある。家のなかで二人が顔を合わせるのは、キッチンへ行ってコーヒーを飲むときと、子供たちと一緒に居間でテレビを見るときだけだ。

ゲーツ氏は細心の注意を払いながら、ときどき街で男あさりをする。まだ誰にも気づかれていない。相手を求めて案内広告に応じたのは今回が初めてだ。リッキーとの文通は期待していたとおりの展開で、ゲーツ氏の胸はときめきっぱなしである。彼はショッピングセンターの近くにある郵便局に小さな私書箱を借り、それを〝カーティス・V・ゲーツ〟の名で使っている。

紫色の封筒の宛て先はカーティス・ゲーツになっていた。彼は車のなかに座ってから、封筒をていねいに開けた。まさかおかしなことが書いてあるなんて夢にも思わなかった。愛するリッキーからのいつもの甘い手紙のはずだった。だが、最初の一文を読んだところで、雷が脳を打った。

〝親愛なるヴァン・ゲーツ

もう、おふざけは終わりだ。おまえの名前がカーティスでないように、おれの名前もリッキーではない。それに、おれは愛に飢えたゲイでもない。だが、おまえには人に知られたら困る恐ろしい秘密がある。それにおれは協力したいと思う。取引条件を次に書く。

ジュネーブ・トラスト銀行に一〇万ドル送金すること。住所はバハマのナッソー、口座番号は144―DXN―9593、口座名はブーマー不動産株式会社。検索番号は392844―22。

ただちに実行しろ！　これはジョークではない。立派なゆすりである。おまえは引っかかったのだ。もし十日以内に送金がない場合は、おまえの妻ミズ・グレンダ・ゲーツに、おまえとおれが交わした手紙のコピーにいろんな写真を同封して送りつける。
送金があれば、おれはすぐに消える。

愛とともに　リッキー〟

宝石商ヴァンは周囲の交通のことなどまったく忘れ、自分の思考のなかに埋没した。車のスピードを九〇キロにセットしたまま、いちばん端の低速車線を走りつづけた。ダラスの環状線I―635に入ったかと思うと、今度はフォートワースを囲む環状線I―820を走り、結局はダラスへ戻ってきた。泣いて気が休まるなら、思いきり泣きたかった。ジャガーの中なら人に見られることもないから、遠慮はいらないのだ。

しかし、彼は悔しくて、むかっ腹が立って、泣くどころではなかった。傷ついている場合でもなかった。衝撃が大きすぎて、いもしない相談相手を探すゆとりもなかった。いまの彼に必要なのは行動である――思いきった、すばやい隠密行動である。

しかしながら、襲ってくる頭痛には抗しきれなかった。やむをえず車を路肩に止め、エンジンをかけたままにしておいた。リッキー青年に託したあのすばらしい夢の数々はいったい何だったのだ？　あの妖しげな笑みをたたえた写真を見つめて過ごしたかぞえきれないほどの時間は何だったのだ？――悲しみ、喜び、絶望、希望――紙に書かれた言葉一つで、人の感情はこれほど左右されてしまうものなのか？　ヴァンは手紙に書かれていた言葉の一字一句を覚えていた。

しかも相手はまだ子供ではないか。男らしい魅力をたたえてはいるが、どこか寂しげで、秘密を守れる大人の交際相手を求めていた。彼が愛してしまったリッキーは中年男に抱かれることを望んでいた。そこでヴァンは〝カーティス〟の偽名を使って何か月もかけて計画を練りあげた。妻がエルパソの妹のところに行っているあいだに、オーランドで開かれるダイヤモンドショーを利用するのだ。そのための下準備を完璧に整え、いっさい気づかれないようにしてきた。それなのに、この仕打ちである。

かわいそうに、ヴァンはこらえ切れなくなって泣きだした。恥も外聞もなく、涙を流したいだけ流した。どうせ誰にも見られていないのだ。ほかの車はみな一二〇キロ以上のスピードで追い越していく。

彼は、遊ばれて捨てられた恋人のように、復讐を誓った。このけだものが本当は誰なのか突き止めてやる！　〝リッキー〟を装って彼の心をめちゃめちゃにした怪物を！

嗚咽《おえつ》がようやくおさまると、彼は妻や子供たちのことを考えた。家族のことを考えると、涙がすぐに乾いた。このままにしておいたら、六か所の宝石店も、二〇〇万ドルの資産も、夫婦別の寝室のある新築の自宅も妻だけのものになり、彼に残されるのは、うわさが大好きな地元住民たちのさげすみと、あざけりと、ひそひそ話だけになる。子供たちはお金のある方についていくだろう。そして、孫たちは、祖父の妙なうわさを聞きながら生きていくことになるのだ。

彼はふたたびいちばん端の車線を九〇キロで走りはじめた。さっきと同じ場所を通りながら手紙を読み返した。そのあいだ、何台もの車が爆音をたてて彼を追い越していった。

相談できる相手は誰もいなかった。バハマの口座を調べさせようと思っても、信頼できそうな銀行員が思いあたらなかった。アドバイスを求めに駆けこめる弁護士も、悲しい話を聞いてくれる友人もいなかった。

ばれないよう、慎重に二重生活を送ってきた男にとって、カネは決して克服できない障害ではなかった。家でも店でも妻の見張りが厳しくて、一〇セントでもへそくることはできない。だからこそヴァンは、かなり前からカネをうまくくすねる妙技をマスターしていた。彼がやったのは宝石類の数をごまかすことである。すきを見て、ルビーや真珠や小さなダイヤなどを除外し、それをあとで別の宝石商に売って現金を得るのだ。この業界ではよく行なわれる手である。彼は現金のいっぱい詰まった箱をいくつも隠し持っていた——靴箱だが、それをプラノ市にある耐火貸金庫のなかにきれいに積みあげていた。離婚後にそなえた現金でもある。リッキーとの世界へ船出したあとにやって来る新生活のための用意だ。今度こそ悔いのない航海をして、そのなかで気前よく使うつもりだった。

「あのヤロー!」

彼は歯ぎしりしては、同じ言葉を何度も何度もくりかえした。

こいつに返事を書いて、カネなんてないと訴えたらどうだろう? それとも、警察にばらすと言って脅すか？　それとも、こいつに反撃を食らわすか？

このクソヤローは、自分がやろうとしていることが分かっているから、ヴァンの住所も、ヴァンの本名も、ヴァンの妻の名前も突き止めることができたわけだ。とすると、ヴァンがカネを持っていることも知っているにちがいない。

彼は屋敷の歩道に車を乗り入れた。妻のグレンダが歩道を掃除していた。

「どこへ行っていたの、ハニー？」

妻は機嫌よさそうだった。

「雑用を片づけていたんだ」

彼はにっこりして答えた。

「それにしては長かったわね」

妻は掃除の手を休めずに言った。ヴァンはこれがいやだった。もううんざりだった。妻は時計の針で彼の行動の一つ一つを監視している。この三十年間というもの、彼はずっと妻の親指の下でストップウォッチが鳴らされる音を聞かされてきた。

ヴァンは習慣に従って妻のほほにキスしてから、地下室に下りていき、ドアを閉めると、鍵をかけてふたたび泣きだした。自宅は彼にとって牢屋だった。しかも、毎月七八〇〇ドルもローンを返済しつづけなければならないから、よけいそう感じられた。妻は看守であり、彼を閉じこめる牢屋の鍵の管理人である。彼の唯一の脱出手段がたったいま破たんし、救世主になってくれるはずの青年が血も涙もない略奪者に変身した。

第十二章

八十の柩を置くには相当広い場所が必要である。同じ長さ、同じ幅の柩は一つ一つが赤と白と青の星条旗につつまれ、寸分の狂いもない正確さで整然と並べられていた。空軍の貨物機でつい三十分前に運ばれてきた柩の積みおろし作業それ自体が荘厳な儀式だった。千人にもおよぶ遺族や友人たちは、格納庫前のコンクリートのフロアに並べられた折りたたみ椅子に座り、目の前に並べられた国旗の海をショックを受けながら見つめていた。

外交政策のとばっちりに慣れている国民の目にも少々多すぎる遺体の数だった。八十人のアメリカ人と、八人の英国人、八人のドイツ人――フランス人はいなかった。フランス政府がカイロから大使館を撤収していたからだ。夜の十時をすぎていたというのに、なぜ八十人ものアメリカ人が大使館に残っていたのか？　時間がたてば分かる疑問だが、パーティーをとりしきった責任者の多くが柩のなかに入ってしまっている現在、その答えはまだ得られていない。ワシントンでささやかれていた一番もっともらしい理由は、食事の配達が遅かったうえに、バンドが遅れて着いたからだというものだった。

しかし、テロリストたちが時間を選ばずに攻撃できることを事件そのものが雄弁に証明しているのだから、大使夫妻や大使館幹部がどんなに遅くパーティーを開こうと、そこに疑問を投げかけても、なんの意味もなさないのだ。

現時点での第二の疑問は、だいたいカイロの大使館になぜ八十人ものアメリカ人がいるかである。国務省もその疑問にはまだ答えられずにいる。

空軍バンドによる葬送曲の演奏がすむと、大統領が演説した。大統領は悲しそうな声を出し、目には涙まで浮かべていたが、八年間におよぶこの種の演技に、もう新鮮味はなかった。復讐の誓いはすでに出尽くしていた。したがって、今日の彼のスピーチは、犠牲者に対するお悔やみと、別の世での魂の安らかならんことへの祈りに終始した。

国務長官が犠牲者一人一人の名前を読みあげた。厳粛な雰囲気を演出するために、その声は暗かった。すすり泣きがあちこちから聞こえた。音楽がもう一度演奏され、さらに長ったらしい演説が、選挙遊説から急きょ駆けつけた副大統領によって行なわれた。軍服を着た経験のない副大統領だが、地上からテロリズムを根絶するのだとの新たな決意を表明して、みずから手榴弾を投げかねないような勢いだった。

この悲劇のすべてがレーク候補を勢いづける追い風になるのだ。

レークはこの陰鬱な儀式の模様をツーソンからデトロイトに向かう機内で見ていた。専用機には世論調査の専門家も乗っていた。新たに味方陣営に引き入れたこの達人の役目は、レークの行く先々に同行して、刻々と変化する世論を見きわめては対策をアドバイスすることである。レークがほかのスタッフたちとテレビのニュースを見ている今も、この男は小さな会議用テーブルにへばりついてパソコンと取っ組みあっている。彼の前には三台の電話が置かれ、十人でも読みきれないほどのプリントアウトが積まれている。

アリゾナ州とミシガン州の予備選挙を三日後にひかえ、レークの支持率はどんどん上がっていた。とくに、彼が元知事とデッドヒートを展開しているインディアナ州でその傾向が顕著だった。ミシガン州でのレークの支持率は一〇ポイントの遅れをとっていたものの、聴衆の食いつきはよかった。カイロでの惨劇がみごとに追い風となって働いていた。

州ごとの予備選レースを勝ちぬけば、大統領候補として党の指名を受ける。大勢は三月中の大、小二回の〝スーパーチューズデー〟で決まる。あとは、対立党の候補と一騎討ちのショーをする十一月の本選挙だ。それに勝てば、晴れてアメリカ合衆国大統領となる。

予備選レースの先頭を走っているインディアナ州元知事のタリー候補は、突然、資金難に苦しみだした。ところが、アーロン・レークのほうは余裕しゃくしゃくだった。資金は使うよりも速いスピードで注入されていた。

副大統領の演説がようやく終わったところで、レークはテレビを離れて自分のリクライナーに戻り、新聞をとりあげた。それから、スタッフが持ってきてくれたコーヒーをすすりながら、十五キロ下に広がるカンザスの平坦な地形をながめた。別のスタッフがやってきて、候補の電話が至急欲しいとの誰かからのメッセージを置いていった。レークは機内を見まわした。パイロットを除けば、飛行機には十三人の人間が乗っていた。

死んだ妻をまだ忘れきれない律儀な男。個人生活を大切にするレークにとって、プライバシーのまったくない生活はどうしてもなじめなかった。移動するときはかならずグループと一緒だし、三十分と一人でいることはない。すべての行動は委員会に計られ、どんなインタビューに際しても事前に問答の練習がある。毎晩、ホテルの部屋で七時間は一人になれるものの、ドアのすぐ外にシークレットサービスがへばりついている。疲れのためか、ベッドに横になると子供のように眠りこむ。真にプライベートと呼べる時間は、シャワーを浴びているときか、トイレの便座に座っているときぐらいだ。

しかし、レークに不満を言っている暇はなかった。アリゾナ州選出の穏健な下院議員アーロン・レークは一夜にして有力候補の一人におどり出てしまったのだ。ほかの候補たちが凋落《ちょうらく》傾向にあるのに対して、彼はのぼり調子だった。彼を頼みとする軍需産業からの献金はあいかわらず続き、新聞記者たちは彼にハエのようにたかりだした。彼の発言があちこちでくり返され、ジグソーパズルの断片がしだいに埋まりだすにつれ、党の指名を受けるのもいよいよ現実味を帯びてきた。一か月前のレークだったら夢想だにできないことだった。

レークは勝利に近づいていく一瞬一瞬を味わっていた。選挙戦そのものは気違いじみていたが、仕事の流れの速さは自分である程度コントロールできた。レーガンは九時五時をきっちり守る大統領だったが、仕事中毒だったカーター大統領よりははるかに能率的に仕事をした。とにかくホワイトハウスに乗りこむんだ、と彼は何度も自分に言い聞かせた。それまでは、あの馬鹿者どもとのくだらない議論にも笑顔とウイットで答え、まずは予備選レースを乗りきることだ。そして遠からぬ日に、世界を足もとに置く合衆国大統領執務室の椅子に座ろう。

プライバシーを求めるのはそれからでいい。

CIA長官 のテディ・メイナードは巣穴の椅子に座り、副官のヨークと一緒にアンドリ

ュー空軍基地からの中継をながめていた。局面が厳しいとき、彼はこうしてよくヨークを従える。いまがその時だ。容赦のない非難がＣＩＡに浴びせられている。世間はどうしてもスケープゴートが欲しいのだろう。カメラを追いまわす馬鹿者どもが口をそろえてＣＩＡを責める。それが癖になっているからだ。

しかし、もし事の真相を知ったら、腰を抜かさない者はいないだろう。

長官はそのときになって初めて、中東責任者のラフキンから事前警告があったことをヨークにうち明けた。ヨークは事情を理解した。二人のあいだで協議できなかったのは残念だったが、それはそれでやむをえないことだった。世界の警察役を果たすには大勢の警察官を犠牲にしなければならないのだ。こういう悲しみと苦悩をヨークは長官と分けあってきた。国旗で包まれた柩がＣ―１３０輸送機から降ろされる光景を何度見せられたことだろう。レーク候補への肩入れは、アメリカ人の生命財産を守ろうとする長官の最後の奉仕なのだろう、とヨークは尊敬する長官の行動を百パーセント善意に解釈した。

失敗はありそうになかった。〝国防研究所〟は二週間で二〇〇〇万ドルもの選挙資金を集め、現在では、それをワシントンの各所に配分する作業にあたっている。二十一人の下院議員からレーク候補支持の確約をとりつけるのに六〇〇万ドル費やした。しかし、これまでの出費でいちばん大きかったのは、大統領候補をしりぞいたブリット上院議員に対するものである。タイ女性に隠し子を産ませた、例の模範亭主だ。ホワイトハウス行きをあきらめた時点で、上院議員には四〇〇万ドルの負債が残された。それを返済できる見込みのない彼としては、レーク側に負担してもらうしかなかった。店をたたんで故郷に帰る者にお金は流れてこないのだ。〝国防研究所〟を運営する弁護士のエレーヌ・タイナーがブリット上院議員との交渉にあたった。交渉は一時間とかからなかった。上院議員の借金全額を〝国防研究所〟が肩代わりして三年以内に清算する。そのかわりとして、上院議員はアーロン・レーク候補支持を声を大にして表明しつづける、というものだった。

「犠牲者数の予測はあったんですか？」

ヨークが尋ねた。長官はしばらく黙りこんでから答えた。

「いや、なかった」

二人の会話はいつもゆっくりである。

「でも、どうしてこんなに犠牲者が増えたんでしょう？」

「飲んでたんじゃないのか。アラブの国ではよくあることだ。文化が違うからな。みんなのん気なんだよ。外交官も、パーティーを催すときは徹底的にやるんだ。死者の多くは泥酔していた」

しばらく沈黙が流れた。

「イダルは今どこなんですか？」

「今はイラクにいる。昨日はチュニジアだったけどな」

「なんとしてでも彼を止めなければいけませんね」

何か感づいていても、それを口に出さない、忠誠一辺倒のヨークらしい話のまとめ方だった。

「来年やってもらう。レーク大統領にな。彼の偉大な業績になるだろう」

レーク候補

を支持する十六人の下院議員たちが一列に並んだ。そのうち十二人はブルーのシャツを着ていた。縁起をかつぐエレーヌ・タイナーはこういうことを気にする女だった。ワシントンで政治家がカメラの前に立つときは、なぜか彼らは青いシャツを着る。今日の場合、ほかの四人は白いシャツを着ていた。

エレーヌ・タイナーはウィラード・ホテルの大宴会場に記者団を呼び、下院議員たちを記者たちの前に立たせた。最年長の議員、フロリダ州選出のサーマンが、このような重要な機会にみなさんをお招きできてうれしい、と言ってあいさつの口火を切った。彼は事前に書いたメモを見ながら、最近の世界情勢についての自分の意見を披露した。カイロの事件についてもふれ、中国やロシアの例を引き合いに出しながら、世界が見かけ以上に危険であることを強調した。軍事費削減を表わす各種の統計を示すことも忘れなかった。やがてアーロン・レーク讃美の独りごとが始まった。それによれば、彼は十年以上もレークとともに国家に仕え、誰よりもレークのことを知っているのだという。レークこそは約束を守る男であり、たしかに今まではあまり聞かない名前だったかもしれないが、これからは彼の本当の価値が出る時代だとサーマン議員は結んだ。もともとインディアナ州知事のタリー候補を支持していたサーマン議員は、くら替えするのに乗り気でなかったが、いったんアーロン・レーク候補に乗りかえてしまうと、良心の痛みなどまるで感じていなかった。とはいえ、自分を説得するための魂の葛藤らしきものを経て、国を守るためにはアーロン・レークが必要だとの一応の確信に至っていた。それでも、記者団の前でサーマンが言えなかったことが一つだけあった。レーク候補の人気が自分の選挙区でも高まっているという事実についてだった。

マイクロホンはカリフォルニア州選出の下院議員に受け継がれた。彼の話に目新しいものは何もなく、いつもと同じ能書きをたれただけで終わった。サンディエゴから北の彼の選挙区には軍需産業にたずさわる労働者が四万五千人もいた。もしかしたらその全員から手紙をもらっていたのかもしれない。彼を転がすのがいちばん楽だった。選挙区からのプレッシャーと、タイナーからの二十五万ドルで、彼は自分に下された命令を勇んでこなしていた。

質疑応答が始まると、十六人は一つのチームに固まり、全員が写真からはみ出されまいと顔を中央に寄せ、「わたしがわたしが」と何か言いたがった。

何かの委員長が交ざっていたわけではないが、グループの存在は決して影の薄いものではなかった。一人一人は弱くても集団を作れば強いというい い例と言えた。アーロン・レークは由緒正しい大統領候補であり、信頼に足る男、国が必要としている人間、大統領に選ばれてしかるべき政治家であることを、一つの考えでまとまった彼らの姿が伝えていた。

今回の集団記者会見は演出もうまくできていて、新聞でもよくとり上げられ、ニュース番組の冒頭をにぎわした。明日になったら、議員がさらに五人、記者会見にひっぱり出される予定だった。ブリット上院議員は隠し玉としてスーパーチューズデーの前日までとっておかれることになった。


ネッドが運転する車のグローブボックスには、〝パーシー〟からの手紙がほうり込まれていた。リハビリ病院で療養を続けるパーシー青年からの手紙だ。手紙の発信元はいつもフロリダ32233、アトランティックビーチ郵便局、私書箱4585、ローレルリッジ・クリニックになっていた。

ネッドはいまアトランティックビーチにいる。来てからすでに二日経つ。手紙をたずさえてきたのは、パーシー青年の正体を突き止めるためである。詐欺くさいとにらんだからだ。引退した身の彼には何もすることがなかったし、団らんする家族もいなかった。おまけにシンシナティは雪が降っていたので、こうして暖かいフロリダにやって来たのだ。無駄づかいできるカネも充分にあった。

彼は海沿いの《シー・タートル・イン》にひと部屋借り、夜になるとアトランティック大通り沿いのバーを飲み歩いた。若い男女でにぎわう、こぢんまりした、いいレストランが二軒あることも分かった。その一ブロック先で《ピーツバー・アンド・グリル》も見つけた。昨日の夜もその前日の夜も、ビールで酔ったふらつく足でピーツバーの店から出てくるネッドの姿があった。彼が泊まっているシー・タートル・インはほんの道ひとつ先である。

昼間のあいだ、ネッドはずっと郵便局の出入口を見張った。郵便局はレンガとガラスでできたモダンな建物で、海岸と並行に走るファースト通り沿いに建っている。私書箱4585はのぞき窓のない小さな箱で、通路の壁ぎわに並ぶ八十個の私書箱のほぼ中央にあった。ネッドは勝手に私書箱を調べてみた。適当な鍵や針金を使ってこじ開けようとしたり、係員にあれこれ質問もしてみた。しかし、郵便局の係員ほど頼りにならない者はいなかった。

最初の日の見張りを終える前に、ネッドは五センチぐらいの糸を私書箱の扉の底に張りつけておいた。これで誰かが開けたかどうか分かるはずだ。

彼が三日前にシンシナティから出した手紙、明るいまっ赤な封筒がいま私書箱のなかに入っているはずだ。それを投函すると同時に、彼は手紙を追いかけ、南に向かって突っ走ってきたのだ。手紙のなかにはパーシー青年に乞われた一〇〇〇ドルの小切手が入っている。青年が画材を買う足しにしたいと言っていた金額だ。ネッドはその前の手紙で、グリニッジビレッジでモダンアートの画廊を所有していたことがあると書いていた。しかし、それはまっ赤な嘘だった。それに応えるようにして、画材を買うのだと言ってきたパーシーの言葉も全部嘘くさかった。こちらの嘘が相手の嘘を浮かびあがらせたわけである。

ネッドは最初から疑っていた。援助の懇請に応じる前に、パーシー青年が入院していることになっている〝ローレルリッジ〟なる高級リハビリ施設が実在するかどうか調べようとした。しかし、番号案内からは電話番号が調べられなかったし、通りの名も番地も分からなかった。その点についてパーシー青年は最初の手紙で説明していた。それによると、施設には薬物で汚染された高級官僚や大会社の重役たちが入っているため、場所はいっさい秘密にされているとのことだった。もっともらしい理由である。口のうまい青年だ、とネッドはそのときに思った。

それに、青年の顔が憎らしいほどハンサムだった。ネッドが疑いつつも手紙のやり取りをやめなかった理由もそこにあった。いまでも彼はその写真を毎日のように愛《め》でている。

援助の願いは突然で、彼も少しびっくりしたが、退屈な毎日を送っていたときだったから、ひとつジャクソンビルまでドライブしてみるか、と決心したのだった。

彼はファースト通りを背にするかたちで車を駐車場に止め、運転席の椅子にもたれて郵便局の様子を見張った。そこからでも、壁に並ぶ私書箱と、局に出入りする客の顔がよく見えた。的はずれの調査かもしれなかったが、やらないよりはましだった。ネッドは高倍率の小型双眼鏡を使っていた。それを目にした通行人にうさん臭そうに見られることもあった。二日もやっていると、見張りは退屈しごくな作業になった。しかし、時間が経過すればするほど、彼の手紙が回収される期待が大きくなった。たぶん、三日置きぐらいに誰かが私書箱をチェックしているはずだった。リハビリ病院だったら、患者もたくさんいるだろうから、手紙もたくさん来ていて当然だ。それとも、私書箱はゆすり男の隠れみので、男が罠をチェックしに来るのは一週間に一度なのだろうか？

ゆすり男は三日目の夕方になって姿を現わした。なんと、フォルクスワーゲンをネッドの真横に駐車した男が私書箱の主だった。しわだらけのカーキのズボンをはき、白シャツに麦わら帽、蝶ネクタイをして、一見海の街をふらつくボヘミアン風の男は、車を降りると、悠然とした足どりで郵便局のなかに入っていった。

トレバー・カーソン弁護士はピーツバーで長い昼食を楽しんだあと、自分のオフィスの机で一時間ほど酔い醒ましの昼寝をしてから、もぞもぞと動きだして、いつもの巡回を始めたところだった。彼は私書箱４５８５に鍵を差しこむと、手紙の束をとりあげた。大部分は押し売りのダイレクトメールだから、彼はそれを歩きながら仕分けして、郵便局を出る前に捨てることにしている。

その動きを、ネッドは一分ももらすまいと見つめていた。退屈な三日間を送ったあとだったから、彼は報いられた調査の結果に興奮していた。〝カブトムシ〟のあとをつけていくと、運転していた男は車を止めたところで、ちっぽけでうらぶれた法律事務所のなかへ入っていった。ネッドは引き返す車のなかで何度も額をたたいては同じ言葉をくりかえした。

「弁護士だったのか！」

彼は海沿いのハイウエーA1Aを南に向かって走りつづけた。ジャクソンビルの家並みがばらけだすと、ヴィラノビーチがあり、それをすぎるとクレセントビーチが、さらにはビバリービーチが、その先にはフラグラービーチがある。さらに先のポートオレンジのはずれにある《ホリデー・イン》にようやくたどり着くと、ネッドは部屋に上がる前に、下のバーに立ち寄った。

ネッドが色仕掛けの詐欺に引っかかりそうになったのは今回が初めてではなかった。じつは二度目だった。最初のときもクサいとにらんで何の損害も被らずにすんだ。三杯目のマティーニを飲みながら、ネッドは自分に誓った。

〈ああ、もうよそう。足を洗うんだ。そして、こんなバカらしいことに二度と引っかからないようにしよう〉

第十三章

アリゾナ州とミシガン州で予備選挙がある一日前、レークのキャンペーン事務所は、これまでの大統領選では例を見ないような全チャンネルを使った集中スポットを放った。両州とも、十八時間にもわたって、これでもかこれでもかとテレビスポットの集中砲火にさらされた。十五秒もののスポットはソフト路線で、レーク候補のハンサムな顔と、より安全な世界のための決断力のあるリーダーシップを印象づけるコマーシャルだった。もう一種類は、ドキュメンタリータッチの一分もので、例の冷戦後の危険な世界を訴える内容である。さらに強硬路線のバージョンもあった。レーク候補がカメラをにらみつけ、テロリストに向かってたんかを切るコマーシャルだ。

〝アメリカ人だからという理由だけで罪もない人びとを殺してみろ！　必ずそのつけは払わせてやる！〟

カイロの記憶も生々しい今、コマーシャルはニュースと重なって不思議な迫力をかもしだしていた。

広告は、業界の才能を集めて作ったもので、強力この上なかった。唯一のマイナス面は露出しすぎることぐらいだろう。しかし、新人のレークはまだ目新しく、有権者に飽きられていない点が強みだった。両州でのテレビ放映料は一〇〇〇万ドルにも達した。これは気の遠くなるような数字である。

二月二十二日火曜日の投票時間中も、コマーシャルは間隔をあけて流された。投票が締めきられると同時に、専門家たちは結果を占った。アリゾナ州では圧倒的にレークが勝ち、ミシガン州ではタリー候補が僅差で勝つとの予想だった。タリー候補は同じ中西部州インディアナの元知事であり、この三か月間ミシガン州に入りびたって選挙遊説を続けてきたのだから、ここでの彼の勝ちは当然視されていた。

ところが、開けてびっくり。ミシガン州ではあまり運動できなかったにもかかわらず、レークの人気は予想をくつがえすものだった。地元の州で六〇パーセントの支持を得たレークは、ミシガン州でも五五パーセントを獲得した。それに対して、タリー元知事は三一パーセントという体《てい》たらくだった。

全米各州の予備選挙が集中する大スーパーチューズデーを二週間後に、同様に小スーパーチューズデーを三週間後にひかえてのこの惨敗は、タリー元知事にとっては大打撃だった。

レークは自分自身の投票をフェニックスからの機中ですませ、まもなく始まった開票のなりゆきを見守った。ワシントンまであと一時間というところで、CNNはミシガン州での彼の勝利を宣言した。スタッフはシャンパンを開けた。レークはグラスを二杯も飲んで、文字どおり勝利の美酒に酔った。

前例はレークの前に無効だった。これほど遅れて参入した候補が、これほど早く有力馬にのどり出た例はなかった。暗いキャビンのなかで、スタッフたちは四つのテレビ画面に映る投票の分析結果を見つめていた。専門家たちは例外なくレークの躍進ぶりに目を丸くしていた。タリー元知事は温和な表情をみせていたものの、つい最近まで無名だったこの対抗馬が集めている途方もない額の選挙資金について懸念を表明していた。

レーガン・ナショナル空港に着陸すると、レークは、待ちかまえていた小グループの記者たちと機嫌よく言葉をかわし、例の黒塗りのバンに乗りこんでキャンペーン本部へ向かった。キャンペーン本部では、高給で雇われたスタッフたちをねぎらい、今日は早く帰ってよく寝るように一人一人にやさしい言葉をかけた。

しかし、そんな喜びの中だからこそ、レークはその反動として、誰にも干渉されないプライバシーが欲しくなる。いい外づらを続ければ続けるほどフラストレーションがたまり、命の洗濯になるような時間が必要になるのだ。

彼がジョージタウンの風変わりな自宅に戻ったときはほとんど深夜になっていた。二人のシークレットサービスがレークのうしろの車から降りると、すでに玄関先では別の二人のシークレットサービスが警備の任務に就いていた。レークは以前からシークレットサービスが自宅のなかに入るのを頑として断わりつづけてきた。

「きみたちがここにうろついているのを見たくないんだがね」

レークは玄関先で意地悪く言った。実際に彼は、どこまでもついてくるシークレットサービスに機嫌をそこねていた。彼らが何という名前で、自分を嫌っているかどうかなど、どうでもよかった。レークに関するかぎり、付けまわしてくるシークレットサービスは全員が名なしのごんべえだった。彼らは全員が、レークが軽蔑をこめて言う〝きみたち〟にすぎないのだ。

玄関のドアに鍵をかけるや、レークは寝室に直行して服を着がえた。そこで、寝たと見せかけるために、ライトを消して十五分待った。それから、そろそろと書斎へ下りていき、外から誰かにのぞかれていないか確かめたうえで、今度は地下室へ下りていった。

やがて彼は壁をよじ登って窓をくぐり抜け、中庭の冷たい夜気のなかに這いだした。そこでしばらくじっとして、人の気配はないかと耳を澄ましていたが、何も聞こえなかったので、木の門をそっと開け、裏口から街路に出た。

マラソン用のキャップを深くかぶり、ジョギングの格好をしたレークが35番通りを一人ですいすいと歩いていた。三分後、彼はM通りの人の流れにまぎれ込み、そこでつかまえたタクシーに乗りこむと、夜の闇のなかへ消えていった。

CIA長官

は、自分の候補がおさめた最初の二つの勝利に大満足して床に就いた。だが、すぐに起こされ、妙なニュースを聞かされることになった。ようやく眠りかけた朝の六時十分すぎ、いままでの爽快感はどこへやら、長官は怒りよりも驚きで眠気が吹っ飛んでしまった。ヨークと一緒に、デビルという名の顧問が長官を待っていた。デビルは気ぜわしい小男で、このときも、何時間も前から不安にかられていたことを顔に表わしていた。

「なんの話なんだ?」

コーヒーでも飲みたそうな、むくれ顔の長官がしわがれ声で言った。

デビル顧問が最新のニュースを報告した。

「深夜の零時二分すぎに、彼はシークレットサービスにグッバイを言って自分の家に入りました。ところが、その彼が、零時十七分すぎに地下室の小さな窓から外に這いだしたんです。彼の家のすべてのドアや窓にはタイマーが仕掛けられていて、道の反対側にわれわれが借りている部屋にその動きが伝わるようになっています。昨夜、彼が家に帰ってきたのは六日ぶりでした」

そう言ってから、デビル顧問は、アスピリンぐらいの大きさの錠剤のようなものをつまんで見せた。

「これが〝Tデック〟と呼ばれているやつです。彼の全部の靴の底に埋められています。ジョギングシューズも例外ではありません。これで、彼が裸足で出かけないかぎり、彼がどこにいるか完全に把握できます。靴底に圧力がかかると、この装置が電波を発して、その電波は発信装置がなくても二〇〇メートル四方に届くんです。われわれは緊急出動して、M通りを歩いている当人を見つけました。彼はスエットスーツを着て、顔を帽子のつばで隠していました。彼がタクシーに乗りこんだとき、われわれのほうには車が二台あったので追いかけたんです。彼は郊外の高級住宅地チェヴィーチェースまで行き、そこのショッピングセンターに入ると、タクシーを待たせたまま、《メールボックス・アメリカ》に突進していきました。二十四時間いつでも郵便物が受けとれるコンビニの中の郵便局ですよ。彼は一分と経たないうちにタクシーに戻ってきました。私書箱を開けて、手紙をピックアップして、中身を調べて捨ててきたんでしょう。一分ですから、それぐらいしかできません。われわれの車の一台があとを追い、彼がM通りで降りて自宅にしのび込むのを確認しました。もう一台は《メールボックス・アメリカ》に残って、入り口の近くにあったごみ箱をあさりました。あきらかに彼が捨てたと思われるダイレクトメールを六通ほど見つけたんですが、どれも宛て先は〝アル・コニヤーズ、私書箱455、メールボックス・アメリカ39380、ウエスタンアベニュー、チェヴィーチェース〟になっていました」

「ということは、彼の期待していた手紙は届いていなかったということだな？」

長官が訊いた。

「私書箱に届いていた手紙を全部捨てたようですね。現場のビデオがありますから、ご覧になりますか？」

天井からスクリーンが下り、照明が消された。駐車場をズームアップしたカメラは、タクシーの向こうを行くだぶだぶのスエットスーツ姿のアーロン・レークをとらえていた。レークはすぐに《メールボックス・アメリカ》のなかへ入っていき、数秒後に現われたときは、右手に手紙の束を持っていた。ドアのところに来て立ち止まった彼は、そこにあったごみ箱のなかに手紙類をほうり投げた。

「いったい彼は何を期待していたんだろう？」

長官は画面を見ながらつぶやいた。

レークは建物を出ると、あわてた様子でタクシーに乗りこんだ。ビデオはそこで終わり、部屋が明るくなった。デビル顧問は説明を再開した。

「彼がごみ箱に捨てた手紙は全部回収できたと思います。われわれは彼が出ていったすぐあとに入りましたし、われわれが待機しているあいだ、誰もあそこには入りませんでしたから。時刻は零時五十八分でした。一時間後、われわれは再度私書箱455を調べてスペアキーを作りました。必要なとき、いつでも開けられます」

「毎日調べたらいい」

長官が言った。

「どんな手紙類も逃さないで中身を確認しなさい。ダイレクトメールは放っておいていいから、何かそれらしいものが届いたときは、わたしに知らせてほしい」

「承知しました。ところでレーク氏のほうですが、家に着いたのは一時二十一分すぎで、また地下室の窓から入りました。それ以来、出かけていません。現在は自宅にいます」

「なるほど」

長官が言うと、デビル顧問だけが部屋を出ていった。

コーヒーカップをかき回してから一分ほどしたところで、長官がヨークに質問した。

「彼は自宅のほかに手紙が届く住所をいくつ持っているんだね？」

そう訊かれると分かっていたヨークはメモに目を走らせた。

「ジョージタウンの自宅には個人的な手紙が届くようです。国会内には少なくとも二つ宛て先を持っています。一つは彼の事務所で、もう一つは軍事委員会です。選挙区のアリゾナには三か所あります。ですから、合計で六か所です」

「そんなにあって、なぜ七番目が必要なんだ？」

「わたしにも理由は分かりません。しかし、好ましいことでないのは確かです。公明正大なはずの人間が秘密の宛て先を持っているのは、どんなもんでしょう？」

「彼がその私書箱を借りたのはいつだね？」

「その件をいま調査中です」

「大統領選に出馬すると決めてから借りたのかな？　ＣＩＡにいろいろ口出しされているから、見張られているのも知っているんだろう。それできっと、多少のプライバシーが必要になったんだ。こういう私書箱がな。われわれが見落としたガールフレンドでもいたかな？　それとも、ワイセツ雑誌かビデオでもとり寄せているのか？」

しばらく沈黙してから、ヨークが答えた。

「そんなところかもしれません。でももし、出馬の話が出る前からずっと借りていたとしたら、どういうことになりますかね？」

「だとしたら、それはわれわれの目をごまかしているだけでなく、世界の目をごまかしていることになる。ケチな秘密が命取りになるぞ」

二人は黙って考えこんだ。命取りになるレークのケチな秘密とはどんな性質のものなのだろう？　二人とも考えていることを口に出したくなかった。結局、調査をもっと徹底させることに決まった。私書箱は日に二回チェックすることにした。数時間後に、レークはほかの州で遊説をするため街を離れる。そのあいだにCIAはいつでも私書箱を調べられる。

もっとも、もし誰かがレークのかわりに私書箱を開けていたら話は別だ。

アーロン・レークは時の人になっていた。国会内の事務所にカメラを据えさせ、彼はそこから朝のニュース番組のインタビューに応えた。上院議員や、同僚下院議員、友人や、かつての政敵などが彼の事務所を訪れては「おめでとう」の言葉をかけていった。昼食はキャンペーンのスタッフたちと一緒にとり、食後のコーヒーをすすりながら作戦を練った。〝国防研究所〟に届くその後の資金のうれしいニュースを持ってきたエレーヌ・タイナーとの夕食を簡単にすませると、彼はニューヨーク州の予備選挙対策のためにシラキュースへ飛んだ。

シラキュースでは大歓迎を受けた。どこへ行っても熱心な群衆が彼の到着を待ちかまえていた。それもむりはない。レークはいまや次期大統領の最有力候補なのだ。

第十四章

二日酔いがますます頻繁になっていた。今日も目を覚ますと、頭がズキンズキンと痛んだ。もっとちゃんとしなければ、とトレバー・カーソン弁護士は自分に言い聞かせた。毎晩《ピーツバー》に入りびたって、女学生たちと肩を並べて安いビールを飲み、一〇〇〇ドル賭けているからといって、意味のないバスケットボールの試合をながめて無駄な時間をすごすのはいいかげんによそう。昨日の夜も、ローガンステーツ大対、緑のユニフォームを着たどこかのやつらがやっていた。ローガンステーツ大なんて誰が気にするんだ？

気にするその誰かとはジョー・ロイ・スパイサーである。スパイサー判事はローガンステーツ大に五〇〇ドル賭けていた。それにトレバーは自分の一〇〇〇ドルを上乗せした。そして、みごとにローガンステーツ大が勝ちをおさめた。これで先週だけでもスパイサー判事は十二回賭けて十回勝っていた。儲けた金額は、判事が三〇〇〇ドル、判事にひそかにつき合ったトレバーが五五〇〇ドルだった。賭けのほうが弁護士で稼ぐよりカネになっていた。誰かが八百長をやっているにちがいなかった。

彼はバスルームへ行き、鏡を見ずに顔に水をかけた。トイレは前の日から詰まっていた。彼が吸引棒を捜してぶっ散らかった家のなかをガサゴソひっくり返していたときに、電話が鳴った。かけてきたのは離婚した先妻だった。彼が心から軽蔑する女――彼を心から軽蔑する女である。その声を聞いた瞬間に、カネの無心だと分かった彼は何も聞かずに「だめだ」と言い捨てて、シャワー室に入った。

遅れて事務所へ行くと、自分たちよりもひどいケースの二人が待っていた。二人は財産分与を決着するために別々の車でやって来ていた。二人が争っている財産は他人がアドバイスできるようなものではなかった。湯沸かし器だの、フライパンだの、トースターだのの分捕り合戦をくり広げているのだ。財産らしいもののない二人は、こういうことででもケンカがしたかったのだろう。奪いあうものが細かければ細かいほど泥仕合になるのが離婚劇というものである。

弁護士の到着が一時間遅れたため、その時間を利用して、二人は怒りを煮えたぎるだけ煮えたぎらせていた。そのあまりの激しさに、弁護士秘書のジャンが間に割って入らなければならなかった。

妻のほうだけトレバーのオフィスに移されていた。そこにトレバー・カーソン弁護士が裏口からよろけ足で入ってきた。

「いったいどこへ行っていたんですか、先生？」

妻は、部屋の向こうにいる夫にも聞こえるような大声をはりあげた。廊下にとどめられていた夫は、秘書の横をすり抜けて弁護士のむさ苦しい部屋に突入した。

「一時間も待っていたんですぞ！」

夫も声をはりあげた。

「二人とも静かにしろ！」

トレバーが一喝した。びっくりした秘書のジャンは難を逃れるためにその場を離れていった。

二人の依頼人は突っ立ったまま唖然《あぜん》としていた。

「座れ！」

トレバーはもう一度怒鳴った。二人は、二つしかない椅子にそれぞれ腰をおろした。

「二人とも、ケチな離婚調停に五〇〇ドル払ったからって、でかい面するな！」

二人は弁護士の充血した目と赤らんだ顔を見て、これは調停役など務まる相手ではないと判断した。そのとき、机の上の電話が鳴ったが、誰も受話器をとりあげなかった。吐き気がふたたびトレバーを襲った。彼はオフィスを出ると、廊下の向こうのバスルームにとび込んだ。そこで、できるだけ音をたてないようにしながらもどした。汚物を流そうとしてレバーを勢いよく回すと、タンクのなかで「プッツン」とチェーンの切れる音がして、水は一滴も出なくなった。

電話のベルはまだ鳴っていた。トレバーはふらふらと廊下を歩いていった。ジャンを見つけてクビを申し渡すためだ。だが、彼女の姿はどこにも見つからなかった。トレバーはそのまま建物を出て海岸へ向かった。波打ちぎわに着くと、靴と靴下を脱ぎ、足をパシャパシャやって冷たい塩水に浸かった。

それから 二時間後、客に入ってこられないよう自室のドアに鍵をかけ、トレバーはまだ砂のついたままの足を机の上にのせて天井を見つめていた。昼寝でもするか、迎え酒でもあおらなければ頭痛はおさまりそうになかった。天井を見つめながら、彼は、ここまできた以上、何を捨て、何にしがみついたらいいかを考えた。そのとき、別室のほうで電話が鳴った。今度はジャンの答える声が聞こえた。彼女はまだクビを言い渡されていなかったが、自分からひそかに募集広告をチェックしているところだった。

「バハマからよ!」

ジャンの声でトレバーは一瞬頭痛のことを忘れた。電話はバハマの銀行員のブレイシャーからだった。

「送金がありましたが、サー」

彼の声を聞いたとたんに、トレバーは立ちあがった。

「いくらだ？」

「一〇万ドルです、サー」

トレバーは腕の時計に目を落とした。定期便をつかまえるまでたっぷり一時間ある。

「三時半にそっちに着くから、いてくれるかね？」

トレバーが訊くと、愛想のいい返事が返ってきた。

「承知しました、サー」

トレバーは受話器を置くと、別室に向かって声をはりあげた。

「今日と明日の予定を全部キャンセルしてくれ！　おれはこれから出かける」

「予定は何もありません！」

ジャンは怒鳴り返した。

「お客さんはどんどんいなくなっていますから」

トレバーは秘書と言い合うつもりはなかった。ただ裏口のドアをバタンと閉めると、そのまま車を運転して出ていってしまった。

ナッソー行きの便はフォートローダーデール経由だった。そうとは知らずに乗ったトレバーは、ビールを二杯も飲んでぐっすり寝込んでしまった。大西洋上で目を覚まし、さらに二杯飲むと、スチュワーデスに揺り起こされるまで目が覚めなかった。

送金は期待していたとおりダラスのカーティスからだった。妻の支配から逃れることを夢見る例の宝石商である。テキサス・バンクを発信銀行に、ナッソーのジュネーブ・トラスト銀行気付で、〝ブーマー不動産会社〟が受取人になっていた。トレバーはいつものように総額の三分の一にあたる三万三〇〇〇ドルを自分の秘密口座に移し、そのうち八〇〇〇ドルを現金で引きだした。頭取代理のブレイシャーには感謝して「また近いうちに会えるといいな」と言い、ふらつく足どりで銀行の建物を出た。

このまま家に帰るつもりは毛頭なかった。トレバーはアメリカ人観光客でにぎわうショッピング街へ向かった。買い物をすませてから、彼にいま必要なのは、ショーツと、麦わら帽と、日焼け止めだった。トレバーは海岸へ行き、そこで一泊二〇〇ドルの小ぎれいなホテルを見つけた。ホテルに泊まって何をしようというのだ？　できることは決まっていた。体にオイルを塗りたくってプールサイドで寝そべるのだ。なるべくバーに近いところがいい。ビキニ姿のウエイトレスに飲み物を運んできてもらうから。

トレバーは日が沈んでから目を覚ました。肌はほどよく焼けていた。警備員が心配して部屋までついてきてくれた。ベッドに倒れるなり、トレバーはふたたび熟睡の世界へ戻っていった。

彼が次に体を動かしたとき、太陽は空高く昇っていた。長く眠れたおかげで、目を覚ましたときの彼は頭が冴え、気分も爽快だった。同時に腹もへっていた。腹ごしらえにフルーツを食べてから、売りに出されているヨットを見に行った。すぐ買うつもりはなかったが、品質や大きさや、値段の下調べをしておきたかった。

三〇フィートの大きさで充分だろう。中で生活もできるし、一人で航海も可能だ。乗組員なんかいらない。一人で舵をとり、風の吹くまま島から島を気ままに渡っていこう。

トレバーが見つけたヨットでいちばん安いのは九万ドルだった。しかし、相当修繕しないと使えそうになかった。

太陽が空のいちばん高いところに来るころ、トレバーはふたたびプールサイドに行って寝そべった。携帯電話のボタンを押してクライアントの誰かと話そうとしたが、気はぜんぜん入らなかった。昨日と同じウエイトレスが、注文した飲み物を運んできた。電話をひとまずおき、彼は日陰に移動してから番号を押しなおした。だが、いったんなまけモードになった頭はなかなか仕事に切り替われなかった。

この一か月で税金を払わなくていいカネが八万ドルもたまった。稼ぎはこのままのペースで続くのだろうか？　だとすると、一年後には一〇〇万ドル手にできることになる。夢の一〇〇万ドルである。法律事務所なんて閉鎖だ。弁護士資格など捨ててもいい。小さなヨットを買って、いよいよ船出するんだ。

長年の夢がここにきて初めて現実味を帯びてきた。彼は、裸足で裸で舵の前に立つ自分の姿が想像できた。冷えたビールを足もとに置いてメインセールいっぱいに風を受けたトレバー号は、セントバーツ島からセントキッツ島へ、ネイビスからセントルシアへ、一つの島から何十もの島へ、澄んだ水の上を音もなくすべっていく。この世のことなど何も心配せずに。

トレバーは目を閉じた。脱出できる日が待ち遠しくて仕方なかった。

彼は自分のいびきで目を覚ました。ウエイトレスが近くにいたので、ラムを注文してから時計を見た。

二日たってから、ようやくトレバーは重い足をトランブル刑務所に運んだ。刑務所に着いたときの彼の胸中は複雑だった。手紙を預かってゆすりを能率よく回転させ、カネをもっとためたいのはやまやまなのだが、気分がどうも晴れず、ここにきて自分の役割に突っ走りきれなくなっていた。

「おまえさん、いったいどこに行っていたんだい？」

警備員がいなくなるなり、面会室のなかでスパイサー判事がうなった。最近はこの不満げな問いかけが彼のあいさつがわりになっていた。

「連絡がとれなかったおかげで、ゲームを三つも賭けそこなったぞ。せっかく勝てたのに！」

「バハマに行ってたんですよ。ダラスのカーティスが一〇万ドル送金してきました」

スパイサーの表情がさっと変わった。

「入金を確認するだけで三日もかかったのか？」

「わたしにだって休養は必要ですよ。ここに毎日来なければならない理由はないでしょ」

スパイサー判事の怒りは秒を追ってやわらいでいった。新たに一〇万ドルもの入金があったのだ。そのうちの自分の取り分、二万二〇〇〇ドルは誰にも知られていない秘密の口座に移しかえられ、いままでの預金に上乗せされる。

今日の分の手紙の束を弁護士に渡すときも、カネのつかい道のあれこれがスパイサーの頭のすみをかすめていた。

「けっこう忙しいじゃないですか」

手紙の束を受けとりながら、トレバーが言った。

「なんか文句でもあるのか？　おまえさんはわたしらより稼いでいるじゃないか」

「わたしのほうは、なんだかんだと出費が多いんですよ」

スパイサー判事は紙っぺらを弁護士に渡した。

「十試合選んでおいたから、全部に五〇〇ドルずつ賭けといてくれ」

やれやれ、とトレバーは思った。週末はまたピーツバーに入りびたってゲームの行方を全部見届けなければならない。それよりももっとうんざりすることがいまの彼を待っていた。ひと勝負一ドルで、警備員に面会時間の終了を告げられるまで、スパイサーがするブラックジャックの相手を務めなければならないのだ。

トレバー・カーソン弁護士のますます頻繁になる訪問が問題視され、ワシントンの刑務局で検討されたことがあった。そのための書類まで作られ、訪問禁止も検討された。

しかし、検討に際しての調査はおざなりだった。担当した係官はジャクソンビル市のあちこちに何本かの問い合わせ電話をかけただけで、トレバー・カーソン弁護士は無名で無害であると結論してしまった。おそらく面会室で囚人の心のケアでもしているのだろう、というのが検討の結論になり、問題はうやむやになってしまった。

どんどん

たまっていくカネに、ビーチ判事もヤーバー判事も、新たに生きる意欲を駆り立てられていた。カネを使うには、まずそれを手にしなければならない。数字だけではどうにもならないのだ。それには、なんとしてでも出所して、自由の身になることだ。どう生きるかはそのあとで決めればいい。

秘密の口座に五万ドル程度の貯金がたまって、最近のヤーバー判事は投資グラフを作るのに大忙しだ。税金を逃れているとはいえ、五パーセントの低利で銀行に眠らせておくのはもったいない。いつか早いうちに全額を成長著しいファンドに投資するのだ。ねらい目は極東だろう。

ふたたびアジアブームが来るのは間違いない。あぶく銭《ぜに》をアジアに移して増やすのだ。出所まであと五年ある。そのあいだ一二パーセントから一五パーセントの利回りが稼げたら、今ある五万ドルはトランブルを出るころには一〇万ドルに増えているはずだ。これだけあれば、なんとかなる。先はあまり長くないのだし、五年後なら健康状態もそれほど衰えていないだろう。

このまま〝パーシー〟と〝リッキー〟の偽名でゆすりが続けられたら、出所するときの彼はもっともっと大きな額を手にしているはずだ。あと五年の辛抱。月に直せば約六十か月、週でかぞえれば約二百六十。このあいだに何件成功して、いくらたまるかだ。〝パーシー〟の偽名で彼はいま米国各地にちらばる二十人のペンパルと文通している。同じ町に二人のペンパルは置かない。地域の振り分けはスパイサーが責任をもってやっている。〝パーシー〟も〝リッキー〟もお互い近くに住んでいそうな男性とは重ならないようにしている。

手紙を書いていないときのヤーバー判事は、たいがい、たまった金額とそのつかい道を考えている。ありがたいことに、ワイフから届いた離婚用紙はすでにサインをすませて自分の手から離れた。彼はあと二、三か月で正式に独り身になる。出所するころは、ワイフも前夫のことなど忘れているだろう。

〈せっかくためたカネをあの女と分けるなんてまっぴらだ。出所したら、足跡を残さずに消え去ろう〉

これからの五年間、やることはいろいろある。とりあえずは糖分をカットして、毎日のジョギングを一マイルでも増やすことだ。

眠れない夜のハトリー・ビーチ判事は二段ベッドの上のマットに横になったまま、二人の仲間と同じ計算をする。すでに手に入れた五万ドルをできるだけ高率で増やし、それにこれから犠牲者からしぼり取る額を加えれば、いずれは大金持ちになれる。彼はあと九年服役しなければならない。初めは永遠とも思えたマラソンである。だが、いまは希望の灯火が見えてきた。彼に下された死刑に等しい判決が、ゆっくりとだが、収穫の時に変わろうとしている。ひかえめに見積もって、ゆすりが年に一〇万ドルにしかならなくても、これからの九年間それが続き、利息を計算に入れれば、彼は億万長者として小おどりしながら刑務所の門を出ることができる。そのときは六十五歳になっているが、それだけはやむをえない。

二〇〇万ドル、三〇〇万ドル、いや、四〇〇万ドルも堅いのでは。

彼のやりたいことは決まっていた。テキサスが大好きだから、ガルベストンあたりへ行って、海の近くに建つ古いビクトリア王朝風の大邸宅を購入しよう。そこに旧友たちを呼んで見せびらかすのだ。法律の専門知識を使って労務に就くなど、ケチなことはもう考えなくていい。自分のかわりにカネが二十四時間働いてくれるのだ。七十歳になるころは先妻よりも金持ちになっているだろう。

入所して以来はじめて、ハトリー・ビーチは六十五歳まで、あわよくば七十歳まで生きるのだとの意欲に駆り立てられていた。

彼もまた糖分とバターを断ち、タバコも半分に減らした。そのうちきっぱりやめるつもりだった。医務室には近づかず、やたらに錠剤を服用しないことを自分に誓っていた。そしていまは、カリフォルニアから来た同僚をまねて太陽を浴びながら一日一マイルのジョギングをこなし、〝リッキー〟の名でせっせと手紙を書きつづけている。

旗ふり役のスパイサー判事は、ここにきて、なかなか寝つけずに苦しんでいた。良心の呵責とか、孤独感とか、屈辱感からではない。二十か月後にやってくる自由の日への興奮からだった。彼には終わりが見えていた。だから、稼いだカネをかぞえ、利息を計算していると眠れなくなってしまうのだ。

美人妻のリタが一週間ほど前に刑務所に立ち寄った。そのとき二人は、二日間にわたって計四時間も話しあった。リタは髪を短く切り、アルコールも断って、八キロもやせていた。二十か月後、トランブルの玄関に迎えに来るときはもっとやせているわ、と彼女は約束していった。彼女と四時間話した結果でジョー・ロイ・スパイサーは確信できた。例の九万ドルはまだ道具小屋の裏に埋まっている、と。

自由になったらラスベガスに引っ越してマンションを買おう。そして、世間には絶縁状をたたきつけるのだ。他人のことなどクソくらえである。

〝パーシー〟と〝リッキー〟のゆすりがうまく行っている反面、スパイサーには新たな心配が生まれつつあった。刑務所を出るのは彼がいちばん最初である。幸せでうれしいことにちがいない。うしろをふり向く必要などないのだ。しかし、彼がいなくなったあとの稼ぎがどうなるのか、それが心配になりだしていた。ゆすりと入金がそのまま続くなら、出所後も分け前を要求する権利があるのではないか？　考えだしたのは彼なのだ。もっとも、もともとのアイデアは、ルイジアナ刑務所であったことを失敬しただけなのだが。ビーチもヤーバーも初めは乗り気でなかった。それを説得したのは彼だった。

スパイサーの強迫観念になりつつあることがもう一件あった。ごっそり持っていかれる弁護士の取り分だ。三分の一とはべらぼうすぎないか。

出所後も分け前にありつけるうまい方法と、弁護士なしで仕事を進める方法。この二つを、スパイサー判事は毎晩、睡眠を犠牲にして考えつづけた。

アイオワのクインス・ガーブから来た手紙をビーチ判事が読みあげた。

〝親愛なるリッキー（おまえが誰だろうがクソくらえだ）

カネなどもうない。最初の一〇万ドルは店の請求書を使って銀行から借りたものだ。それを返済できるものかどうかおれには自信がない。銀行のカネを管理しているのはおれのおやじだから、おやじにせびってみたらどうだ？　ゆすりをこれでもうやめると言うなら、おまえたちに協力して一緒に一万ドルくらいはしぼり取ってやろう。だが、おれはいま、自殺するかしないかの瀬戸際なんだ。これ以上ゆするのはよせ。おまえたちの悪巧みが暴かれ、近いうちに全員が逮捕されることを願っている。

誠意とともに、クインス・ガーブ〃

「こいつ、相当追い詰められてるな」

ヤーバーが手紙の束から目を上げて言った。

楊枝をくわえたままのスパイサーが言った。

「二万五〇〇〇ドルで手を打とうって提案してやれ」

「そうだな。とりあえず、そんなところにしておくか」

ビーチはそう言うと、リッキー宛に来ている別の封筒を開封した。

第十五章

昼食どきに郵便局が混むのは常識である。一人のＣＩＡ工作員がその昼食どきにほかの客に交ざって《メールボックス・アメリカ》のなかへ入っていった。そして、さりげなくこの口二度目の私書箱455調べを行なった。三通のダイレクトメールの上に——一通は宅配ピザ屋の封筒、一通は洗車屋から、もう一通はＵＳポスタル・サービスから——それと分かる新しい手紙が一通載っていた。明るいオレンジ色の長方形の封筒だった。工作員はキーホルダーについているピンセットを使ってその封筒をつまみだすと、自分の小さなブリーフケースにほうり込んだ。ダイレクトメールはそのままにしておいた。

手紙はCIA本部に持ちこまれ、専門家の手で慎重に開封された。中から出てきたのは手書きの便箋二枚だった。便箋はただちにコピーされた。

一時間後、ファイルを抱えたCIA顧問のデビルが長官の巣穴を訪れた。デビルの専門は、CIAの奥の奥で〝レークの恥〟と呼んでいるレーク候補に関するあらゆる悪いうわさの真相を洗うことである。顧問は手紙のコピーをメイナード長官と副官のヨークに渡してから、同じものを大きなスクリーンに拡大してみせた。初め、長官とヨークはスクリーンをただ見つめているだけだった。作者が一字一字に気持ちをこめたように、字は肉太のブロックレターで書かれ、とても読みやすかった。文面は次のとおりだった。

〝親愛なるアル

いったいどこへ行っていたんですか？　ぼくの最後の手紙は読んでくれましたか？　三週間前に出したんですけど、あなたからなんの返事もありません。きっと忙しいんですね。でも、どうかぼくのことを忘れないでください。ぼくはここで孤独です。あなたからの手紙がリハビリを完遂する励みになります。外で誰かがぼくのことを気にしてくれていると思うと、力や希望がわいてきます。ぼくのことを見捨てないでください、アル。

二か月後に出所できるだろうとカウンセラーから言われました。ボルティモアに社会復帰施設があります。ぼくが育ったところからそんなに遠くないところです。出所後のぼくはそこに入れられることになりそうです。そこに九十日間いて、そのあいだに社会復帰に向けて仕事を探したり、友達づくりをしたりするわけです。夜は外出禁止になりますが、昼間は自由です。

でも、ぼくをとり巻く環境は厳しいものがあります。ぼくを愛してくれた家族はほとんど死んでしまい、このリハビリ・クリニックの費用を出してくれている叔父はとても金持ちなんですが、冷たい人です。

ぼくは友達が欲しいんです、アル。

話は違いますが、最近ぼくはさらに三キロもやせて、ウエストは七五センチに締まりました。あなたに送った写真も月遅れになりつつあります。あの写真でのぼくはほっぺたがふっくらしていますが、いまはもっと精悍《せいかん》に見えるはずです。

やせただけでなく、日焼けもしました。ここでは、天気がいいときには毎日二時間、強制的に日光浴をさせられるんです。なにしろここはフロリダですから。でも、寒い日もけっこうあるんですよ。今度ぼくの新しい写真を送ります。腰から上の上半身ですけど。ところで、ぼくはいまウエイトリフトに凝っています。今度の写真はきっと気に入ってもらえると思います。

あなたが送ると言っていた写真もまだぼくのところに届いていません。ぼくは心待ちにしています。お願いです。ぼくを忘れないで。手紙を書いてください。

愛とともに　リッキー〃

候補と決める前にレークの私生活の調査を担当したのがヨークだった。したがって、この際最初に発言すべきは彼なのだが、ヨークはなんと言っていいか言葉が思いつかなかった。三人は無言のまま何度も手紙文をくりかえして読んだ。

氷のような沈黙を破ったのは顧問のデビルだった。

「これが封筒です」

顧問はスクリーンに封筒を映した。封筒に書かれていた宛て先は〃メールボックス・アメリカ、私書箱455、ミスター・アル・コニヤーズ〃になっていて、差出人欄には〃リッキー〃、住所は〃アラジン・ノース、私書箱44683、ネプチューンビーチ、フロリダ32233〃とあった。

「これはでたらめです」

顧問が言った。

「〃アラジン・ノース〃なんていう療養施設はありません。ただ同じ名前の電話番号があったので、かけてみたら、単なる受付サービスでした。何度もかけてそこの交換手にいろいろ質問してみたんですが、まったく要領を得ませんでした。ノースフロリダにあるすべてのリハビリ施設に電話してみても、アラジン・ノースなど聞いたこともないということでした」

長官は壁のスクリーンを見つめたまま黙りこんでいた。

「ネプチューンビーチというのはどこなんだろう？」

ヨークが顧問に訊いた。

「ジャクソンビルです」

しばらくして退席しようとしたデビル顧問は、とどまるように言われた。長官が緑色のノートにメモをしながら言った。

「すると、手紙はほかにもあるわけか。それと写真がな。少なくとも一枚は」

いつもの問題を処理するときの長官の口調だったが、これから自分が落ちるパニックの人さは彼自身にも計れなかった。

「見つけないといかん」

長官が言うと、ヨークがすぐさま答えた。

「完全な家宅捜査をもう二度もすませているんですが」

「だったら、三回目をやるんだ。そんなものをオフィスにしまっておくはずはないからな」

「いつやりましょうか？」

「すぐやるんだ。レークはいまカリフォルニアで遊説中だ。時間がないぞ、ヨーク。手紙はこいつからだけじゃないかもしれない。ほかの男が、日焼けや腰の線を自慢しているかもしれないぞ」
「本人に談判されますか?」
「それはまだ早い」

ミスター・コニヤーズの筆跡の見本がないので、デビル顧問が一計を案じた。はじめ長官はそれに疑問を呈していたが、結局は同意した。顧問が案じた一計とは、プリンターを内蔵した新型のノートパソコンを使ってリッキーに返事を書こうというものだった。最初の下書きがデビルとヨークの合作でできあがった。一時間後に打ち上がった四校目は次のような文面だった。

〝親愛なるリッキー
二十二日付けのきみからの手紙、受けとりました。もっと早く書けなかったことは許してもらいたい。最近、外出することが多くて、すべての仕事が遅れがちなんです。事実、この手紙も一万メートルもの上空、タンパに向かう機中で書いています。いま下に見えるのは海です。それにしても便利になったもので、この手紙を書くのに使っている新型のノートパソコンはポケットに入りそうなくらい小型です。プリンターもなかなかのもので、これだけの印刷ができたら、きみにもちゃんと読んでもらえると思う。

きみが出所してボルティモアの復帰施設に移るのはすばらしいニュースだね。ボルティモアにはわたしもいろいろビジネス上のつながりがあるから、きみの就職に手を貸してやれるかもしれない。

顔を上げ、胸を張って進もう。あと二か月じゃないか。きみはもう強い人間になって、社会への完全復帰まであと一歩のところにいる。落ちこんだら負けだ。元気を出せ。

わたしにできることがあったら手伝うつもりだ。きみがボルティモアに移ったら、ぜひ会おう。きみにあちこちを見せてやりたい。

これからは手紙をもっとこまめに書くことにする。きみからの返事を待っている。

愛とともに　アル〃

アルのサインをどうするかという問題にぶちあたったが、でたらめは書けないから、〃あわててサインし忘れた〃ことにする以外に方法はなかった。手紙文はさらに加筆され、より私文書らしい文体に書き改められた。できあがった最終の文面が、ニューオーリンズのロイヤルソネスタ・ホテルのレターヘッドに印刷された。それを入れる封筒は茶色い厚めの紙でできていて、底の一辺には光通信用のワイヤーが埋めこまれた。さらに、ちょっとこすれているように見える封筒の右端には、針の先ほどの小さい電波発信装置が埋めこまれた。装置は活動を始めると、一〇〇メートル四方にわたって電波を送り、それを三日間続けることができる。

アルがタンパに向かうことになっているから、封筒にはその日付のタンパ郵便局の消印が押された。この作業をしたのは、偽造なら任せておけという二階の書類部の変な役人たちで、時間は三十分とかからなかった。

午後四時、緑色のおんぼろバンが、アーロン・レークの住まいがある共同住宅の前に止まった。ここは、並木のきれいな、ジョージタウンでも美しい一角である。バンの側面には下水道工事会社の名前が書かれていた。下水工が四人、バンから降り、工具を取りだしはじめた。

何ごとかと足をとめた近所のおばさんも、数分後には飽きて自分のテレビの前へ戻っていった。大統領候補にへばりついていたシークレットサービスはレークと一緒にカリフォルニアへ行ってしまっていた。だが、彼の自宅は、二十四時間シークレットサービスの監視下にある。すなわち、いずれ巡回点検がやってくるということだ。

前庭の地面に敷設された下水溝が詰まってしまったとの説明が、万一シークレットサービスが来たときの言いわけに用意された。

だとすると外だけの作業ですむはずだが、二人の配管工が合鍵を使ってレークの家に入っていった。やがてもう一台のバンがやってきて、工具と、さらに二人の配管工を降ろした。家宅捜索にあたるのは計四人になった。家宅捜索の通常の単位である。

家のなかでは、四人の工作員が隠しファイルを求めて根気のいる作業を開始した。部屋から部屋へ、秘密を求めて書類の一枚一枚を点検していくのだ。

二番目のバンが立ち去り、三台目のバンがやってきて、この種の作業車がよくやるように、片側のタイヤを歩道に乗りあげて止まった。四人の配管工が降りてきて下水溝工事に加わったが、そのうち二人は家のなかへ消えていった。日が落ちて辺りが暗くなると、前庭の芝生の上にスポットライトが据えられ、掘り返している地面を照らした。通行人の注意が家のなかに向かないためのカモフラージュである。外の四人はコーヒーを飲んだり、ジョークを言いあったりして、カモフラージュをより効果的にしていた。近所の人間が何人も通りすぎたが、足を止める者はいなかった。

六時間かかって、下水溝掃除は家宅捜索とともに終わった。変わったものは何も見つからなかった。リハビリ施設にいるリッキーからの手紙ファイルなるものはなかった。それらしい写真もなかった。配管工たちは照明を消し、工具をかたづけ、その場を去っていった。あとには掘り返した土ひとつ残っていなかった。

次の朝の八時半、ネプチューンビーチ郵便局のドアが開くや、〝バー〟という名のCIA工作員があわてふためいた様子で郵便局のなかに入っていった。バーは鍵の専門家で、前の日五時間もかけて、郵便局の私書箱で使われている各種の鍵を調べてきた。その成果として、今朝の彼は四種類のマスターキーを用意していた。そのどれか一つで私書箱44683が開くはずだった。だめな場合は、針金を使ってこじ開けなければならない。それでも六十秒あれば開く。しかし、人に怪しまれるかもしれない。

さいわい、三本目のキーがうまく働いた。工作員はタンパ郵便局の消印のある茶色い封筒を私書箱のなかに入れた。封筒の宛て名は〝リッキー〟、名字はない。〝アラジン・ノース気付〟と記されている。私書箱にはすでに二通の手紙がほうり込まれていた。バーは通数を合わせるため、ダイレクトメールの一通をひっぱりだして私書箱の扉を閉め、取りだしたダイレクトメールはごみ箱に捨てた。

バーは、ほかの二人の工作員と一緒に駐車場に止めたバンのなかでコーヒーをすすりながら、辛抱強く受取人が現われるのを待った。そのあいだ三人は郵便局に出入りするすべての客たちの姿をビデオにおさめた。三人が手にしている受信機は、封筒が発する電波音を受けてピーピーと音をたてていた。さまざまな人間が郵便局を出入りしていた——短い茶色のワンピースを着た黒人女性、ひげを生やし、革ジャケットを着た白人男性、ジョギングスーツを着た白人女性、ジーンズをはいた黒人男性——全員がCIAの工作員である。誰があんな手紙を書き、返事の手紙がどこへ行くか、そのカギをつかむためにこうして見張っているのだ。彼らの役目は簡単だった。私書箱を開ける人間をおさえればいいのだ。

その男は昼すぎにやって来た。

トレバー・カーソン弁護士はピーツバーで昼食がわりに一杯やった。とはいえ、冷たい生ビールを二杯飲み干しただけだった。それにボウル一杯のしょっぱいピーナッツを食べた。そのあいだ、カルガリーのドッグレースに賭けて五〇ドル損していた。食後、彼はオフィスへ戻り、いびきをたてて一時間ほど寝た。いびきがあまりうるさかったので、秘書はたまらずに彼の部屋のドアを閉めた。閉めたというよりは、たたきつけた――もちろん、彼が目を覚まさないように手かげんして。

充分に睡眠をとってから、ヨットの夢をいだきつつ、彼は郵便局へ向かった。今日は車を使わず、歩いて行くことにした。陽気がよかったし、ほかに予定がないうえに、酔いをさまして頭をすっきりさせたかったからだ。

アラジン・ノースの私書箱に四通の宝がきちんと置かれているのを見て、彼は純粋にうれしかった。四通をよれよれのジャケットのポケットにしまい込むと、蝶ネクタイを直し、背すじを伸ばし、前を向いて歩きはじめた。集金日がまたすぐやって来るのは確実だった。

彼は手紙文を盗み読みする誘惑にかられたことは一度もない。悪事は三人組にまかせておけばいい。自分の手は汚さず、あくまでも集配役に徹するのだ。三分の一もかすめられるのだから、それで文句はない。だいいち、開封跡がある封筒などを配達したら、スパイサーに殺されるだろう。

自分の事務所にぶらぶらと戻っていくトレバー・カーソン弁護士を七人の工作員が見守った。

デビル顧問が入室してきたとき、CIA長官は車椅子の上でうたた寝していた。ヨークは帰宅してしまっていた。十時をすぎていたし、長官は独身でも、ヨークには家庭があった。

デビルはメモを参照しながら長官に報告した。

「手紙は午後一時五十分に、トレバー・カーソンという名の地元の弁護士に私書箱からピックアップされました。われわれは尾行して、ネプチューンビーチにある彼のオフィスを突きとめました。一人でやっているちっぽけな法律事務所です。秘書も一人で、客はあまりいません。いまトレバー・カーソンは冴えない弁護士で、離婚訴訟や不動産登記などを手がけています。いま四十八歳で、二度の離婚歴があり、もともとはペンシルベニアの人間です。ファーマン大学を出て、フロリダの法律学校で学び、そこで弁護士資格を取ったんですが、十一年前に客の預かり金を使い込んだかどで資格を停止されたことがあります。いまは資格を回復しています」

「なるほど」

長官の反応を見て、顧問は報告を続けた。

「彼は三時三十分に事務所を出てから、一時間ほどドライブして、フロリダのトランブルにある連邦刑務所に行きました。例の手紙を持ってです。われわれはもちろん尾行したんですが、彼が刑務所に入ると発信電波が届かなくなりました。そこでわれわれはトランブル刑務所についての情報をいろいろ集めてみました。あそこは、いわゆる〝キャンプ〟と言われる最小警備の刑務所です。塀もなく、入っているのは危険性の少ない囚人たちだけです。現在は約千名います。ワシントンにある刑務局の資料によると、トレバー・カーソン弁護士は刑務所を四六時中訪れているそうです。その頻繁さはほかに例をみないと言っていました。一か月前まではせいぜい週に一回程度だったんですが、いまでは週に三、四回訪れるそうです。すべての訪問は囚人との面会が目的で、正式な許可を受けています」

「誰なんだ、その囚人というのは？」

「リッキーではありません。彼は三人の判事の弁護士ということになっています」

「三人の判事だと？」

「ええ、そうです」

「判事が三人、刑務所に入れられているのか？」

「そのとおりです。彼らは自分たちを〝三人組〟と称しています」

長官は目を閉じ、自分のひたいに手を当ててこすった。顧問は長官に事態をのみ込んでもらうためにちょっと間を置いてから、先を続けた。

「トレバー・カーソン弁護士は五十四分間、刑務所内にいて、出てきたときは電波を発信していませんでした。われわれは彼のうしろを五メートルと離れずに歩いていたし、車も彼の車の横に駐めてあったんですが、受信機は反応しませんでした。こちらが出した手紙を刑務所内に置いてきたんだと思います。その後、われわれは彼を尾行してジャクソンビルに戻りました。彼は《ピーツバー・アンド・グリル》というレストランの近くに車を止めると、そのレストランに入り、三時間もねばっていました。そのあいだに彼の車のなかを調べたんですが、ブリーフケースがあって、そのなかには米国中のいろんな場所に宛てた手紙が八通入っていました。手紙は全部これから出すもので、送られてきたものは一通もありませんでした。ということは、トレバー・カーソンが囚人に頼まれて手紙の運び役をやっているのは明らかです。三十分前に確認したところでは、彼はまだバーにいて、大学のバスケット試合で賭けをしているそうです。相当酔っぱらっているとも言っていました」

「敗北者だな」

「そのようです」

敗北者は二試合終わったところで、ピーツバーからふらふらと出ていった。スパイサーは賭けた四試合のうち三試合で勝ちをおさめていた。トレバーはいつものようにスパイサーと同じチームに賭けて、この夜だけでも一〇〇〇ドルも儲けていた。酔っぱらっているときに運転しないのはさすが弁護士だった。彼は三年前に免許証停止を食らって懲りていた。それに警官の姿がやたらに目につくその夜だった。《シー・タートル・イン》あたりのレストランやバーは若者たちに人気があるため、警察官の配備も多くなるのである。

とはいえ、歩いて帰るのは決して楽なことではなかった。それを彼はやっとのことでやり遂げた。影絵のように寄り添って建つ夏用の貸家群をすぎ、隠居者用のコテージをすぎ、南へ一直線に歩いていった。彼の手には刑務所からの手紙が入ったブリーフケースがにぎられていた。

弁護士は自分の家を探して前へ前へと進んだ。ある場所で意味もなく道を横切ったかと思うと、少し行ったところでまた元の歩道に戻ったりしていた。車の通行はなかった。やがて、彼は急にふらふらと後戻りしはじめた。そして、車の陰に隠れていた工作員の五メートル近くにまでやって来た。工作員たちは、酔っぱらいのアホが自分たちのところに飛びこんできはしまいかとハラハラドキドキしながらその様子を見守っていた。

後戻りするのを途中でやめた弁護士は、なんとか自分のオフィスにたどり着いた。入り口の階段のところで鍵をカチャカチャやっているあいだに、ブリーフケースを落とし、それを拾わずにそのまま家のなかに入っていってしまった。一分もしないうちに、彼は回転椅子に身を投げだして眠りこけていた。玄関のドアは開けたままだった。

裏口のドアも施錠されていなかった。いちいちＣＩＡ本部の意向をうかがいながら、バーとその仲間の工作員たちは弁護士のオフィスに侵入してあらゆる箇所に盗聴器を仕掛けた。家には警報装置もなく、窓にも鍵がかかっていなかった。だいいち、盗まれるような貴重品がなかった。電話や壁に盗聴装置を仕掛けるのはたやすい作業だった。〝トレバー・カーソン弁護士および法律相談事務所〟の内側に興味をもつ通行人などいるはずがなかったから、作業はよけいやりやすかった。

これもやはりＣＩＡ本部の指示に従って、ブリーフケースの中身があらためられ、その形状と内容がリストされた。本部としては弁護士が刑務所から持ってきた手紙の詳しい記録が欲しかったのだ。すべてが調べられ、写真におさめられると、ブリーフケースはオフィスの前にほうり置かれた。弁護士のいびきは止まることがなく、きわめて耳ざわりだった。

二時ちょっと前に、バー工作員はピーツバーの前に駐まっていた〝カブトムシ〟を動かすことに成功した。人通りのない夜道を転がして弁護士事務所の前まで持ってきてやると、車を歩道の横にさりげなく放置してやった。何時間かして酔っぱらいが目を覚ましたら、自分の運転の見事さが信じられなくて何度も目をこすり直すだろう。それとも、ふたたびやらかしてしまった飲酒運転の恐怖に縮み上がるか？　どちらにしろ、工作員たちにとっては見ものだった。

第十六章

バージニアとワシントンで開票が始まる三十七時間前、大統領がテレビカメラの前に現われ、チュニジアの町タラの爆撃を命令したと発表した。イダルのテロリストたちが町はずれにある頑強な建物のなかで訓練を受けているとの確かな情報があったからだという。

たちまち米国中の関心が新たなミニ戦争に向くことになった。ボタンを押してスマート爆弾を破裂させ、退役将軍がＣＮＮで「今回の作戦の特徴は……」と、ぐちゃぐちゃ解説する例のやつだ。

しかし、あいにくチュニジアは夜のまっただ中で、現地からの映像がぜんぜん入ってこなかったため、退役将軍とインタビュアーたちはあれこれ憶測をくりかえしながら、現地の夜明けを待つしかなかった。太陽が顔を出せば、黒煙と瓦礫の山の写真が、待ちくたびれた全国民の目に届くだろう。

だが、イダル側にも情報網はあった——その多くはイスラエル人らしいのだが——どこからともなく落ちてきたスマート爆弾が建物を破壊したとき、中はすでにからっぽになっていた。爆弾はたしかに目標に命中した。砂漠を揺るがし、鉄筋コンクリートの要塞をこなごなにした。だが、テロリストの一人も殺せなかった。その間、二発が目標を大きくそれて、一発はタラの中心街にある病院の屋根で炸裂し、もう一発は七人家族がぐっすり寝入っているみすぼらしい民家を直撃した。家族の誰も、何が起きたのか永久に分からないところがせめてものなぐさめだった。

チュニジアのテレビは早ばやと燃えさかる病院の様子を放映し、米国民は、東海岸に日が昇ると同時に、スマート爆弾がスマートでないことを知ることになった。病院から掘りだされた遺体は少なくとも五十をかぞえ、全員が罪のない市民だった。

朝のある時点から大統領は急に寡黙になり、新聞記者たちに対して説明のつかない嫌悪感を示すようになった。コメントがとれるような状態ではとてもなかった。爆撃が開始された当初は多弁だった副大統領は、そのスタッフとともにワシントンのどこかに雲隠れしてしまっていた。

カメラの前にさらされる遺体の山。昼前には世界中の反応が出そろった。どの国も米国の爆撃に対して冷やかだった。中国は本格的な戦争になる危険を口にし、フランスも同様の意見を表明した。英国でさえ、〝戦争好き〟とアメリカの態度を評してはばからなかった。

死んだのはチュニジアの貧しい農民たちであって、アメリカ人ではなかったから、政治家たちは、この腰砕けの爆撃を政争の具にしやすかった。名ざしの非難、スタンドプレー、徹底した調査の要求、例によって例のごとく我田引水のコメントが昼までに出そろった。大統領選の遊説現場でも、まだ脱落していない候補者たちが爆撃に対する非難の点で口をそろえた。自分だったらあんなおそまつな情報でこんな見込みのない報復には出ないというのが候補たちの一致した意見だった。まだ雲隠れしたままの副大統領がこの愚挙の張本人ともくされていた。候補者の誰一人として爆撃を支持する者はいなかった。事態の進展にともない、アーロン・レークだけが特別な注目を集めることになった。どこへ出かけても、カメラマンの群れをかきわけて進まなければならないほどだった。遊説先で彼は、メモの用意なしに慎重な言いまわしで次のようなステートメントを発表した。

「われわれはピントが狂っている。弱虫で、救いようがない。五十人にも満たないケチなテロ集団を掃討できないなんて、恥ずかしいと思うべきだ。爆弾のボタンを押せばすむというものではない。地上戦を戦うにはガッツが必要なんだ。わたしにはガッツがある。わたしが大統領になったときは、アメリカ人の血で手を汚したテロリストたちは一人も生かしておかない。これだけは誓って言っておく」

午前中の怒りと混乱のなかで、レークの言葉は大衆の胸にぐさっと刺さった――米国はようやく正しいことを言う指導者を見つけた。何をなすべきかを知っている大統領候補者を。ガッツある男の決断だったら、罪のない農民を殺すような作戦にはならなかっただろう。レークこそ、その人だ――雰囲気は醸成されていった。

巣穴のなかで、

CIA長官のテディ・メイナードはもう一つの難局を乗りきらなければならなかった。失敗の原因はおそまつな情報収集と断じられていた。爆撃が成功したときは、パイロットや、地上で戦う勇敢な青年たちや、彼らを戦場に送りだした司令官や政治家たちが名声を得る。しかし、作戦が失敗すると――だいたいいつも失敗なのだが――非難の矢面に立たされるのは、情報に責任のあるCIAである。

長官は初めから爆撃に反対だった。イダルは暗黙の了解でイスラエルと結ばれていると彼はにらんでいた。〝おれたちを殺すな。おれたちもおまえたちを殺さない〟程度の秘密協定はできているはずだった。テロ集団がアメリカ人や一部のヨーロッパ人を標的とするかぎり、イスラエル人としては見て見ぬふりをしたほうが得だというのが現在の世界情勢である。長官はそのあたりのことはよく知っていたが、情報を周囲に漏らしたことはなかった。ただし、爆撃開始の二十四時間前に、文書で大統領に忠告していた。爆弾が投下されるときに施設内にテロリストが残っているかどうか疑わしいと。さらには、目標が市街地に近接しているため、誤爆の可能性が高いとも指摘していた。

ビーチ判事は茶色い封筒を開封した。封筒の四すみの一つのかすかな崩れには気づかなかった。最近は手紙が多いから、開封するだけでも大変で、差出人が誰で、どこから来たかにしか注意が回らないのだ。したがって、タンパ郵便局の消印にも注意を払わなかった。アル・コニヤーズからの便りは何週間かぶりだったから、ビーチはむさぼるように読んだ。アルが新型のパソコンを使って手紙を書いたことになど、興味もなかったし、とくに何も感じなかった。ペンパルがニューオーリンズのロイヤルソネスタ・ホテルのレターヘッドを使って印刷したことも、地上一万メートルの上空でキーボードを打ったことも、すんなりと受けとれた。

ファーストクラスに乗っていたのだろうか？　ビーチは自問して、エコノミークラスにはパソコンのフックアップなどないだろうから、たぶんそうにちがいない、と自答した。アルはおそらくニューオーリンズに商用で行っていたのだろう。ゴージャスなホテルに泊まり、ファーストクラスに乗って次の目的地に向かったにちがいない。三人組が興味を持つのはペンパルの経済状態だけである。あとのことはどうでもいいのだ。

読みおえたあと、彼はコニヤーズからの手紙をフィン・ヤーバーに渡した。ヤーバーは、〝かわいそうなパーシー青年〟として別の手紙を書いているところだった。二人が顔を寄せあって作業をしていたのは、法律図書室の一角にあるちっぽけな会議室の中だった。テーブルの上はファイルだの、郵便物だの、文房具類だのでぶっ散らかっていた。スパイサーだけは会議室の外にある自分の机に陣どり、誰か入ってこないかと図書室の入り口に目を光らせていた。

「コニヤーズって誰だっけ？」

ヤーバー判事に訊かれて、ビーチはファイルの束をパラパラとめくった。すべてのペンパルは専用のファイルできれいに整理され、ファイルにはこれまでやり取りした手紙のすべてが保存されている。

「誰だっけ。おれもよく覚えてない」

ビーチが答えた。

「……首都近辺に住んでいて……〝アル・コニヤーズ〟というのは偽名だな……例によって私書箱を使っている。これが彼からの三通目の手紙だ」

コニヤーズのファイルから、ビーチ判事は先に来た二通の手紙をとりだした。最初のものは十二月十一日の日付で、文面は次のとおりだった。

〝親愛なるリッキー

やあ、初めまして。わたしの名前はアル・コニヤーズ。五十代の男です。ジャズや古い映画が好きで、ハンフリー・ボガートの大ファンです。伝記を読むのが好きで、タバコが嫌いで、タバコを吸う人間も嫌いです。テイクアウトの中国料理と、ワインが少しと、友達と、白黒の西部劇があれば、あとは何もいりません。気が向いたら、返事をください。

アル・コニヤーズ〟

どの手紙も最初はだいたいそうなのだが、彼の手紙も白い紙にタイプで打たれていた。用心深さが行間ににじみ出ていた——変なことにはめられる恐れ。遠く離れた見知らぬ他人と関係を始める不安。すべての言葉がタイプで打たれ、差出人は署名もしていない。

リッキーの最初の返事には、ビーチ判事がほかの人間に宛てて百回も書いたスタンダードな内容が書かれていた。〝現在二十八歳のリッキーは療養施設に入っていて、家庭的には恵まれず、金持ちだが冷たい叔父がいて、うんぬん〟という例のやつである。そのなかに、温かみのある問いかけがさりげなく散りばめられている。相手の金まわりを嗅ぎわけるための問いだ。〝どんな仕事に就いているんですか？　ご家族は？　旅行は好きですか？〟。リッキーが胸の内を明かした分、暗にそのお返しを要求する。この調子で二ページにわたってびっしり続く。ビーチが五か月間も書きつづけている美文だ。いいかげん飽きるから、ゼロックスのコピーですませたらどんなに楽だろうかと、ビーチはいつもこぼしながら書いている。手紙の相手を識別できるよう、便箋だけは変えて出す。アルに送った写真も、例のハンサムな大学生の卒業式のポートレートである。写真の効果は絶大だ。ほとんど全員がエサに食らいついてくる。

それから三週間がたった一月九日、コニヤーズの二通目の手紙が三人組のところに届いた。最初の手紙同様、指紋ひとつ感じられないきれいな手紙だった。きっとゴムの手袋でもはめてタイプを打ったのだろう。

〝親愛なるリッキー

きみからの手紙、楽しく読みました。率直に言って、最初はきみのことを気の毒に思ったりもしましたが、きみはリハビリ生活にも慣れて、これからのことをちゃんと見据えているようなので、安心しています。わたし自身は、ドラッグやアルコールの問題を経験したことがないので、その立場の人の気持ちを本当に理解することはできないのかもしれません。察するに、きみは金銭で得られる最高の治療を受けているようですね。叔父さんのことをあまり悪く言うべきではないと思います。叔父さんの援助がなかったらどうなったか、考えてみれば分かることです。

きみからわたしのことについていろいろ質問があったけど、まだ自分のことを語るのは早すぎると思います。でも、きみの好奇心は理解できます。わたしは、三十年間結婚生活を送ったあと、再婚はしていません。いま住んでいるところは首都ワシントンで、政府の仕事をしています。やりがいのある仕事で、充実感もあります。

目下は独り身です。親しい友達も何人かいますが、この内輪の生活がぼくの性格に合っています。旅行先はたいがいアジアで、東京が大好きです。

きみが自由になる日を希望をもって待っています。

アル・コニヤーズ〟

タイプで打たれた名前の上に、黒いフェルトペンで〝アル〟とサインされていた。

魅力のない手紙だった。それには三つの理由があった。まず第一は、コニヤーズには妻がいない。少なくとも彼はそう書いている。ゆすりには妻の存在が決定的に重要なのだ。手紙のコピーを家族に送りつけると脅せば、カネが容易に転がりこんでくるからだ。

第二に、アルは政府のために働いているという。役人ならそんなにカネは持っていないだろうから。

第三の理由は、アルがかなりびくついているらしい点だ。自分の歯を引き抜くときのように、おっかなびっくり文章を進めている。クインス・ガーブやカーティス・ゲーツの場合は比較にならないぐらいおもしろかった。二人とも息の詰まるような人生を送っていたから、そこから逃げ出そうとうずうずしていた。だから、こちらの呼びかけに敏感に反応した。文面もだらだらと長ったらしく、ゆすり犯にとっては、おいしい情報がたくさん詰まっていた。しかし、アルの場合はまるで違っていた。文章にはおもしろみがなく、彼が何を求めているのかさえ分からなかった。

そこでリッキーは、二通目の手紙でさらに匂いの強いエサをまくことにした。その効果はビーチ判事がほかの手紙で実証ずみだった。数か月後に出所できることになったと知らせるのだ。しかも自分はボルティモアの出身だとさりげなく教える。なんたる偶然！　仕事も見つけなければならない。これ以上の援助を断わる冷たい叔父。友もなく、久しぶりで社会に出るリッキーはおびえきっている。しかも昔の知り合いたちは頼りにならない。なぜなら、彼らはまだドラッグに冒されているからだ、などなど。

しかし、二通目に対するコニヤーズからの返事はなかった。やっこさん怖くなったな、とビーチ判事はにらんだ。リッキーが、ワシントンから車で一時間しか離れていないボルティモアに移ると書いたから、近すぎてまずいと感じたのだろう。

アル・コニヤーズからの返事を待っているあいだに、クインス・ガーブからカネが届き、続いてダラスのカーティスから送金があった。三人組は決意も新たに、ゆすりの遂行にとり組むことになった。アル宛に三通目の手紙が出された。ＣＩＡが開封して分析した手紙である。

その結果として、アルから来た三通目の返事はどこか変だった。ヤーバー判事は二度読みなおしてから、二通目の手紙と比べてみた。文体が急に変わっていた。

「まるで別人が書いたみたいだ」

ヤーバー判事が言った。

「たしかに」

今度はビーチ判事が二通の手紙を見比べながら言った。

「いよいよリッキーに会えるっていうんで、やっこさん興奮しすぎたかな」

「政府の仕事をしているはずだよな？」

「そうだって言ってるけど」

「それでボルティモアに仕事があるってどういうことだろう？」

「おれたちも政府の仕事をしてたよな？」

「たしかに」

「判事をやっていたときのおまえの最高年収は？」

「おれが主席判事だったときの年収は十五万ドルだった」

「おれも十四万ドルだったけど、もっと給料のいい専門職の官僚もいるんだよ。それに、こいつは独身だしな」

「そこが問題だ」

「分かってるよ。でも押してみようじゃないか。役人なんだから、上役も同僚もいっぱいいるはずだ。ワシントン勤務とくりゃ、どこかでおいしいところとつながっているだろう」

「かまわねえから、やるか」

ヤーバー判事が話を締めた。

もちろん三人組にとっては、何がどうなろうと構うことはないのだ。失うものなど何もないのだから。強く押しすぎたためにアル・コニヤーズが怖じ気づいて文通を放棄したとて、どこに損がある？　もともとないものは、失ったことにならないのだ。

三人がやっているのは悪事であり、あぶく銭稼ぎである。いまさらびくついてどうする。これまでも、思いきった犯行がめざましい成果をあげているではないか。手紙は週を追って増え、それに従って秘密の預金口座もふくらんでいる。彼らのゆすりは、いわば、〝過失防止付き〟の犯罪である。それもこれもペンパルたち自身の責任である。隠れホモなどやっているから、泣き寝入りするしかなくなるのだ。


オフシーズンのため市場は冷えきっていたから、交渉は楽だった。ジャクソンビルは冬のまっ最中で、夜は寒く、海の水はまだ冷たくて泳げない。忙しいシーズンを迎えるにはあとたっぷり一か月ある。ネプチューンビーチやアトランティックビーチ沿いには小さな貸家が何百と建ち並んでいる。

道をはさんで、トレバー・カーソン弁護士の事務所の真ん前にも一つあった。ボストンからやって来た男が六〇〇ドルの現金を出して、そこを二か月契約で借りた。仲介業者はひったくるようにして現金をふところにおさめた。

その貸家はノミの市でも見つからないようなおんぼろの家具付きだった。じゅうたんは床の板が見えるほどすり切れていて、どんなに部屋の空気を入れ換えてもカビ臭さは消えなかった。しかし、目的にはぴたり合致していた。

借家人の最初の仕事は窓に覆いをかけることだった。三つの窓が道路に面していて、そこからトレバー・カーソン弁護士の事務所内が見渡せた。最初の数時間の調査で明らかになったのは、弁護士を訪れる顧客はほとんどなく、何か仕事ができたとしたら、それをこなすのは秘書のジャンだった。その秘書もまた暇さえあれば雑誌を開いていた。

貸家にはまもなく、電子機具を詰めこんだスーツケースや布バッグをぶら下げた男女が移り住んできた。家具類は全部奥の小部屋にほうり込まれ、道に面した部屋はたちまちスクリーンやモニターやあらゆる種類の盗聴機材で埋まった。

これから隠しカメラがとらえるトレバー・カーソン弁護士の体《てい》たらくぶりは、この道に進もうとする法律学生たちにとってはいいケーススタディーになるだろう。午前九時にオフィスに着いたトレバーは新聞を読むのにたっぷり一時間もかける。最初の顧客が現われるのは早くても十時半だ。相談を三十分くらいですませ、すぐランチに向かう。行く先はいつもピーツバーだ。携帯電話を持っていくのは、バーテンたちに忙しいふりをするためとしか思えない。したがって、彼はいつもレストランから不必要な電話を二、三かける。相手はたいがい同業者である。もっとも、賭け金の連絡のために電話を使うこともよくある。昼食のあとは、CIAがその一挙手一投足を見守っている貸家の前を通って事務所に戻る。机に向かうと昼寝の時間である。目を覚ましたときは三時になっている。二時間ほどガサゴソ仕事らしきことをすると、またぞろピーツバーの冷たいビールが恋しくなるどうしようもない弁護士なのである。

トレバー・カーソン弁護士がトランブル刑務所に出かけるのを二度目に尾行したとき、弁護士は一時間ほど刑務所内にいて、午後の六時には事務所に戻っていた。弁護士がアトランティック大通りにあるオイスターバーに行き一人で食事しているあいだに、工作員が彼の事務所に侵入してブリーフケースの中身を調べた。中には、〝パーシー〟と〝リッキー〟の手紙が計五通入っていた。

ネプチューンビーチ周辺に展開する無言の一団の司令官は〝クロックナー〟という名の男だった。国内の街頭スパイの分野で彼の右に出る者はいない。クロックナーは、弁護士事務所を経由する手紙のすべてを検閲せよとの指令を受けていた。

トレバー・カーソン弁護士がオイスターバーから自宅に戻ったときには、五通の手紙は道の向こうの貸家に持っていかれ、開封され、コピーされ、跡が残らないように封印しなおされて、トレバーのブリーフケースにおさめられていた。五通のなかにアル・コニヤーズ宛の手紙はなかった。

デビル顧問は、CIA本部にファクスで送られてきた五通の手紙を読んでいた。筆跡の専門家が鑑定して、〝パーシー〟と〝リッキー〟は別人であるとの結論に達していた。さらに、法廷のファイルをとり寄せて参照した結果、〝パーシー〟と称している実際の人物は元判事のフィン・ヤーバーであり、〝リッキー〟とは前連邦地区判事のハトリー・ビーチであることがいとも簡単に判明した。

〝リッキー〟の住所は、ネプチューンビーチ郵便局内〝アラジン・ノース〟名義の私書箱になっていた。驚いたことに、〝パーシー〟のほうは、別の郵便局の別名義の私書箱を使うという芸のこまかさだった。その郵便局とは〝アトランティックビーチ〟で、私書箱の名義は〝ローレル・リッジ〟だった。

第十七章

レークがCIA本部を訪れるのは三週間ぶりである。指名獲得レースの先頭を走る候補者はピカピカに磨かれた黒塗りのバンから降りた。すべての展開が速すぎたが、候補者側に文句のあろうはずはなかった。所定の手続きをすませてから、レークは本部の奥深くへ案内された。一度、いかめしい顔に強そうな体つきをした若者たちがガードする大きなドアのところで止められたが、そのあとは廊下をすいすいと進めた。やがてレークが着いたところは長官のいつもの巣穴ではなく、窓から小さな林が見渡せる、ＣＩＡ長官の正式な執務室だった。すべての者はドアの外に追いやられ、男二人だけが残って温かい握手を交わした。実際に、二人とも久しぶりに会えてうれしそうだった。

まずは重要案件から。

「バージニアでの勝利おめでとう」

長官に言われ、レークは自分の手柄ではないということを示すために肩をすぼめた。

「いろいろありがとう」

「あの勝利は大きいですぞ、ミスター・レーク」

長官はさらに言った。

「タリー知事は一年も前からあそこに入りびたってがんばってきましてね。二か月前には、州内のほとんどの地域代表から支持をとりつけていたんです。向こうに敵なしだったのに、もうすぐいなくなりますよ。選挙戦の初めに勝っていると、かえって不利になることがあるんです」

「政治には計算できない弾みというものがありますからね」

レークがうまい表現で長官の言葉を継いだ。

「ところが現金の弾みは計算できるんです。目下のところ、タリー知事はすってんてんです。あなたにはとても太刀打ちできません。政治に弾みをつけるのは現金なんです」

「おっしゃるとおりだ、ミスター・メイナード。あなたのご尽力には感謝します。夢にも思っていなかったチャンスを与えてくれたんですから」

「何か息抜きはしていますか？」

長官の質問はちょっと唐突だった。

「そんなゆとりはないなあ。もし当選したら、いろいろ楽しいことも出てくると思うけど」

「今度の火曜日からはがぜん楽しくなりますよ。〝大スーパーチューズデー〟ですからな。ニューヨーク、カリフォルニア、マサチューセッツ、オハイオ、ジョージア、ミズーリ、メリーランド、メーン、コネティカット、これらの州での勝敗が一日で決まるんです。六百人もの代議員がね！」

長官の目は票をかぞえるかのように躍っていた。

「あなたはこれらすべての州で先頭を走っているんですよ、ミスター・レーク。信じられますか？」

「いや、信じられません」

「メーン州であっぷあっぷなのは事実ですがね。原因はくだらないことなんです。カリフォルニアもぎりぎりです。しかし、勝つことに間違いありません」

「選挙予想を信じればね」

レークは信じていないような口調で言った。実は、彼もまた、ほかの候補者同様、選挙予想中毒になってしまっていた。だが、国防産業に従事する労働者が十四万人もいるカリフォルニアでは着実に勝利に近づきつつあった。

「わたしは信じていますよ。選挙予想も、スーパーチューズデーに地すべり的勝利がやってくることも。南部でのあなたの人気は相当なものです、ミスター・レーク。あそこの人たちは銃や強硬論が好きなんです。いまは〝アーロン・レーク大好き〟というところでしょう。今度の火曜日はおもしろいことになりますぞ。もっとも、その次の火曜日は楽勝でしょうがね」

CIA長官の楽勝予想にレークは思わずにんまりした。彼のキャンペーン事務所の選挙予想でも同じ結果が出ていたが、CIA長官の口から出るほうがより確実に聞こえた。長官は目の前の紙をとりあげ、全国の最新予想データを読みあげた。レークはすべての州で少なくとも五ポイントリードしていた。

現状分析をしばらく続けたあとで、CIA長官が急に表情を変えた。

「知っておくべきことがあるんですがね」

そう切りだしたときの長官の顔からは笑みが消えていた。長官はファイルのページをぱらぱらとめくり、何かのメモにちらりと目をやった。

「二日前、アフガニスタンの山岳地帯のカイバー峠において、核弾頭をつけたロシア軍の長距離ミサイルがトラックでパキスタンに運びこまれたんです。ミサイルは現在イランに移動中で、その使用目的は神のみぞ知るです。ミサイルの射程距離はおよそ五〇〇〇キロ。核爆弾を四発運ぶ性能を持っています。売買価格はおよそ三〇〇〇万USドルで、それがルクセンブルクの銀行を通じてイラン側から現金で払われているんです。支払われた額はまだ口座にそのままになっていますよ。口座を管理しているのはロシアの狂人、ナッティー・チェンコフ一味だと思われます」

「武器を集めているのは知っていましたが、売っているとは知りませんでした」

「あの男には現金が必要なんです。それで、なりふりかまわずに売っているんでしょう。われわれの知るかぎり、資金集めであなたの上を行っているのは、世界中で彼だけですよ」

ＣＩＡ長官は決してジョークがうまい方ではなかったが、レークは笑った。

「そのミサイルは操縦可能なんですか？」

レークが尋ねた。

「と思います。キエフの武器庫から持ちだしたものですが、最近製造されたばかりの最新モデルです。こういうことにかけてはイラン人はしたたかですからね。古いものなんて買うはずはありませんよ。すぐにでも発射できるはずです」

「ロシアが長距離ミサイルを売ったのは今回が初めてなんですか？」

「部品やプルトニウムを、イランやイラクやインド、そのほかの国に売ったことはありますが、ミサイルの完成品を、しかもすぐにでも発射できるやつを売っぱらったのはこれが初めてだと思います」

「イランはなんの目的があって今ごろそんなものを買うんだろう？」

「さし迫った目的はないと思いますよ。むしろチェンコフの押し売りでしょう。彼には現金が必要なんです。ほかの武器を買い集めるためにね。だから、不要な兵器の大乱売をやっているんですよ」

「イスラエル側はこの件を知っているのかな？」

「いや、まだ知らないでしょう。しかし、やたらに教えるのは禁物です。最近はなんでもギブ・アンド・テイクですからな。われわれのほうで何か情報が必要になったときに、交換条件として教えてやればいいです」

ＣＩＡ長官の話し方に、レークはなぜかフラストレーションをつのらせた。もしこの瞬間に自分が大統領だったら、知っていることを全部話しなさいと長官に命ずることもできるだろう。いや、命じても、この男は話さないのではないか。表面上は大統領とＣＩＡ長官であっても、コントロールされるのは自分のほうだ。大統領になってもこの関係は変わらないのでは――雇われ大統領――操り人形――。レークは、長官が言うミサイルの話には裏があるとにらんだ。

「わたしのキャンペーンについてロシア側はどう見てますかね？」

「初めは無関心でしたが、いまは大いに関心を持って見守っていますよ。しかし忘れていけないのは、ロシアを代表する声などもはやないということです。自由経済で潤っている人間たちは共産主義者を恐れて、あなたの登場を熱烈に待ち望んでいます。ところが、強硬派はまったく逆です。複雑なんですよ、あの国は」

「チェンコフ自身はどうだろう?」

「お恥ずかしいながら、われわれの諜報網はそこまでは近づいていません。しかし努力はしています。あの男の牙城にわれわれの耳を送り込んでおいたほうがいいに決まっていますからな」

長官はファイルを机の上にほうり投げると、車輪を回してレークに近寄った。彼のひたいに刻まれたたくさんのしわが寄りあい、悲しそうな目の上で濃い眉が八の字を作った。

「わたしの話をよく聞いてもらいたい、ミスター・レーク」

長官の声はその顔の表情以上に悲しそうだった。

「ここまでは勝ちつづけてきました。これからは、予想できないような障害の一つや二つは出てくるでしょう。われわれの力でも予防できないようなことがね。力を合わせてどんなことでも乗りきりましょう。ダメージをできるだけ少なくするんです。あなたはピカピカの新品で、みんなに好かれています。あなたの大衆に語りかけるコミュニケーション術にはすばらしいものがあります。そのまま行ってください。メッセージを分かりやすくするんです――われわれの平和はおびやかされていて、世界は見かけほど安全でないことを訴えるんです。資金のことはわたしが引き受けます。国民を脅すのもわたしに任せてください。この際ですから、あなたに本当のことを話しましょう。あのミサイルはカイバー峠で暴発するはずだったんです。犠牲はせいぜい五千人でしょう。パキスタン人がね。山のなかで核兵器が爆発したら、これほどの効果はないでしょう。株式市場がどうなるかってご心配なんでしょうが、それも計算ずみですから任せてください。恐怖はわたしが引き受けます、ミスター・レーク。あなたは自分の身をきれいにして、走りつづけてくれればいいんです」

やはりそうだったのか。レークは裏の話にひるんだ。しかし、いまは足踏みしている場合ではない。乗りかかった船だ。長官の船に乗って勝利に向かって突っ走るしかないのだ。

「わたしは全力を尽くして走っているつもりですが」

「それでもなお努力してください。〝途中でびっくり〟はいけませんよ。いいですね？」

「そんなことはないつもりですが……」

長官が何を指して〝途中でびっくり〟などと言うのか、レークは解せなかった。しかし、それにはこだわらないことにした。第六感の警告が彼にそうさせたのかもしれない。

長官は車輪をひと押しして、なおもレークに近寄った。同時に、ボタンを押すと、天井からスクリーンが下りた。二人は二十分間、レーク候補の新しいコマーシャルを何本か見てから、〝グッバイ〟を言いあった。

CIA本部を出ると、レークは前後に二台のバンを従えて、専用ジェット機が待つレーガン・ナショナル空港へ急いだ。

忙しければ忙しいほど、レークはジョージタウンの自宅での静かな夜が恋しかった。周囲を湾に囲まれた小さな世界。誰にもじゃまされずに好きな読書にふけることができた自分だけの時間。街の雑踏も懐かしかった。すれちがう見知らぬ人たち、名前のない顔、おいしいベーグルを焼くM通りのアラブ人パン職人、ウィスコンシン通りの古本屋、アフリカ産の豆を煎るコーヒーハウス。普通の人間として好きなことをやりながら、またあの通りを歩くことができるのだろうか？　いやそれはない、と彼の内側の何かが告げていた。あの自由な日々はもう永遠に戻ってこないのだとも。

レークが機中にあったとき、CIA本部の奥では、毎日開かれることになった秘密会議〝レークの恥〟が始まっていた。レークが再度《メールボックス・アメリカ》に現われながら、私書箱をチェックせずに帰っていったと、デビル顧問がその席で報告した。テディ長官は、大統領候補が次に何をやらかすのか、その心配にいままで以上の時間を費やさなければならなくなっていた。

クロックナー司令官とその工作員グループが盗んできた五通の手紙が徹底的に検討された。そのうちの二通は〝パーシー〟ことヤーバー判事の手で書かれていた。残りの三通は〝リッキー〟を称するビーチ判事の筆跡である。五人のペンパルたちはそれぞれが別の州に住んでいた。四人は偽名を使っていたが、残る一人は無謀にも実名で文通していた。手紙の内容は基本的にみな同じだった。〝パーシー〟も〝リッキー〟も麻薬中毒から抜けだそうとリハビリで闘っている青年で、才能もあり、大きな夢を持っているのだが、旧友たちは危険なので新しい精神的な支えが必要だと訴えている。立ち直ったあとの生活や、やりたいことの夢などをだらだらと書きつづり、最後は、日焼けした肌と、鍛えた肉体を自慢して、それを早くペンパルに見せたいと言って結んでいる。

カネを無心している手紙が一通あった。ワシントンのスポケーンに住むピーターという名の男に、一〇〇〇ドル貸してくれないかと持ちかけていた。叔父が負担してくれない品物をどうしても買いたいのだという。長官は手紙を何度か読みなおした。カネの無心があったことはきわめて重大だった。三人組が何をしているか、そのヒントを提供してくれているからだ。

誰かに教わった二番煎じなのかもしれなかった。トランブル刑務所に服役していた詐欺師がやっていたことを引き継いで、それを発展拡大させたのかもしれない。しかし、この場合、金額は問題ではない。問題は色仕掛けのところにある――ウエストがしまっただの、肌がブロンズに焼けただの、腕の筋肉が硬いだのと、妙なことを強調している――われわれの大統領候補がそれに染まっているのだ!

まだ全貌が分かったわけではない。しかし、長官はあわてないことにした。手紙が届くのを辛抱強く待つのだ。ジグソーパズルはすぐ埋まるだろう。

スパイサー判事

に図書室の入り口を見張ってもらい、ビーチ判事とヤーバー判事は手紙書きに精を出した。アル・コニヤーズ宛にビーチ判事は次のような手紙を書いた。

〝親愛なるアル

お手紙ありがとうございました。あなたからの便りをどんなに待っていたことでしょう。ここにいると檻に閉じこめられたような気分になります。日の光を見ることも少なくなっています。あなたからの手紙はぼくの心のドアを開いてくれます。手紙を一方的に打ち切ることだけはしないでください。

個人的なことをいろいろ訊いたりしてすみませんでした。あんな質問はすべきでなかったと反省しています。

お手紙から察するに、あなたは孤独好きで、美意識の強い、感性の豊かな方のようですね。昨日の夜、ボガートとバコールの古い映画『キー・ラーゴ』を観ながら、ぼくはあなたのことを考えていました。テイクアウトの中国料理の味がしてきそうです。この施設の料理はそんなにまずくはないんですが、中国料理はありません。

ところで、ぼくにいいアイデアがあるんです。あと二か月してぼくがここを出たら、二人だけでパーティーをしませんか？　『カサブランカ』と『アフリカの女王』のビデオを借りてきてアルコール抜きの飲み物でも口にしながら、ソファに座って映画鑑賞というのはどうでしょう。これから社会に出て、好きなことがいろいろできるのかと思うと、思わず興奮してしまいます。
ぼくの先走りを許してください、アル。ただ、ここでの生活があまりにも単調なものだから、つい先々の夢を見てしまうんです。ぼくの気持ち、分かってくれますか？
ボルティモアの社会復帰施設は、ぼくが何かパートタイムの仕事にでも就けたら、喜んで受け入れてくれるそうです。ボルティモアに仕事のコネがあるって前におっしゃっていましたね。見知らぬあなたにあれこれねだるのは気がひけるのですが、就職の件、お願いできますか？　やっていただけたら、永遠に感謝します。なるべく早く返事をください、アル。あなたからの手紙は暗闇の中にいるぼくを支えてくれます。二か月したらここを出て仕事ができることを思うと、勇気もわいてきます。
ありがとう、ぼくの友人。

愛をこめて　リッキー〟

クインス・ガーブ宛の手紙は口調がまるで違っていた。ビーチとヤーバーがあれこれ言いながら三日もかけて書いたもので、文面は次のとおりだった。

〝親愛なるクインス
おまえは銀行のオーナーなんだろ？　なのに、一万ドルとはどういうことだ！　おまえの言っていることは嘘っぱちだ。いいか、クインス。おれは本当に手紙のコピーをおまえのおやじとワイフに送りつけるぞ。いま、そうしたくてうずうずしているところだ。

この際だからおれも妥協してやる。二万五〇〇〇ドルで手を打とう。送金は前回の要領でただちに実行すること。

それから、自殺するなんて変な脅しはやめろ。おまえが何をしようとおれは知っちゃいないんだ。会ったこともないし、これから会うこともないんだからな。とにかく、おまえは少し考えすぎている。

ただちにカネを送れ、クインス。いますぐだ！

愛をこめて　リッキー〃

クロックナー司令官には心配が一つあった。トレバー・カーソン弁護士が午前中にでも刑務所を訪問して、受けとった手紙を事務所まで持ってこずに、途中のポストに投函しはしまいか、という点だった。手紙の中身をなんとしてでもあらためるのが彼の立場である。

司令官は心配していたが、トレバーはいつもスロースターターだった。彼が生きているらしいところを見せるのは二時の昼寝をすませてからだ。

だから、トレバーが午前十一時に刑務所に行くと秘書に向かって言いだしたとき、道の向かいの貸家のなかは大騒ぎになった。

ミセス・ベルトロンと称する中年女性がただちにトレバーの法律事務所に電話して、秘書のジャンに、金持ちの夫と彼女が大急ぎで離婚したいのだと説明した。秘書は先生にうかがってみますからと言って、客を電話口に待たせたまま、廊下に向かって大声をはりあげた。

「離婚の手続きをしたいお客さんからよ！」

トレバーは書類をブリーフケースのなかに放りこんでいるところだった。天井の隠しカメラが迷惑そうな彼の顔を映していた。返事がないので、秘書はもう一度声をはりあげた。

「お金持ちだそうよ！」

トレバーの顔から不機嫌そうな表情が消えた。トレバーは机に向かって電話がつながれるのを待った。

電話口のベルトロン夫人はまず秘書に説明した。自分は年齢の離れた夫の三度目の相手で、夫妻の家はジャクソンビルにあるが、実際にすごしているところはバミューダの別荘であること。それに、ヴェールにも家があること。離婚話は前から進めていたのだが、ここにきて円満解決ということに相成り、書類を作ってくれる弁護士が必要なこと。トレバー・カーソン先生をすすめられたのだが、事情があって早く手続きをすませたいことなどを、とうとうとまくし立てた。

電話を代わったトレバーは同じ話を聞かされることになった。

自称ベルトロン夫人は向かいの貸家で机に向かい、スタッフが書いた原稿を読みあげていた。

「ぜひ先生にお会いしたうえでお願いしたいんです」

彼女は十五分間もうち明け話をしたあとで、そう締めくくった。

「そうですねえ、わたしも忙しいもんで」

トレバーは予定表でも調べているかのような口調で言った。ところが、彼の動きはすべて隠しカメラでベルトロン夫人の目に届いていた。モニター画面に映る〝忙しい弁護士〟は、足を机の上に投げだし、眠そうに目を閉じ、蝶ネクタイがだらしなく曲がっていた。

「お願いします」

彼女は懇願した。

「これをどうしても終わらせたいんです。今日お会いできないと困るんです」

「おたくの旦那はいまどこにいるんですか？」

「いまはフランスですけど、明日こちらに戻ってきます」

「そうですかあ……では、ちょっと待ってくださいね」

トレバーはあいかわらず口では忙しそうなことを言いながら、手で蝶ネクタイをもてあそんでいた。

「先生のところの料金はおいくらなんですか？」

尋ねられて、トレバーはパッと目を開いた。

「円満解決とおっしゃいますけど、実際の手続きは複雑なんですよ。一万ドルいただくことになると思うんですが」

そう言うと、彼は顔をしかめ、息を殺して返事を待った。

「それでは、今日うかがうときに持っていきます」

彼女は言った。

「一時にお邪魔してよろしいでしょうか？」

トレバーは立ちあがって足踏みを始めていた。

「一時半でどうですか？」

「では、その時間におうかがいします」

「わたしの事務所の場所を知っていますか？」

「運転手に見つけてもらいます。ありがとうございました、ミスター・カーソン」

トレバーと呼んでください、と彼は言いそうになったが、電話はすでに切れていた。弁護士が両手を合わせてよじり、こぶしを作ってはポンポンとたたき、歯をきしませて喜ぶ様子が貸家のモニター画面に映っていた。秘書のジャンが廊下から現われて言った。

「それで、どうなったんですか？」

「彼女は一時半にここに来る。少し事務所の中をきれいにしておいてくれないか」

「わたし、メイドじゃありません。それよりも、お給料を少し上げてくれませんか？　支払いがたまって大変なんですよ」

「まず稼いでからだ」

トレバーはやむをえず自分で片づけることにした。とりあえず本棚から始めた。何年もさわったことのない法律専門書をきちんと立てなおし、ペーパータオルで棚板をぬぐった。引き出しのファイルも整理した。机の上を片づけはじめると、秘書は良心がとがめたのか、ようやく電気掃除機を持ちだしてきて床の掃除を始めた。

菓子パンをかじりながらうわべをつくろう二人の様子を、向かいの工作員たちは笑い転げながらながめていた。

一時半になっても、ベルトロン夫人は現われなかった。

「どうなったんだ、あの女は？」

二時になると、トレバーは業を煮やして廊下に向かって怒鳴った。

「きっとうちの事務所についてあれこれ調べて、考えなおしたんじゃないですか」

秘書の変な解説に、トレバーは怒鳴り返した。

「なんだって？」

「いえ、べつになんでも」

「あの女に電話しろ！」

二時半になったところでトレバーは命令した。

「あの人、電話番号は言いませんでした」

「電話番号を訊かなかったのか？」

「いいえ、そうじゃなくて、あの人が言わなかったんです」

三時半になると、今度こそクビにしてやると思いながら、トレバーは事務所から飛びだした。あの女にクビを申し渡すべき場面がこの八年間で少なくとも十回はあった。よくもまあ、今日まで続いたものである。

工作員たちはトランブル刑務所まで彼を尾行した。弁護士は五十三分間刑務所の中にいて、出てきたときは五時半をすぎていた。もう郵便局には寄れない時間だ。トレバーは事務所に戻り、ブリーフケースを机の上に置いた。それから、案の定《ピーツバー》へ行って、一杯やりはじめた。

第十八章

ＣＩＡ本部を発った一団はまずデモインへ飛び、空港のレンタカーで乗用車二台とバンを一台借り、そこから車で四十分ほどのところにあるアイオワ州のベーカーズに向かった。着いたところは、雪で埋まった小ぢんまりした町だった。一行は、手紙が届くまでそこで二日間待った。

クインスが郵便局で手紙をピックアップする前に、彼らはいろいろ調べて各組織の長の名前をそらんじた。郵便局長や、市長や、警察署長の名前だけでなく、工具屋のとなりの持ち帰りパンケーキ屋の職人の名前まで覚えた。しかし、ベーカーズの住民のなかで彼らのことを知っている人間は一人もいなかった。

彼らは、郵便局を出たクインスが銀行へ急ぐのを見守った。三十分後、二人の工作員がミスター・ガーブ・ジュニアの働いている銀行の角に立った。〝チャップ〟と〝ウエス〟の名でしか呼ばれたことのない、似た者二人組である。銀行に入っていったチャップとウエスは、ガーブ氏の秘書の前で、連邦準備銀行から来た調査員だと自己紹介した。黒いスーツに黒い靴、短く刈った髪に、長いオーバーコート、てきぱきとしたしゃべり方、有能そうな身のこなし――彼らは見るからにエリート調査員らしかった。

自室に入ったままのクインスは初め、出てくるのを渋っていた。二人は秘書に自分たちの訪問の緊急性を強調した。かれこれ四十分もしてから、ようやくドアが少しだけ開いた。ガーブ氏はいままで泣いていたようにみえた。顔色は悪く、しゅんとしていて、誰にも会いたくないといった構えだった。とりあえず二人に入室を許したあとも、落ちつかない様子で、二人組に身分証の提示も求めなかった。チャップとウエスが名を名のっても、うわの空だった。

クインスは大きな机の向こうに座り、自分を見おろす二人の顔をにらんだ。

「なんの用ですか?」

そう訊くクインスの顔は自嘲ぎみに笑っていた。

「このドアには鍵がかかっていますか？」

チャップが訊いた。

「なんですか、それは？」

二人はその場の雰囲気から、クインス・ガーブ氏は毎日この部屋に閉じこもりきりなんだな、との印象を受けた。

「誰かに聞かれる心配はありませんか？」

今度はウエスが訊いた。

「いや」

クインスはさっき以上に当惑していた。

「じつは、われわれは連邦準備銀行の調査員ではありません」

チャップが言った。

「嘘をついて申しわけなかった」

クインスは怒っていいのかホッとすべきなのか、それとももっと驚くべきなのか、わけが分からなくなっていた。だから、ただポカンと口を開け、二人組の次の出方を待った。

「話はちょっと込み入っていて、長くなるんですが」

ウエスが言うと、クインスは首を横に振った。

「五分だけやる」

「そう言わず、こっちの話につき合ってもらいたいんです」

「ここはわたしのオフィスだ。それでいやなら、出ていってもらおう」

「そんなにいらいらしないでください。われわれは、あることを知っているんです」

「警備員を呼ぶぞ」

「いや、そんなことはしないほうがいいですよ」

ウエスが言うと、チャップがそのあとを継いだ。

「手紙を見たんですよ。あなたがたったいま郵便局からピックアップした手紙をね」

「ピックアップした手紙は何通かあるけど？」

「でも、〝リッキー〟からは一通しかなかったでしょ？」

クインスはがっくりと肩を落とした。そして目をゆっくり閉じた。ふたたび開いたときの日は、苦悩に圧倒され、完敗の色に染まって輝きをなくしていた。

「あんたたちは誰なんだ？」

彼は精いっぱいに気張った。

「われわれは敵ではありませんよ」

「でも、やつに雇われているんだろ？」

「やつ？」

「リッキーとかいうやつだ。本名はどこのどいつか知らないけどね」

「いいえ」

ウエスが言った。

「彼はわれわれの敵です。分かりやすく言うと、われわれの依頼人もあなたと同じ船に乗っているんですよ。われわれは依頼人を守るために雇われた者です」

チャップがコートのポケットからぶ厚い封筒をとりだして、それを机の上にほうり投げた。

「その封筒に二万五〇〇〇ドル入っています。それをリッキーに送ったらいい」

クインスは口をあんぐり開けたまま封筒を見つめた。いろんなことがありすぎて、それでなくともあまり強くない彼の頭はこんがらかって、目まいがしていた。だからもう一度目を閉じ、目玉を左右に動かして考えをまとめようとした。それでも、やはり何がなんだかさっぱり分からなかった。この男たちはいったい誰なのか？　どういうふうにして自分宛の手紙を読んだのか？　どうしてこんな大金をくれるのか？　おれの秘密をどこまで知っているのか？

疑問のすべてを無視してみても、クインスは男たちを信用できなかった。

「現金はあなたに差し上げますよ」

ウエスが言った。

「そのお返しに、あなたからの情報が欲しいんです」

「リッキーって、本当は誰なんだい？」

クインスは目を少しだけ開けて訊いた。

「彼のことをあなたはどのぐらい知っているんですか？」

そう訊いたのはチャップだった。

「リッキーというのは本名じゃないんだ」

クインスが言った。

「そのとおり」

「あいつはいま刑務所に入っている」

「そのとおり」

チャップがふたたび肯定した。

「妻や子供がいるって言っていたな」

「半分はそのとおり。子供たちは確かにいるけど、妻とは離婚しています」

「社会から冷たい仕打ちを受け丸裸にされてしまったから、仕返しに人を引っかけるんだと、そんなふうに言っていたな」

「そこはちょっと違いますね。彼の妻は裕福で、子供たちはカネのある方についていっただけです。彼がどうして詐欺なんかに精を出しているのか、われわれにも分からないんです」

チャップはそう言ってからつけ加えた。

「われわれとしては悪事を封じこめたいんです。他人の秘密をエサにするような悪事をね。そのために協力してくれませんか？」

クインスは恐れていた現実をいきなり突きつけられた。彼の五十一年の人生のなかで、ホモが完全にばれたのは今日が初めてである。秘密をにぎっている二人の男を前にして、クインスは恐怖におののいた。とりあえずリッキーと知り合ったいきさつを作り話でごまかそうと思ったが、名案が浮かばなかった。いまの彼には嘘をつく心のゆとりもなかった。

こいつらはおれの人生を破滅させる力を持っている。秘密がばらされたら一巻の終わりだ。クインスはその事実に愕然とした。

それなのに、この男たちは二万五〇〇〇ドルもの大金を提供するという。なぜなのだ？

哀れなクインスはこぶしで両目をぬぐった。

「それで、わたしに何をしろって言うんだね？」

チャップもウエスも彼が泣きはじめるとみた。泣きたいなら泣けばいいだろう。だが、そんな必要はないのにと二人は思った。

「こういうことでどうですか、ミスター・ガーブ？」

チャップが提案した。

「あなたがそこにあるカネを受けとる。そのかわりとして、リッキーについてのすべてをわれわれに話す。手紙その他の資料をわれわれに見せてくれればいいんです。もしそういうものを隠してあったら、この際ですから見せてください。必要な情報が集まったら、われわれはすぐに消えます。われわれが誰で、こちらのスポンサーが誰かもあなたは知らなくていいんです」

「秘密は守ってくれるのかね？」

「絶対に」

チャップの言葉をウエスが継いだ。

「あなたのことを他人に話す必要はわれわれのほうにはまったくないんです」

「あいつのゆすりを止められるんだね？」

二人を見つめながらクインスが言った。チャップとウエスは質問に答えずに顔を見合わせた。

ここまでの二人の答え方は百点満点だったが、最後の質問だけには明確な答えが出てこなかった。

「約束はできません、ミスター・ガーブ」

ウエスが言った。

「われわれとしては全力を尽くして〝リッキー〟を追っぱらいます。さっきも言ったとおり、われわれのクライアントも迷惑をこうむっているんですから」

「わたしのことも守ってくれなきゃ困る」

クインスの言葉に二人はうなずいた。

「できるだけのことはします」

クインスが突然立ちあがり、机に手をついて身を乗りだした。

「協力するしか選択の余地はないわけだ」

自分の立場をみずから宣言した彼は、現金封筒には手をふれず、年代ものの本が詰まった古いガラスのブックケースのほうに二、三歩あゆみ寄った。鍵の一つを使ってまずブックケースの扉を開けると、今度は別の鍵を使って下から二段目の引き出しを開けた。そこから慎重に手紙サイズのフォルダーを引きだした。それを、彼は現金の詰まった封筒の横にそっと置いた。

ちょうどファイルを開いたとき、不機嫌そうなかん高い声が内線通話のスピーカーから響いてきた。

「ミスター・ガーブ！　お父さまが至急お会いしたいそうです」

クインスはビクッとなった。ほほは急に青ざめ、顔は苦悩でゆがんだ。

「いま会議中だって伝えてくれ！」

彼はさも偉そうに秘書に命令したが、声はうわずっていた。

「ご自分で話してください」

秘書の声がそう言うと、内線通話がカチャンと音をたてて切れた。

「ちょっと失礼」

彼は作り笑いをしながら言った。それから、受話器をとりあげ、三つの数字を押すと、ウエスとチャップに背中を向けた。

「パパ、ぼくだけど。何なの？」

クインスは背中を丸め、首を沈めて言った。彼の沈黙が長く続いた。老人にまくし立てられているのだろう。やがてクインスが口を動かした。

「いや、違うんだ。二人は連邦準備銀行の人間ではなくて、デモインから来た弁護士なんだよ。ぼくの大学時代の古い友人の代理人なんだ。なんでもないよ」

しばらく沈黙が流れた。

「フランクリン・デラニーだけど、パパは覚えてないさ。四か月前に死んだんだよ。遺書をのこさずにね。それでてんやわんやなんだって……いやいや大丈夫。うちの銀行には関係ないから」

クインスは受話器を置いた。彼にしてはなかなかうまい嘘だった。ドアには鍵がかかっている。それさえ確かなら問題はないはずだ。

ウエスとチャップは立ちあがり、机の横まで来ると、二人一緒に身を乗りだしてクインスが開くファイルをのぞいた。最初に二人の目についたのは、ファイルの内側にクリップで留められていた写真だった。ウエスがそれをていねいにはずして言った。

「これがリッキーの写真というわけですね？」

「やつの顔だよ」

クインスが言った。恥ずかしいがすべてを話して早く終わらせようと心に決めたようなクインスの言い方だった。

「なかなかの好男子じゃないですか」

『プレイボーイ』誌のとじ込みを開くような目で見ながら、チャップが言った。三人のあいだに気まずい雰囲気が流れた。

「あんたらはリッキーの正体を知っているんだね？」

クインスが訊いた。

「ええ」

「だったら、教えてもらいたい」

「それはわれわれの取引とは別です」

「教えてくれたっていいじゃないか。わたしのほうはみんなさらけ出しているんだから」

「そういう約束はしていませんが」

「あのクソヤローを絞め殺してやりたいんだ」

「まあまあ落ちついて、ミスター・ガーブ。お互いの取引で充分じゃないですか。あなたはカネを受けとればいいんだし、われわれはファイルの中身を教えてもらう。誰も傷つきませんよ」

ウエスの言葉をチャップが締めた。

「じゃあ、最初から話してくれますか？」

チャップが見おろす小男は、大きな椅子の中でのたうっていた。

「リッキーとのかかわりは何がきっかけで始まったんですか？」

クインスはファイルのなかをガサゴソやって、薄い雑誌を一冊とりだした。

「これはシカゴの本屋で買ったんだけど」

彼はそう言って、雑誌を二人の前にすべらせた。雑誌のタイトルは『アウト・アンド・アバウト』。ページを開かずとも、それが正常ではない男性の専門誌であることは一目瞭然だった。クインスはうしろのページを開けて二人に見せた。ウエスもチャップも雑誌には手を伸ばそうとせず、身をかがめてページをのぞいた。写真はあまりなく、ごちゃごちゃと細かい活字がやたらに目立つ雑誌だった。ポルノ雑誌では決してなかった。

開かれた四十六ページ目は個人情報のページだった。情報の一つが赤丸で囲われていた。文面はこうだった。

二十代の独身男性。やさしくて秘密の守れる
四十代か五十代の紳士をペンパルに求めます。

ウエスとチャップは広告文を読みおえると、一緒に顔をあげた。

「この広告に応募したんですね?」

チャップが言った。

「ええ、応募しましたよ。簡単な文章を書いて送ったら、二週間後にリッキーから返事があったんだ」

「あなたから出した手紙のコピーはありますか？」

「いや、わたしは自分の手紙のコピーはとらない。だから、ここには何も残っていないね。そんなもの、会社でコピーできるわけないでしょう」

ウエスとチャップは顔をしかめた。がっかりだった。相手がだんだん度しがたいウスノロに見えてきた。

「悪いけど、そうなんだ」

二人が気を変えないうちに現金をひったくりたい誘惑にかられていたクインスは、事を早くすませるために、リッキーからの最初の手紙をとりだし、それを二人の前に突きだした。

「そこに置いてください」

ウエスがそう言うと、二人はさっきと同じように身をかがめて手紙の内容を調べはじめた。二人とも手紙に手を触れようとしなかっただけでなく、信じられないほど文面に集中していて、読むのがやけに遅かった。

一方、クインスのほうは頭のなかがしだいに晴れ、希望の光も少し見えてきた。カネが得られるのはいいことである。それに、これ以上ゆすられないなら、あれこれ嘘をつかなくてすむ。ここにいる二人はどうやら味方らしい。リッキーをやっつけたいと思っている人間がほかに何人いるかは神のみぞ知るだ。そう思うと、クインスの心臓は落ちつき、呼吸をするのにもいちいち力まなくてすむようになった。

「この次の手紙も見せてください」

チャップが言った。

クインスは残りの手紙を順番にとりだし、それを机の上に並べた。どの便箋にもラベンダーの花がカラーで印刷されていた。書くのに時間をかけたらしく、字はていねいなブロック体だった。二人が一ページ読み終えると、チャップがピンセットを使って慎重な手つきでページをめくった。

チャップとウエスがあとになって改めてささやき合ったように、手紙には感心させられる点が一つあった。その文章力だ。疑いの目をもって読んでも、本当としか思えないほど文章には訴える力があった。傷つき、いじめ抜かれて、相談相手を必死に求めるリッキーの気持ちがいきいきと書かれている。読んだら同情しない者はいないだろう。しかも手紙の最後は、最悪事態を乗りきりやがて自由になる希望で結ばれている。なんたる名文！

沈黙のあとでクインスが言った。

「ちょっといいですか？　電話をかけたいんだ」

「誰にですか？」

「仕事のことだけど」

チャップとウエスはどうしたものかと顔を見合わせた。が、すぐにうなずいた。クインスは電話のところに行き、眼下の大通りを見おろしながら、同業者と話しはじめた。なおも手紙を読みつづけていたウエスは途中からメモをとりはじめた。先々の質疑応答のための用意にほかならなかった。

電話を終えたクインスは、男たちがメモをとっているのを無視して、新聞で顔を隠しながら本棚のあたりをうろついていた。だいぶ落ちつきをとり戻した彼は、物事を冷静に考えられるようになっていた。頭のなかでは、男たちが出ていったあとの次の行動を練っていた。

「あなたは一〇万ドルの小切手を送ったんですか?」

ウエスに訊かれて、クインスはうなずいた。

「ああ、送ったけど」

二人のうち、より厳しい顔つきのチャップが軽蔑の眼差しでクインスを見つめた。彼はその目で〝なんてバカなんだ、あんたは!〟と言っていた。

二人はさらに読みつづけ、メモをとりつづけ、互いに何かささやき合っていた。

「あんたの依頼人はいくらパクられたんだね?」

クインスは開き直って訊いてみた。チャップは厳しい顔をさらに厳しくして言った。

「それは答えられません」

そう言われても、クインスはいまさら驚かなかった。とにかくユーモアのセンスに欠ける二人組なのだ。

一時間ほどしてから、二人はようやく椅子に落ちついた。クインスも座り心地よさそうな銀行家の椅子におさまった。

「あと二つだけ質問があります」

チャップがそう言うのを聞いて、クインスは、あと一時間はねばられるなと覚悟を決めた。

「ゲイクルーズに予約したときの様子を聞かせてください」

「そうしてくれって手紙で言ってきたんだ。ニューヨークの旅行代理店の名前と住所が書いてあったから、そこに電話して送金して、それで終わりさ。簡単な手続きだった」

「簡単？　前にも同じことをしたことがあるんですか？」

「なんだね、わたしのセックスライフをあれこれほじくり出したいのかね？」

「いや、そういうわけじゃありません」

「だったら、取り決めの範囲内で話をしようじゃないか」

クインスは急にしたたかになった自分に満足感を覚えていた。来るところまで来て、くそ度胸のようなものが自分の内側で芽生えていた。そこで彼は、前から確かめたいと思っていたことを確かめることにした。顔を上げると、さりげなく言った。

「クルーズ代金はまだ払ったままになっているから、あんたら二人で行くかい？」

二人は笑った。クインスの質問はタイムリーなジョークになった。三人は話を本題に戻した。

チャップが言った。

「偽名を使うことは考えなかったんですか？」

「もちろん考えたさ。使わなかった自分が愚かだった。でも、いままで偽名など使ったことがなかったから。相手はちゃんとした人間だと思ってね。彼はフロリダで、わたしはアイオワ。まさか詐欺師だなんて夢にも思わなかったよ」

「コピーが必要なんですけど」

ウエスが言うと、クインスが首を横に振った。

「それは問題だ」

「なぜですか？」

「どこでコピーをとるつもりかね？」

「この銀行にはコピー機がないんですか？」

「もちろんあるさ。でもまさか、この手紙をこの銀行のなかでコピーするっていうんじゃないだろうね？」

「だったら、コピー屋へ持っていって、急いでコピーしてきますよ」

「ここは小さな町なんだ。コピー屋なんてないね」

「事務用品の販売店はあるでしょ？」

「それならある。その店のオーナーはうちの銀行から八万ドル借金している。ロータリークラブの席はわたしととなり同士だ。あそこでコピーされるのは困る。それに、このファイルをあんたたちに持ち逃げされない保証はない」

チャップとウエスは顔を見合わせてから、クインスに視線を向けた。ウエスが言った。

「分かりました。ではこうしましょう。わたしがここに残り、チャップがコピーできるところを探してくるというのは？」

「どこでコピーできるって言うんだね？」

「ドラッグストアでやれると思いますよ」

ウエスが言った。

「ドラッグストアがどこにあるか知っているのかい？」

「ええ、知ってますよ。ピンセットを買うのに立ち寄りましたから」

「ああ、あの店のコピー機は二十年も前のおんぼろだ」

「いいえ、新しい機械がありました」

「気をつけてくれないと困るよ。あそこの薬剤師はわたしの秘書のいとこなんだ。ここは小さな町だからね」

チャップがファイルをとりあげ、ドアロへ向かった。取っ手を回すと、かぎがカチャンと音をたてて開いた。外へ出たとたん、彼は大勢の視線の集中攻撃を浴びることになった。秘書の机のまわりには年増《ま》の事務員たちがたくさん集まり、うわさ話に花を咲かせているところだった。チャップの姿を見ると、彼女たちは話をやめてポカンとなった。老ガーブ氏も遠くないところにいて、書類を手に忙しいふりをしていたが、息子の来客を気にしているのはみえみえだった。チャップは会釈して、みんなの前を通っていった。

のぞかれないようクインスがドアノブを回すと、かぎはふたたびカチャンと音をたてて閉まった。部屋に残されたクインスとウエスには共通の話題がなくて、会話は途切れがちだった。工作員たちとクインスを結びつけたのは禁断のセックスであり、いまは二人ともその話題は避けなければならないのだ。小さな町ベーカーズには話題にできるようなアトラクションもなかった。クインスがあれこれ質問したとしても、回答はどうせ取引の範囲でしか返ってこなかっただろう。

しばらくして、クインスが口を開いた。

「リッキーへの手紙になんて書いたらいいだろう?」

ウエスがすぐに応じた。

「わたしだったら待たせますね。一か月はね。やつをあせらせたらいいですよ。ホイホイ応えていたら、相手を付け上がらせるだけです」

「でも、やつがやけを起こして脅しを実行したら?」

「やりませんよ。彼には時間がたっぷりあって、欲しいのはカネなんですから」

「あんたたち、あいつが出す手紙は全部見ているのかい?」

「まあ、だいたいね」

いったいどういう仕組みになっているのか、クインスはその辺の事情が知りたくてたまらなかった。

「あいつの悪事をどういうふうにやめさせるつもりなんだね？」

クインスにとっては不可思議きわまりない男、ウエスが事もなげに言った。

「殺すしかないかもしれません」

クインス・ガーブの目が急に輝きだした。彼の苦悩する表情がやわらいでいくのが分かった。顔じゅうのしわが伸び、口もとがゆるんで、かすかな笑みさえ浮かべていた。彼の相続権はどうやら安泰のようである。老人が死んで遺産が彼のものになるのを待てばいいのだ。そのときこそ、いままで何度も計画したとおり、こんな人生におさらばして、好き勝手に生きていけばいい。

「それはいい」

クインスは小さな声でつぶやいた。

「そうこなくちゃ」

モーテル の一室では、工作員たちがカラーコピー機を用意して待ちかまえていた。ファイルはそこに持ちこまれた。手紙は三セット分コピーされ、チャップは三十分後には銀行に戻っていた。クインスはオリジナルの手紙を調べた。すべてそろっていた。彼はファイルを引き出しにしまって、鍵をかけてから、二人の客に言った。

「では、そろそろお引きとり願おうか」

握手もせず、〝さよなら〟も言わずに、二人は出ていった。クインスも客側もお互いにそんな心境ではなかった。あいさつに何を言えばいいというのだ。

滑走路の長さがぎりぎりのローカル空港には自家用ジェット機が待機していた。

クインスのところを出てから早くも三時間後、チャップとウエスはＣＩＡ本部の奥で報告していた。ミッションは大成功だった。


前に買収したことのあるバハマの銀行局の役人にさらに四万ドルのわいろを贈り、ＣＩＡは〝ジュネーブ・トラスト銀行〟の出納記録を手に入れた。ブーマー不動産株式会社の預金残高は十八万九〇〇〇ドルになっていた。そこの顧問弁護士の口座には六万八〇〇〇ドルあった。記録にはすべての取引――いつ、いくら送金があり、いつ、いくら引きだされたかが、分かりやすくリストされていた。

デビル顧問のチームが送金主の割り出しにあたった。デモインの銀行からクインス・ガーブが送金した分はすぐに割れたものの、ダラスからの一〇万ドルの送金主がどうしても判明しなかった。

あちこちに問い合わせている最中だった。デビル顧問は長官の巣穴に呼びだされた。巣穴にはヨークも同席していた。テーブルの上にはクインス・ガーブの手紙のコピーだの、銀行の記録のコピーだのがいっぱいに置かれていた。

デビル顧問が、これほどがっくりきている長官を見るのは初めてだった。ヨークも黙りこんでいた。レーク候補がやらかしたことの責任を一身に受けているような長官の様子だった。

「最新情報を聞かせてもらおう」

長官が気落ちした声で言った。長官の巣穴に入ったときのデビル顧問は決して腰をおろさないのが習慣である。

「まだ送金主を割りだしているところです。広告が載った雑誌『アウト・アンド・アバウト』とはコンタクトをとりました。出版しているのはコネティカットの小さな会社です。送金主にたどり着けるかどうかは、まだはっきりしません。バハマの銀行とは二十四時間、固定回線でつながることにしましたから、送金がありしだい、こちらに伝わることになっています。同時に、別のチームがワシントンのレークの事務所を捜索することになっています。でも、こちらはあまり期待できません。ジャクソンビルでは二十人態勢で弁護士の動きを監視しています」

「レークを追いかけているのは何人いるんだ？」

「三十人いたのを五十人に増やしたばかりです」

「監視をゆるめるな。やつに背を向けたら終わりだ。あいつはわれわれが考えていたような人物ではなかった。一時間でも目を離してみろ、手紙を出すか、またぞろ雑誌でも買いだすぞ」

「分かっています。だから、そういうことがないよう、われわれとしては全力を尽くしています」

「この件は国内最優先課題とする」

「分かっています」

「刑務所に一人送りこむというのはどうだ？」

長官の口から出たこのアイデアは、一時間前にヨークが提案したものだった。

デビル顧問は目をこすり、爪をかんだ。

「やってみましょう。わたしのほうで手配します」

顧問は自分を納得させるようにうなずきながら言った。

「押してもだめなら、引いてみるのもいいでしょう」

「連邦刑務所全部あわせて、囚人は何人いるんだろう？」

そう訊いたのはヨークである。

「多少のプラスマイナスはありますけど、約十三万五千です」

顧問が答えた。

「もぐり込ませるのは簡単だな」

「方法を考えます」

「連邦刑務局とコネはあるのか？」

「古くからのつき合いとは言えません。裁判所の人脈が使えると思います。難しいことはないでしょう」

デビル顧問はいったん退席して、一時間後にまた戻ってくることになった。そのあいだに、長官とヨークが問題点を洗いなおすことにした。

「レーク候補の事務所を捜索するという考えには賛成できませんね」ヨークが言った。

「危険が多すぎます。それに、捜索といっても一週間はかかるでしょう。ファイルだけでも何万とあるんですから」

「わたしも賛成できない」

長官が小さな声で言った。

「リッキーが書いたように見せかける手紙を文書課の連中に書かせて、それをレーク宛に出すというのはどうでしょう？　封筒に発信装置を仕掛けておけば、レークの隠しファイルに行きつくと思うんですが」

「いい考えだ。すぐデビルに話したまえ」

ヨークはメモをとった。さらさらと書きつづりながら、どうしようか考えた末、思いきって訊くことにした。前から出す機会をうかがってきた質問だった。

「候補と直接談判されますか？」

「いや、それはまだだ」

「いつされます？」

「いや、しないかもしれない。まず情報を集めて、何があるか徹底的に知ることだ。彼は自分の裏の姿を絶対人に見せないようにしている。彼のゲイ趣味はワイフが死んでから始まったのか？　それとも、その前から続いていたのか？　それは本人しか知らないことだ。秘密は秘密のまま隠し通せるかもしれない」

「でも、長官が知っているという事実を彼に知らしむべきだと思いますが。でないと、また何をしでかすか分かりません。われわれに監視されていることを認識すれば、彼も行動を慎むと思うんですが」

「まあいい。それよりも、世界はますます混乱するぞ。核兵器が売買され、国境を越えてあちこちに持ち運ばれている。われわれが追跡している紛争地点は七か所あり、うち三か所は戦争一歩手前だ。先月だけでも十を超えるテロリストのグループが誕生している。中東の過激派は軍を組織し、原油をため込んでいる。それなのに、われわれは変な三人組に足をすくわれて、本来の道に邁進できないでいる」

「ずるがしこい連中ですからね」

ヨークが言った。

「頭がよくても、ドジな連中だ。ひっかける人間を間違えている」

「われわれの人選が間違っていたと思うんですが」

「いや。間違えたのは連中だ」

第十九章

一通のメモがトランブル刑務所に届いた。ファクスで送られてきたそのメモの発信人はワシントンにある連邦刑務局局長で、宛て先はトランブル刑務所所長エミット・ブルーンになっていた。ごく普通の言葉を使い、簡潔な文章で刑務局長はこう伝えてきた。

〝トランブル刑務所の日誌を読んだ結果、気になる点があるので貴殿の注意を喚起したい。

トレバー・カーソンなる弁護士の訪問回数が異常に多い。ほとんど毎日と言ってもいいくらいである……。〃

囚人が弁護士に会う権利は憲法で保障されている。一方、刑務所側には秩序維持の責任もあり、そのための権限もある。局長のメモは、新たな制限を具体的に記し、それをただちに実行するよう指示していた。弁護士と面会できる日時は、火曜日、木曜日、土曜日の午後三時から六時までとすること。正当な理由がある場合は例外的に認められる、とあり、この新しい規制は九十日間適用され、その後のことについては新たに検討すべし、とあった。

刑務所長としては異存はなかった。トレバー・カーソン弁護士が毎日やってくることに彼自身疑いの目を持ちはじめていたときだった。その件で彼はフロントデスクや警備員たちに問いただしたことがあったが、弁護士の訪問の性質について判断できる材料は何も得られなかった。いつもトレバーを面会室に案内している警備員のリンク、つまり弁護士の訪問ごとに二〇ドル札を二枚ちょうだいする例の警備員は、所長にこう証言した。

「弁護士とミスター・スパイサーはいつも上訴とか裁判のことを話しています。やたらに法律用語を使うから、わたしにはよく分からないんです」

「弁護士のブリーフケースの中身はいつも検査しているんだな？」

所長が問いただした。

「ええ、かならず毎回やっています」

リンクははっきり答えた。

刑務所長は新たに決まった面会制限について、儀礼上トレバー・カーソン氏に電話で知らせることにした。電話に出たのは、やる気のなさそうな女性の声だった。

「法律事務所」

「トレバー・カーソンさんをお願いします」

「どなた?」

「エミット・ブルーンと申します」

「せっかくですけど、ミスター・ブルーン。先生はいま昼寝中なんですよ」

「ああ、そうですか。ちょっと起こしていただけませんかね?　わたしはトランブル刑務所の所長なんですが、彼に話しておきたいことがあるんです」

「少しお待ちください」

ずいぶん待たせてから、女性の声が受話器に戻ってきた。

「すみませんけど、彼は起きないんです。こちらから電話させましょうか?」

「いや、けっこうです。彼にはファクスで知らせることにしましょう」

〝だまし〟には〝だまし〟で！　反撃のアイデアは、ヨークがゴルフをやっているときにひらめいた。フェアウエーでボールを打っているときよりも、バンカーや林のなかで苦闘しているときのほうがアイデアが広がった。これはいけると確信したとき、ヨークは日曜日のプレーを途中で投げだし、長官に電話を入れた。

相手の戦術を逆手にとれば、アル・コニヤーズの問題など存在しなくなる。だめでもともと。失うものはない。

ヨークが書いた手紙の下書きを、文章専門家兼にせ物づくりのプロが仕上げた。ペンパルの名は〝ブラント・ホワイト〟と決められた。

高価な無地の便箋に手書きされた最初の手紙は次のとおりだった。

〝親愛なるリッキー

広告を拝見して気に入りました。わたしは五十五歳。きわめて健康で、文通以上の相手を求めています。妻とわたしは、ネプチューンビーチからそう遠くないパームバレーに家を買ったばかりです。三週間したらそちらに移り、二か月ほど滞在する予定です。興味があったら写真を送ってください。それを見たうえで、こちらからもっと詳しいことを書いて送ります。

ブラント〟

ブラントの受信用宛て先は、フィラデルフィア19082、アッパーダービー、私書箱88645とした。

郵送に費やされる三日間を節約するために偽の消印が文書課で押され、ジャクソンビルに空輸されたその手紙はクロックナー司令官の手でネプチューンビーチ郵便局のアラジン・ノースの私書箱に直接届けられた。月曜日のことだった。

次の日、例によって、昼寝のあと、トレバーは郵便物をピックアップしてから、ジャクソンビル市を出て西に向かった。刑務所に通じるおなじみの道である。

いつもと同じ、正面玄関の警備員マッキーとビンスにあいさつされ、ルーファスが差しだすおなじみの訪問者台帳にサインをすませ、リンクに付き添われて、スパイサーが待つ面会室に向かった。

「おれはいま、とっちめられているんだ」

面会室に足をふみ入れながら、リンクが言った。スパイサーはうつむいたままだった。そのすきにトレバーが取りだした二枚の二〇ドル札を、リンクは電光石火の早わざでひったくった。

「誰からとっちめられているんだい？」

ブリーフケースを開けながら、トレバーが警備員に訊いた。スパイサーは新聞で顔を隠していた。

「所長だよ」

「おれの訪問回数を制限しておいて、あの所長、これ以上何がお望みなんだ？」

「分かんないのか、弁護士さん？」

新聞を立てたまま、スパイサーが言った。

「リンクは実入りが少なくて不満なんだよ。そうだろ、リンク？」

「そのとおり。あんたらがここでなんの商売をしてるのか知らんけどね。おれが検査をもっと厳しくしたら、困ることになるんだろ？」

「だから、ちゃんとあげてるじゃないか」

トレバーが言うと、警備員は言い返した。

「あんたの基準はもう時代遅れなんだよ」

スパイサーが新聞を置き、今度は顔を上げて言った。

「はっきり言って、いくら欲しいんだ？」

「現金で月一〇〇〇ドル」

警備員はトレバーに顔を向けてあっけらかんと言った。

「月末にあんたの事務所へ集金に行くから、よろしくな」

「月一〇〇〇ドルで郵便物が素通りになるんだな？」

スパイサーが確認すると、警備員は答えた。

「そのとおり」

「誰にも漏らさないな？」

「そのとおり」

「よし了解した。では、ここから出ていってもらおうか」

リンクは二人に向かってにこっとしてから、部屋を出ていき、廊下のモニターカメラの死角に身を寄せた。

面会室のなかでのやり取りに大きな変化はなかった。まず最初にやる手紙の交換はほんの一秒ですむ。スパイサー判事がいつもの使い古しの茶封筒から、これから出す手紙をとりだしてトレバーに渡す。同時に、トレバーはブリーフケースから手紙をとりだしてクライアントに渡す。

これから出す手紙は計六通あった。最近、手紙がますます増え、一日に十通出すこともある。五通以下の日はめったにない。大がかりになった悪事はいつ露顕しないともかぎらない。そのときは、トレバーもあれこれ調べられることになるだろう。自分の無関係を証明するために各種の証拠を残しておく方法もある。だがトレバーは、彼のなまけ癖から、記録もとっていなかったし、手紙のコピーもとらなかった。しかし大ざっぱなことは分かっていた。最近、三人の網にひっかかった潜在的犠牲者は二十人から三十人はいた。トレバーはそのうちの何人かの名前と住所をそらで覚えていた。

スパイサー判事の正確な記録では二十一人が罠にかかっていた。深刻な事態に直面しているのが二十一人で、まだそこまで行っていないのがほかに十八人いた。約四十人のペンパルが引っかかったわけである。ゆすりの影におびえる者。回を追うにしたがい秘密めく手紙を受けとりつつある者。〝リッキー〟や〝パーシー〟に会いたくて手紙を心待ちにしている者。犠牲者たちの段階はさまざまだった。

ゆすりが効果を発揮してカネが集まりだすと、もっと早く、もっとたくさん、と思うのが人情である。しかし、あせってはいけない。何ごとも辛抱が成功のコツである。ビーチ判事とヤーバー判事は驚くほどの勤勉家だった。何時間もぶっつづけで手紙を書くこともある。スパイサーは全体の監督を担当した。カネのにおいのするペンパルをかぎだし、それを美辞麗句でだますにはそれ相応の経験が必要なのだ。三人組はそのノウハウを蓄積しつつあった。

「あんなに気前よくしたら破産しちゃいますよ」

リンクに約束した件を持ちだしてトレバーが言った。

スパイサー判事は配達された手紙をパラパラやりながら応じた。

「あんたが〝破産〟なんて言葉を口にするとおかしいぞ。われわれよりも取り分があるんだからな」

「あんたたち同様、わたしもあのカネには手をつけていないんだ。もう少しもらいたいぐらいなんだから」

「おれだってそうさ」

見慣れない名前の書かれた一通がスパイサー判事の目にとまった。アッパーダービーのプラントからの手紙だった。

「こいつは新入りだ」

スパイサーはそう独りごとを言いながら、封筒を開け、中身を読んだ。手紙の調子にスパイサーは驚かされた。恐れも、遠まわしな言い方も、冷やかしの雰囲気もなかった。手紙の主はあからさまにアクションを求めていた。

「パームバレーってどこだね？」

スパイサー判事がトレバーに訊いた。

「海岸から南に十五キロくらい入ったところですけど。何か？」

「どんな場所だい？」

「塀で囲われたゴルフ好きのコミュニティーで、住んでるのは北から来た金持ちばかりですよ」

「家は何戸ぐらいあるんだね？」

「行ったことはありませんが、門があって、いつも鍵は閉まっているそうですよ。よっぽど盗まれる物でもあるんですかね」

「そこに建っているのは、一戸いくらぐらいの家なんだい？」

「一〇〇万ドルくらいじゃないですか。三〇〇万ドルで売りだされている家を広告で見たことがありますけど」

「ちょっと待っていてくれ」

スパイサーは立ちあがり、ファイルを片づけてドアのほうに行きかけた。

「どこへ行くんですか？」

トレバーが訊いた。

「図書室だ。一時間ぐらいで戻ってくる」

「わたしも忙しいんですけど」

「嘘をつきなさんな。新聞でも読んでいてくれ」

スパイサーが警備員のリンクに何か言うと、リンクはうなずいて同行した。スパイサーは管理部のある本館を出て、図書館に通じる畑のなかの小道を急いだ。日差しの強い畑では、農作業の囚人たちが一時間五〇セントの労務をせっせとこなしていた。

図書館担当の囚人たちも決して怠けていたわけではなかった。ビーチ判事とヤーバー判事は手紙書きに疲れてチェスでひと息ついているところだった。そこにスパイサー判事が意味不明の笑みを浮かべて入ってきた。

「よう諸君！　いよいよ大物がかかったぞ」

スパイサーはそう言うと、ブラントからの手紙を机の上にほうり投げた。それをビーチがとりあげ、声に出して読んだ。

「〝パームバレー〟っていうのは金持ちだけのゴルフコミュニティーなんだ」

スパイサーが自慢げに説明した。

「三〇〇万ドルもする家もあるんだぞ。カネだけあって、警戒心はなさそうな連中が住むところだ」

「しかも飢えてるぞ、こいつは」

ヤーバー判事が調子を合わせた。

「急ぐ必要があるんだ」

スパイサーが言った。

「やつは三週間後に合流したがっていてな」

「見込みの上限は?」

最近のビーチはやたらに投資用語を使うのが好きだ。

「少なくとも五〇万ドルにはなるだろう」

スパイサーが興奮ぎみに言った。

「さあ、手紙を用意するんだ。トレバーを待たせている」

ビーチがさっそくファイルを開き、商売道具のレターセットをとりだした。パステルカラーでいろんな色のものがそろっていた。

「ピンクがいいか」

ビーチが言うと、スパイサーが賛成した。

「そうだとも。ピンクでいかなくちゃ」

リッキーの名で最初に出すいつもの手紙を、ブラント用に少しアレンジして書いた。大学を卒業した二十八歳の男がリハビリ病院で息が詰まりそうな生活を送っている。しかし十日ぐらいしたら出所できる見込みだ。とても寂しくてこれからのことが不安なので、円熟した男性とつき合いたい。お互い近くに住めるなんて、なんてラッキーなのだろう。リッキーは出所したらジャクソンビルに住む妹のところに同居するつもりだ。二人のあいだには障害もないし、乗り越えなければならないハードルもない。ブラントが南に来たとき、いつでも会える。しかし、その前に写真が欲しいこと。ブラントは本当に結婚しているのか？　奥さんも一緒にパームバレーに滞在するのか？　それとも彼女だけペンシルベニアに残るのか？　そうしてくれればより楽しいのでは、などなど。必要なことが全部書きこまれた。

手紙に添えて、いつものカラー写真を同封した。もう百回も使って、効果が充分に証明されている大学生の卒業ポートレートだ。

スパイサー判事はできあがったピンクの封筒を弁護士面会室へ持っていった。トレバーはうたた寝していた。

「これをすぐ投函しろ」

スパイサーが弁護士に向かって吠えた。

二人はそれから十分ほどバスケットボールの賭けについて打ち合わせてから、握手もせずに別れた。

ジャクソンビル市に戻る途中、トレバーは車のなかから賭博屋に電話した。いまや上客になった彼は、発注相手を受験生のノミ屋からプロの大物ノミ屋にくら替えしていた。クロックナー司令官とその街頭尾行チームはいつものようにトレバーが賭けるのを盗聴していた。賭けの成果はなかなかのものだった。この二週間で四五〇〇ドルも稼いでいた。それとは対照的に、彼の法律事務所の正式な収入は八〇〇ドルにしかなっていなかった。

電話機にだけでなく、〝カブトムシ〟のなかには盗聴器が四つも仕掛けられていた。そちらの効果はあまりなかったが、機能はしていた。バンパーの下には電波発信装置も取り付けられ、車の電源に接続されていた。

装置は、毎晩トレバーが飲んでいるか眠っているあいだに点検される。道の向かいの貸家のなかに備えつけられた強力な受信装置が、〝カブトムシ〟がどこへ行こうとその行方を追跡する。

いまは、トレバーの大物気どりの話し声がハイウエーを流す彼の車から聞こえてくる。コンビニエンスストアで買った熱いコーヒーをすする彼は、ラスベガスに逗留《とうりゅう》する大富豪のように大金をポンポンと賭け、おんぼろカブトムシは自家用ジェット機よりも頻繁に通信電波を発している。

大スーパーチューズデー の三月七日、午後九時。ニューヨーク州の投票が締め切られてから二時間後、アーロン・レーク候補がステージに駆けあがった。《マンハッタン・ホテル》の大宴会場は歓声と吹奏楽に包まれ、風船が天井を舞っていた。レーク候補の得票率は四三パーセント、タリー知事は二九パーセントだった。残りの二八パーセントをほかの候補たちが分けあった。レークは会ったことのない人たちを誰かれなく抱きしめ、二度と対面することがないであろう会場の大衆に向かって手を振った。それから、メモなしに感動的な勝利宣言を行なった。

終わるとすぐ、別の祝賀会が待っているロサンゼルスへ向かった。百人乗りのボーイングジェットは一か月一〇〇万ドルで借りたものだ。一万メートルの上空を時速八〇〇キロで巡行する。四時間のその機中で、レークと彼のキャンペーンスタッフたちは大スーパーチューズデーに加わっている十二の州の開票結果を見守っていた。投票が締め切られた東海岸に続いて、メーン州とコネティカット州でも辛勝した。ニューヨークとマサチューセッツとメリーランドとジョージアの勝利には余裕があった。ロードアイランドではわずか八百票差で負け、バーモントでは千票差で勝った。飛行機がちょうどミズーリ上空を越えようとしていたとき、CNNがミズーリ州での彼の勝利を宣言した。タリー知事を四ポイント引き離しての勝利だった。オハイオ州でも似たような結果が出た。

カリフォルニアに着く前に大勢は決まっていた。五百九十一人の代議員のうち、レーク候補はじつに三百九十人も獲得してしまった。今日の勝利によってレークのこれからの戦いにますます弾みがつくだろう。なんといっても、彼には使いきれないほどの選挙資金がある。それに対して、タリー知事の落ち込みはあまりにも急だ。

賭け金が勝ち馬の上に集中するのは世の常である。

〔下巻へつづく〕

新書判
裏稼業（上）

二〇〇二年三月十日　第一刷発行

著者　ジョン・グリシャム
訳者　天馬龍行

発行者　益子邦夫
発行所　㈱アカデミー出版
東京都渋谷区鉢山町15—5
郵便番号　一五〇—〇〇三五
電話　〇三(三四六四)一〇一〇
FAX　〇三(三四七六)一〇四四
〇三(三七八〇)六三八五

印刷所　大日本印刷株式会社

ISBN4-86036-002-8